내 아이가 분명해

4

내 아이가 분명해 4

ⓒ한민트 2023

1판 1쇄 인쇄	2023년 9월 1일
1판 1쇄 발행	2023년 9월 15일
지은이	한민트
펴낸이	박대일
교정	김미영
편집	이문영 · 박지해 · 임유리 · 이지영 · 김하랑 · 임지원 · 송새연
마케팅	임유미 · 백소연
디자인	디자인그룹 헌드레드
펴낸곳	파란미디어
출판등록	2004년 9월 14일 제313-2004-00214호
주소	03992 서울시 마포구 동교로23길 14 국제빌딩 6층
전화	02.3141.5589 영업부 070.4616.2012 편집부
팩스	02.6499.5589
전자우편	paranbook@gmail.com
카페	http://cafe.naver.com/paranmedia
인스타그램	@paranmedia
ISBN	979-11-92591-78-0(04810)
	979-11-92591-72-8(전6권)

내 아이가
분명해

한민트 장편소설

4

파란

contents

주머니에 난 구멍

호르스트가 짧은 출장을 마치고 집으로 돌아왔을 때, 루덴도르프 후작저의 분위기는 우울했다. 맑은 날씨였는데, 마치 이곳에만 폭우가 쏟아지기라도 한 듯 공기마저 침침했다.

'또 무슨 일 있나.'

가문에 닥친 위기에 대해서 고용인들이 구체적으로 아는 것은 아니다. 하지만 영지 전체를 휩쓰는 문제에 대해서 그들이라고 모를 리가 없다. 더군다나 후작은 그렇게 표정을 숨기고 다니는 사람이 아니었다.

거기에 더욱 좋지 못한 소식을 가져왔으니 마음이 무거웠다. 아니, 사실 하려던 일을 성사시켰다 하더라도 좋은 소식은 아니었을 것이다.

똑똑.

"아버지, 접니다."

서재의 문을 두드린 후 그는 조심스럽게 문을 열었다. 책상 앞에 앉아 머리를 싸매고 있던 루덴도르프 후작이 고개를 들었다.

'무슨 일이 있구나!'

루덴도르프 후작의 얼굴은 샛노랗게 변해 있었고 눈동자는 퀭했다. 후작이 호르스트를 보고 번쩍 고개를 들었다.

"어찌 되었느냐?"

"크로지크 백작가와 협상은 되었습니다."

호르스트가 가라앉은 목소리로 말했다.

선주 연합의 돈을 빅토리아 대공에게 갚아야 할 처지에 빠진 후작이 돈을 꺼낼 만한 곳이라고는, 가게른 광산에 투자한 자금뿐이다. 광산 개발을 일시 중지하고, 자금을 빼서 선주 연합의 보험료를 갚는다. 그다음 항구 사고가 정리된 뒤에 다시 시작하자는 것이 후작의 계획이었다.

물론 크로지크 백작가가 그런 일에 간단히 동의할 리 없었다.

"지분 22%를 넘기는 조건으로 협상했습니다."

"고작해야 중지하는 것만으로 22%나?!"

"어쩔 수 없었습니다. 저희 사정이 급하고 어렵다는 것을 저쪽도 알고 있으니까요."

"하. 날도둑놈들이 따로 없군."

후작은 탄식했다.

"광부 놈들은?"

"죄송합니다."

"죄송하다니? 무슨 일이 또 생겼느냐?"

"자콥이라는 놈이 도망갔습니다."

"뭣?!"

후작은 이번에야말로 벌떡 일어서서 고함을 질렀다. 그는 자콥에게 지불했던 돈을 회수할 생각이었다. 어차피 개발을 중지할 거라면, 광부 놈들의 눈치를 볼 필요는 없다.

오히려 사고를 일으킨 놈들에게 보상금을 받아 내지는 못할 망정 급료를 주다니, 말이나 되는가. 그래서 호르스트에게 급료로 내준 돈을 회수해 오라고 했던 것이다.

호르스트가 난처한 얼굴로 눈을 내리깔았다.

"클라우제너 쪽에서 연락이 있었다고 합니다. 콜베르크 광산에서 횡령죄를 저지르고 도망친 놈이었다더군요."

"허! 하지만 밑에 사람을 많이 거느린 놈이었지 않느냐!"

"거기에도 또 사정이 있습니다. 클라우제너 쪽에서 남은 자들을 데려갔습니다."

자세한 사정은 후작의 관심사가 아닐 터이므로, 호르스트는 그렇게만 말했다. 후작이 기운 빠진 듯 도로 털썩 의자에 주저앉았다. 그리고 등받이에 목을 젖히고 한숨을 내쉬었다.

"후. 그렇구나. 결국 이미 지급된 돈은 못 찾아왔다 이거지."

"광산 개발을 중지했으니 일단 전부 메꿀 수 있을 겁니다."

어차피 지나간 기간의 주급은 회수하기 어려울 거라고 생각하고 있었다. 자콥에게 주었기에 혹시나 싶었던 거지, 광부 개인에게 주었다면 대부분 이미 써 버렸거나 해서 되찾을 수 없었으리라.

루덴도르프 후작이 한숨을 푹푹 내쉬었다.

"아버지, 그사이에 또 무슨 일 있었습니까?"

"정말, 어처구니없는 일이 있었다."

후작이 목을 울렸다. 분하여 어쩔 줄 모르는 사람 같았다.

"브뤼닝 백작이 찾아왔었다."

"가라앉은 배 주인 말입니까?"

"그래, 그놈!"

루덴도르프 후작은 욱하여 언성을 높였다.

브뤼닝 백작이 찾아온 것은 이틀 전의 일이었다.

'변호사를 보냈는데, 후작님께서 제대로 상대해 주시지 않는다며 제게 편지를 썼더군요. 제게도 작은 일이 아닌지라 서둘러 이렇게 찾아왔습니다.'

'백작이 무슨 할 말이 있소? 그럴 시간이 있으면 빨리 가라앉은 배나 인양해 가시오.'

'인양은 제게도 급한 일입니다. 하지만 그러기 위한 자금을 내주셔야지요.'

'그게 대체 무슨 말이오? 배는 백작의 것이니, 당연히 책임도 백작이 져야 할 것이 아니겠소?'

'터무니없는 말씀을 하시는군요. 계약서에 따르면, 항구에서 일어난 사고의 처리 비용은 후작님이 내셔야 합니다.'

'계약서라니?'

'손해 배상 보험 말입니다.'

브뤼닝 백작의 변호사가 그의 앞으로 임시 보험 계약서를 가져왔다. 그것은 항구에서 사고가 발생했을 때 1차적으로 해당 항구에서 책임을 진다는 내용이다. 차후 선주가 소속된 보험에 청구하거나, 금액에 따라 영주 연합으로 구성될 재보험에서 보상해 주게 되어 있다.

지금까지는 다른 지역에서 사고가 일어났을 때, 제때 연락이 되지 않아 선원들이 무일푼 상태가 된 채 고향에 돌아가지 못하고 떠돌거나 사고 난 배의 처리를 누구도 하지 못하는 일이 빈번했던 것이다.

이것이 빅토리아 대공이 새로 만드는 보험 체계의 핵심적인 내용이었다.

당시에 루덴도르프 후작은 별생각 없이 그 약정서에 서명했다. 선주 연합에서 보험금으로 가지고 있는 적지 않은 자금을 보관한다는 것도 매력적이었고, 기항하는 배에게서 받는 임시 보험료도 공돈 같았던 것이다.

'금액이 적지 않았지만, 영주인 후작님 본인께서 보장하는 것이기에 기꺼이 보험료를 냈습니다. 그러니 이 계약서에 따르면, 보험금을 당연히 제게 내주셔야 합니다.'

'그건 사고일 때 이야기지. 백작의 항해사가 저지른 일 때문에 지금 항구가 무슨 꼴이 나 있는지 뻔히 알면서 염치도 없소.'

루덴도르프 후작은 우겼다.

'이게 어떻게 피치 못할 사고요?'

'여기에 피치 못할 사고가 발생했을 때에만 보상해 준다는 조항이 어디 있습니까? 그리고 제 항해사가 아니라 루덴도르프 항구의 도선사가 일으킨 문제겠죠. 듣자 하니 술주정뱅이를 고용하셨다던데.'

브뤼닝 백작이 빈정거렸다.

'제 손해는 지금 단순히 배 한 척이 아닙니다, 후작님. 가라앉은 자재가 대체 얼마치라고 생각하는 겁니까?'

'그 돈은 오히려 우리 손해가……!'

'게다가 이번 일은 국책 사업입니다. 신용을 잃는다는 것이 대체 어떤 일인지, 이 일을 따내기 위해서 얼마나 애를 썼는지 짐작하신다면, 이런 말씀 쉽게 못 하실 텐데.'

백작이 입가를 비틀었다.

'하긴, 아무런 노력도 하지 않고 누이가 가져오는 대로 서명만 하신 후작께서 무엇을 아시겠습니까?'

다시 생각해도 분이 나서 루덴도르프 후작은 부들부들 떨었다.

"놈이 인양 자금과 망가진 배와 잃어버린 화물의 손해 보상을 요구했다. 제때 지급하지 않으면, 법정에 가겠다는구나."

"아……."

호르스트는 얼굴을 일그러뜨렸다. 침몰한 배의 규모는 그도 보았다. 예전이라면 모르지만, 지금의 루덴도르프 후작가에서는 도저히 감당할 수 없었다. 그리고 부친에게는 이 일을 처리할 능력이 없다.

후작이 유능한 사람은 아니었지만, 아무 일도 없었을 때에는 그럭저럭 가문이 굴러갔다. 그래서 호르스트는 그가 이 정도로 무능력한 사람인 줄 몰랐다.

돌이켜 생각해 보면, 능동적으로 한 일이 아무것도 없었다. 오래된 가업에, 오래 일한 실무자들이 요구하는 대로 인장만 찍는 일은 누구든 할 수 있으니까.

"잘될 겁니다, 아버지. 제가 알아보겠습니다."

"그래, 그래. 네가 잘해 줘야지. 네가 후계자이니."

루덴도르프 후작이 머리를 흔들며 그렇게 말했다. 마치 오래전부터 자신에게 의지하기라도 한 양.

호르스트는 그에게 고개 숙여 인사하고, 서재 밖으로 나왔다.

복도에 서서 답답한 마음에 창밖을 문득 내다보자 헤르만이 정원에 있었다. 후작으로부터 적지 않은 꾸중을 듣거나 화풀이 대상이 되었을 텐데도, 그는 평온한 얼굴로 동백꽃 가지를 자르고 있었다.

그 곁에는 코넬리아가 서 있었다. 헤르만이 그녀의 바구니에 꽃봉오리가 맺힌 가지를 던져 넣었다. 아마 코넬리아가 가지치기를 하고 있는 것을 보고 도움을 자처했으리라.

　그러고 보니 헤르만은 왜 수도로 돌아가지 않을까. 호르스트가 후계자로 결정된 이후로, 그는 결코 이 집에 오래 머무르지 않았는데.

　엘리엇이 두 손을 크게 들어 올렸다.

　"윌 아저씨는 날개가 이따아만큼 큰 물고기를 맨손으로 잡은 적이 있대요!"

　"그렇군요."

　"이렇게 펄럭거리는데, 날지는 못하고 물속에서 헤엄만 친대요. 그리구! 진짜 날아다니는 물고기도 있다고 그랬어요!"

　마치 제가 직접 보기라도 한 양 엘리엇이 신나서 요안나에게 설명했다. 클레어는 헛웃음을 머금은 채 그 모습을 지켜보았다.

　엘리엇은 하루 만에 어찌나 윌리엄에게 푹 빠졌는지, 들은 이야기를 몽땅 외워 아는 사람들에게 전부 되풀이하고 있었다. 지금 하는 이야기도 이미 클레어에게 두 번 하고, 에리히에게 한 번 하고, 마사에게도 한 것이다.

　한동안 심취했던 신사 놀이는 도로 해적 놀이로 돌아갔는데, 그 해적이 매일 낚시를 하고 있었다. 그런 엘리엇의 모습을 보며 빅토리아 대공이 약간 어이없다는 듯이 웃었다.

"어지간히 그 새 손님이 좋았던 모양이로구나."

"어렸을 때부터 실제로는 본 적도 없으면서 배와 해적 이야기를 그렇게 좋아했거든요. 이번에 아주 제대로 불이 붙었어요."

"하긴, 여기에 올 때도 배를 보면서 얼마나 설레어했니? 해적선이 항구에 있을 거라면서."

"그러게요. 그런데 정작 항구 구경은 가지도 못했네요."

"가 봤자 별로 볼 것도 없었으니 말이다. 이 사고가 일어나기 전에도, 공사판이었잖니."

"그건 그래요."

빅토리아 대공이 미소를 지었다.

"계속 머물러 있을 거라면, 내가 한번 데리고 나갈까 했었지."

"선주 연합 클럽에 방문한 적도 있으신가요?"

"그래. 거기까지 하려던 건 아닌데, 어쩌다 보니 그렇게도 되더구나. 항구가 오죽 엉망이었어야지. 사실 이번 일로 아우구스타에게도 좀 실망을 했다."

"레이디 아우구스타가 어떻게 할 수 있는 일은 아니었죠. 그녀는 그냥 딸에 불과하고, 가문을 이끄는 건 후작이니까요."

"남동생이 제대로 가문을 다스리지 못하는 걸 어찌할 수 있는 일은 아니다만."

빅토리아가 긴 한숨을 내쉬었다. 그 점에 대해서는 그녀도 달리 할 말이 없었다.

그녀는 권력 다툼 자체에 관여하지 않기로 마음먹은 지 아주 오래되었다. 가문의 후계자를 결정하는 데 영향력을 미친 아우구스타와는 입장이 달랐다.

하지만 책임을 말하면 결코 자유롭지 못했다. 그녀는 선황의 장녀이자 지금도 제1위 황위 계승권자이며, 황제를 제외하고는 사실상 후계 구도에 대해서 가장 큰 발언권을 가진 사람인 것이다.

클레어가 부드럽게 말했다.

"전하께서는 입장이 전혀 다르시지요. 제국민을 더 위태롭게 만들 것을 우려하신 것이니까요."

"변명을 하자는 것은 아니다만, 남은 아이가 리누스밖에 없었던 것을 어떡하겠니."

아렌 공왕조차도 내전을 우려하여 아무것도 하지 않았다. 그녀는 더욱더 나설 수 없었다.

리누스를 말로 밀어낼 수는 없었다. 계승법을 따져 가며 자신이나 맨프레드가 황위에 오르겠다고 하는 것은 말이 안 되는 일이고, 클라우제너의 주인인 에리히를 지지한다는 것도 터무니없는 일이다.

5년의 시간이 지난 지금, 빅토리아 대공이 바라는 것은 리누스가 당당하고 책임감 있는 어른으로 자라 제 역할을 다해 주기를 바라는 것뿐이었다.

황제와 내각만 제 기능을 해 준다면, 나머지는 모두 일시적인 권력 다툼일 뿐이다. 권좌에 탐욕스럽기는 하지만, 황후는 그래도 통치가 무엇인지 알고 있는 사람이다. 빅토리아 대공은 과거의 에리히와 마찬가지로 그렇게 평가하고 있었다.

그렇기에 이번 일이 더 실망스러운 것이었다. 황후와 아우구스타가 생각이 있었다면, 친족이라는 이유만으로 루덴도르프 후작에게 이런 대규모 국책 사업을 맡겨서는 안 되었다.

"곯아 버리기 전에 터졌으니 차라리 다행이지요. 그리고 보니 신문은 보셨나요?"

"무슨 새 소식이라도 있었니?"

"에른스트의 고등 재판소에 브뤼닝 백작이라는 사람이 소송을 걸었다더군요."

클레어는 그녀에게 신문을 집어 주었다. 빅토리아 대공은 코안경을 꺼내 쓰고 신문을 훑어 읽었다.

"정말 수치스러운 일이다."

단순히 돈을 갚지 못했다는 차원의 문제가 아니었다. 그 일로 인해 재판소에 가서 소송까지 당한다는 것은 정말 견딜 수 없는 수치였다.

"엄마! 나 꿀!"

이제 떠들 만큼 떠들었는지, 엘리엇이 달려와 클레어의 치맛자락을 부여잡았다. 그럴 줄 알았기 때문에 클레어는 수건을 엘리엇의 목에 두르고 미리 준비해 놓은 컵에 미지근한 레몬꿀차를 따라 엘리엇의 손에 쥐여 주었다.

엘리엇이 두 손으로 그것을 받아서 꼴깍 마시다가 주르륵 흘렸다.

"이런."

그것도 예상한 바였다. 마저 마시게 하고 나서 그녀는 엘리엇의 입가를 수건으로 닦고 말했다.

"턱이랑 손을 씻어야겠다. 끈적끈적해질 텐데."

"엄마는?"

"빅토리아 고모할머니랑 더 이야기할 거야."

"나 배 갖고 올 거야. 엄마, 여기서 기다려야 돼?"

"네 배는 벌써 트렁크에 들어갔어."

"안 돼!"

엘리엇이 발을 굴렀다.

"윌 아저씨한테 보여 주기로 했단 말이야!"

"어차피 오늘 못 만나."

"우리 윌 아저씨한테 가는 거 아니야?"

"가긴 갈 건데, 오늘 안에는 도착 못 해."

"이잉!"

엘리엇이 떼쓰는 소리를 냈지만, 비스마르항까지는 직행 기차가 없다. 빅토리아 대공이 물었다.

"그런데, 이렇게 늦게 출발해서 언제 도착하려고?"

"오후 기차를 타면, 중간 숙소에 딱 저녁에 내릴 수 있다나 봐요. 에리히도 일을 정리하고 출발해야 해서, 조금 시간이 걸릴 것 같아요."

"그렇구나."

클레어는 엘리엇의 엉덩이를 두드려서 씻으러 가라고 보냈다. 비로소 엘리엇의 반복되는 이야기에서 벗어난 요안나가 티 테이블에 앉아, 화제에 끼어들었다.

"저는 오늘 신문을 보고 브뤼닝 백작이 용감하다고 생각했어요. 아우구스타 님이 있는데도 소송을 걸다니."

"아우구스타의 체면에 이런 일에 직접 끼어들 수는 없지. 가주가 엄연히 있는데, 사고 수습까지 나이 든 누이가 해 주어서야 되겠느냐."

하지만 클레어의 생각은 달랐다. 그녀는 애초부터 이 사건이 진짜 사고가 아니리라고 생각했다. 십중팔구 보험 사기일 것이다.

사고를 낸 항해사는 사흘도 되지 않아 행방을 감췄다. 가라앉은 배는 범선으로, 큰 배이긴 하지만 슬슬 은퇴할 때가 된 물건이었다. 실려 있던 화물이 진짜로 대형 공사에 쓸 만한 고품질의 자재라는 걸 또 어떻게 확신하겠는가. 전부 바다에 잠겨 버렸는데.

'어딘가에서 망가진 목재를 사다가, 폐기할 때가 된 배에 실어 사고를 내면, 제법 쏠쏠하겠지.'

책임 범위가 정해지지 않은 보험이 아닌가. 게다가 클레어는 한 가지를 더 의심하고 있었다.

선박 사고는 종종 있는 일이지만, 하필 부두와 부딪쳐 가라앉은 것이 진짜 우연일까? 하필이면 이 시점에? 아마 이 소송 자체가 최종 목적이었으리라.

요안나가 말했다.

"하지만 아우구스타 님이 이 사건에 직접 개입하여 소송을 무효로 만들지 않으면 루덴도르프 후작가는 파산할 거예요."

"적당히 중재하여 화해할 수도 있겠지."

"그래도 돈 문제를 해결하지 않으면 안 될 텐데요. 아우구스타 님에게 그 정도 사재는 없을 거예요."

황후의 시녀가 되었을 때 지참금 대신 가져간 재산이 전부일 거라고 요안나가 말했다.

'그럴 리가.'

클레어는 속으로만 그 말을 부정했다.

아우구스타는 연꽃 이궁의 관리자다. 마약 총책이 일에 헌신하느라 사재를 전혀 축적하지 않았다고? 참새도 비웃을 소리다.

그녀가 고민하는 것은 다른 문제일 것이다.

'충성심 문제가 제일 크지.'

에리히가 별것 아니라는 듯이 말했을 때, 클레어는 자신의 생각과 표현만 다를 줄 알았다.

아우구스타가 사재를 꺼내 후작가를 구하려면, 돈의 출처를 들킬 위험성을 감수해야 한다. 그러지 않고 루덴도르프 후작가가 파산하도록 방치한다면, 황후의 지지 세력에 균열을 내게 된다. 루덴도르프는 황후에게 충성심을 보이기 위해 후계자까지 갈아 치운 가문이기 때문이다.

상징적인 의미도 있었다. 쫓아냈던 아렌인 소생 장남이 돌아와 가문을 차지한다는 것은, 지금까지 황후와 아우구스타의 프로파간다를 역공하는 효과가 있다.

하지만 에리히는 이렇게 말했다.

'가문에 충성할 것인가, 황실에 충성할 것인가. 이건 아주 오래된 문제이지. 이 경우 황실 대신 주군을 넣으면 되겠군. 어느 쪽을 택하든 아우구스타는 내부 경쟁 때문에 난처한 처지가 될 거야.'

'내부 경쟁이요?'

'가문을 포기한다면 무능한 자가 되고, 가문을 살린다면 불충한 자가 되겠지. 생각하지 못했나?'

'이간질하는 자가 있겠군요. 충성 문제로는 생각하지 못했어요. 오히려 나는 황후가 아우구스타를 버림으로써 잃게 될 것 쪽에 초점을 뒀었어요. 혹은, 아우구스타가 루덴도르프를 버린다면 갖고 있는 힘 중 하나를 잃는 셈이니까요. 내부 경쟁에서 패배하게 되겠지, 하고……'

내부 갈등과 경쟁은 당연히 있을 테지만, 초점을 능력에 맞추고 있었다.

'루덴도르프 후작이 힘이 되긴 무슨.'

'그러게요. 여기 와서 보니, 그냥 짐덩어리였네요.'

한탄을 했는데, 에리히는 무슨 재미있는 이야기라도 들은 것처럼 웃었다.

돈 이야기가 나오자, 빅토리아 대공이 한숨을 내쉬었다.

"후작의 입장은 어찌 되었든 브뤼닝 백작에게는 보험금을 지급해야 할 텐데, 걱정이구나."

"그것도 전하께서 내주실 생각인가요? 이만저만 큰돈이 아닐 텐데."

"애초부터 재보험을 만들자고 한 이유가, 선주 연합 보험만으로는 해결할 수 없는 대형 사고를 처리하자는 데 있었으니까. 아직 동의도 다 구하지 못했다만, 솔선수범해야지."

빅토리아 대공이 어두운 목소리로 말했다.

"지금 이대로 항구가 끝도 없이 막혀 있으면, 결국 힘들어지는 건 루덴도르프 항구를 근거지로 삼아 먹고사는 사람들뿐이야."

"빅토리아 전하의 마음 씀씀이가 너무 자상하시네요."

클레어는 그렇게 말하고 미소를 지었다.

"원래 저희가 지급 보증을 하기로 했으니, 이번에 루덴도르프 항구를 정상화시키는 것도 저희가 하도록 할게요."

"정말이니?"

"빅토리아 전하께서 선주 연합의 보험을 감당하기로 하셨는데, 저희라고 해서 그러지 못할 이유가 어디 있겠어요. 비스마르항에 가면 인양 전문가를 찾아서 보낼게요. 물론 비용도, 보험금도, 최종적으로는 루덴도르프 후작가에게 청구할 거예요. 하지만 다행히도 남편의 용돈 지갑이 놀랄 만큼 빵빵하니, 저희는 천천히 시간을 두고 받아 내면 돼요."

"역시 인심은 금고에서 나오는 거야. 고맙구나."

빅토리아 대공이 미소를 지었다. 클레어는 고개를 저었다.

"처음부터 제가 제안드렸던 일인걸요."

그리고 판을 깐 것은 자신이다. 거기에서 누가 무엇을 했든 간에, 일부는 자신이 책임져야 했다. 특히 빅토리아 대공이 걱정하는 것처럼, 항구에 기대어 먹고사는 사람들의 생활은 말이다.

집사가 손님의 방문을 알렸다.

"마님, 루덴도르프 공자께서 오셨습니다."

"아, 헤르만 경이 배웅 나온 모양이네요."

클레어는 들어오게 하라고 손짓했다.

헤르만은 비단으로 만든 동백꽃을 세 송이 들고 들어왔다. 그의 프록코트에도 같은 꽃으로 만들어진 부토니에르가 꽂혀 있었다.

"담소 나누시던 중에 방해했습니다."

그는 들어오자마자 빅토리아 대공과 클레어, 요안나에게 각각 동백꽃을 한 송이씩 건네고, 손등에 키스했다. 클레어는 쓴 웃음을 지었다.

"경은 마지막 날까지 방심할 수가 없군요."

"할 일 없는 사람이니 숙녀분들을 기쁘게 하는 일이라도 해야지요. 저희 집에서 요즘 동백꽃을 솎아 내는데, 그 꽃을 보다 보니 공작 부인을 떠올리지 않을 수 없었습니다."

그가 말해 놓고 덧붙였다.

"블룸 남작님도."

"동백꽃이 클레어 님에게 아주 잘 어울린다고 저도 생각하지만, 저요?"

"겨울 꽃은 고난을 뚫고 피는 법이니까요."

"아무한테나 그러는 건 위험할 수도 있는 일이라고 지난번에 제가 충고하지 않았던가요?"

"저는 아무한테나 아무 의미도 없이 그러지는 않습니다만. 요안나 양은 충분히 꽃을 받을 자격이 있다고 봅니다."

그 말이 아닌데 말이다. 하지만 요안나가 꽃을 받을 자격이 있다는 것은 사실이었다. 헤르만이 미소를 지었다.

"밖에 벌써 짐을 실어 나르고 있더군요. 떠나신다는 말씀은 들었지만 이렇게 빨리 가실 줄은 몰랐습니다."

"굳이 시간을 끌 이유가 없으니까요. 여행치고 한곳에서 너무 오래 머물렀어요. 친구가 배를 태워 주겠다고 초대했으니, 이 기회에 그쪽으로 갈 작정이에요."

"엘리엇 경이 배 타는 걸 아주 기대하고 있겠군요."

"어제 잠을 설칠 정도였죠."

클레어는 미소를 지었다.

"우리는 갈 거지만 빅토리아 대공께서는 좀 더 이곳에 머무르시기로 했으니 너무 아쉬워할 필요 없어요."

"아, 말씀은 이미 들었습니다. 대공 전하, 진짜로 이 집으로 거처를 옮기실 생각입니까?"

"자작나무 별관에 더 있기도 민망해지지 않았는가?"

빅토리아 대공이 씁쓸하게 그렇게 말했다. 어차피 영주관에 머물러 있는 동안에도 특별히 후작가와 교류를 많이 가진 것은 아니었지만 말이다.

"뭐, 저는 제가 방문하면 되니까요. 대공 전하께서라도 루덴도르프에 오래 머물러 주시면 제가 기쁠 겁니다."

"자네가 방문하는 게 내게도 즐거운 일이기는 하지만, 집안 사정도 있는데 굳이 애쓸 필요 없네. 아마 선주 연합을 나에게 소개시켜 준 것 때문에 후작에게 미움받았을 테지."

"어차피 아버진 절 미워하십니다. 이제 와서 환심을 사려고 애쓰는 것보다 그냥 대공 전하의 총애를 받는 쪽이 제게는 더 즐거운 일이지요."

헤르만은 아무렇지도 않게 대답했다. 그런 솔직함이 빅토리아 대공에게는 나빠 보이지 않았기 때문에, 그녀는 미소만 지었다.

집사가 클레어를 찾았다. 짐을 싣는 문제로 확인할 것이 있다고 하여, 클레어는 자리에서 일어섰다.

헤르만이 그녀를 뒤따랐다. 안 그래도 할 이야기가 있었기 때문에 클레어는 사양하지 않고 기꺼이 그의 에스코트를 받아 정원으로 나갔다.

"언제 출발하십니까? 제가 기차역까지 배웅하겠습니다."

"기차역에 에리히가 나와 있을 텐데요?"

헤르만의 웃음에 조금 금이 갔다.

"떠나시는 마당에 공작 각하께서 절 더 미워하시진 않겠죠."

"이제 그렇게까지 노력 안 해도 괜찮아요."

"예?"

"짐짓 여자에게 관심 있는 척하는 것도 이제 그만둘 때가 되었다는 의미예요."

헤르만은 잠깐 입을 다물었다가 놀란 듯이 물었다.

"제가 억지로 그런다고 생각하십니까?"

"사실 경은 사람을 썩 좋아하진 않으니까요. 잘 사귄다는 것과 좋아한다는 것은 서로 다른 문제이지요. 탕아 노릇은 여러 가지로 쓸모 있었을 테지만요. 특히, 다른 남자들과 교류하면서 무시당하지 않을 수단으로."

이번에야말로 헤르만이 침묵했다.

"부인께서는 자신이 매력적인 분이라는 사실을 잘 모르시는 것 같군요."

"내가 못생겼다고 생각하는 건 아닌데, 헤르만 경의 경우는 또 다른 문제잖아요. 이제 괜찮아요. 판은 모두 깔렸고, 남은 것은 시간뿐이니까."

"……."

"그나마도 경 자신이 당겨서 더 짧아졌죠."

오랜만에 헤르만의 얼굴에서 웃음이 사라졌다. 그리고 나자 그 밑에서 드러난 것은 우수에 찬 얼굴이었다.

클레어는 그가 감정을 다스릴 때까지 기다렸다.

"저는 아주 발이 넓습니다. 사람을 사귀고 노는 것밖에 할 일이 없었으니까요."

"그것도 일종의 재능이지요. 브뤼닝 백작은 경의 수많은 친구들 중 하나인가요?"

"솔직히, 수도의 사교 클럽에 자주 드나드는 남자 중에 제 친구가 아닌 사람은 드뭅니다."

그 누구도 특별하다고 특정 지을 수 없을 만큼.

그리고 헤르만은 고향에 돌아온 뒤로 수없이 많은 편지를 썼다. 알베르트 브뤼닝의 귀에 들어간 정보가 어디에서 시작되었는지 의미가 없을 정도로 말이다.

누군가는 자신이 적어 보낸 이야기들이 갖는 의미를 알아차렸을 것이다. 또 누군가는 그가 보낸 신호 또한 알아챘으리라.

클레어가 가만히 그의 옆얼굴을 바라보고 말했다.

"만일에 그게 또다시 빚이 된다면."

"예."

"어떻게 할지 같이 생각해 보죠. 그러니까 언제든 연락하세요."

별말도 아닌데, 헤르만은 그때 갑자기 심장이 갈비뼈 언저리로 내려가는 것 같은 기묘한 출렁임을 느꼈다. 목구멍에 걸려 있던 큰 덩어리를 억지로 삼켜 배 속으로 내린 것 같은 기분이었다.

그는 표정을 단속할 줄 아는 사람이기에, 클레어는 그것을 전혀 눈치채지 못한 듯 올려다보며 빙긋 미소를 지었다.

"당연하지 않나요? 설마 내가 딜러처럼 공평하게 패를 돌린 거라고 생각했을 리는 없고."

"아닙니다."

"브뤼닝 백작 정도는 알아서 잘 정리할 거라고 믿어요. 어쩌면 거기까지 손쓸 필요조차도 없을 것 같지만."

클레어는 그렇게 말하고서, 자신이 너무 매정한 것 같아 한마디 덧붙였다.

"일이 없어도 연락하세요. 친구 없는 우리 남편과도 좀 놀아주고."

"하하. 공작 각하께서는 절대 절 반기지 않으실 겁니다."

"으음. 부정하기가 어렵네요."

"하지만 기꺼이 찾아뵙겠습니다. 게임 테이블에 앉을 사람이 부족할 때라면 더욱 좋고요."

헤르만은 시원하게 웃으며 대답했다. 심장은 여전히 가슴이 아니라 배 안에서 뛰고 있었다.

✦

알베르트 브뤼닝은 경쾌한 태도로 휘파람을 불면서 호텔로 돌아왔다. 넉넉한 호주머니는 사람의 마음을 넉넉하게 한다. 이제 곧 손에 굴러 들어올 이익도 그랬다.

"자."

그는 스위트룸 거실로 들어서면서 고용인들에게 손가락으로 금화를 하나씩 튕겨서 던져 주었다. 하인들이 허둥지둥 그것을 주웠다. 비서가 정중히 그에게 고개를 숙이고 말했다.

"클라우제너 공작가에서 편지가 왔습니다. 보험금을 대신 지불해 준다고 합니다."

"그래?"

"빅토리아 대공 전하께서 시작하신 사업이라 그런 모양입니다. 내일 중으로 전권 대리인이 도착한다는데, 약속을 잡을까요?"

"돈으로 준다던가?"

"아마 그렇지는 않을 겁니다. 빅토리아 대공 전하께서 하신 일을 보면, 일부는 바로 인양 비용으로 쓰고, 일부는 선원들에게 지급할 겁니다."

"그렇군."

자신에게 한꺼번에 주는 게 훨씬 낫지만, 어차피 나가야 할 돈이니 그렇게 한다고 해도 반대할 생각은 없었다.

아쉽긴 하지만, 빨리 받을 수 있다면 좋은 일이다. 그가 생각하기에 루덴도르프 후작가에서 제때 돈을 받아 내는 건 이미 그른 일이었으니까.

"다른 건?"

"별다른 건 없습니다."

"흠."

브뤼닝은 소파에 털썩 앉아 시가를 입에 물었다. 그리고 비서의 손에서 편지 뭉치를 받아 직접 발신인을 확인했다. 오늘도 헤르만에게서 온 편지는 없었다. 하지만 그는 느긋한 태도로 생각했다.

'서둘러서 딱히 좋을 게 없긴 하지. 남의 의심을 살 수도 있고.'

그는 루덴도르프 후작이 만든 어리석은 보험 조항을 보자마자 거기에서 얻을 수 있는 이득을 깨달았다. 그리고 헤르만이 그 내용을 제게 편지로 적어 보낸 이유도.

물론, 그는 그 내용을 자신에게만 보내지 않았다. 하지만 그게 중요하지는 않았다. 자신이 가장 빨리 움직였다는 것은 사실이니까. 때마침 그럴 수 있는 입장이었다.

'후작은 정말 어리석군. 바로 장남이 배신자인 줄도 모르고 말이야.'

폐기 직전의 낡은 배를 공짜로 새 배로 갈아 치우고, 추가적으로 약간의 금전적 이득을 볼 수 있는 기회였다.

신용에 다소 손실이 있었으나, 그리 큰 문제는 아니었다. 배는 제때 도착했고, 사고의 원인은 루덴도르프 항구의 운영이 나빴기 때문이다.

애초부터 브뤼닝은 신용과 사업 계획으로 자재 공급권을 따낸 것도 아니었다. 그때 이용한 인맥은 여전히 유효하다. 그러니 신용보다는 헤르만에게 은혜를 입히는 것 쪽이 우선이었다. 이런 기회는 두 번은 오지 않으니까.

'뭐, 후작으로 만들어 주는 건데, 내게 철저히 은혜를 갚아야지.'

그 얄미운 미남을 어떻게 써먹을까를 생각하며 브뤼닝은 느굿하게 시가를 한 모금 빨았다.

호텔 지배인이 조심스러운 태도로 문을 두드렸다.

"백작님, 손님이 오셨습니다."

방문 카드에는 이름 대신 연꽃무늬의 도장이 하나 찍혀 있었다. 브뤼닝은 숨을 들이켰다.

"모두 물러가라."

비서와 하인들은 놀랐으나 그것을 태도에 드러내지 않았다.

썰물처럼 사람이 빠져나갔다. 브뤼닝은 시가를 재떨이에 내려놓고 일어서서 옷차림을 단정하게 했다.

곧 손님이 안내되었다. 아무 특징 없는 검은 프록코트를 입은 남자는 검은 실크해트를 가볍게 들어 브뤼닝에게 인사를 건넸다.

"안녕하십니까, 브뤼닝 백작님? 뵙게 되어 반갑습니다."

그는 자신이 누구인지 소개하지 않았다. 브뤼닝도 굳이 묻지 않았다. 검은 연꽃 도장이 찍힌 방문 카드는 황후의 비공식적인 사자라는 뜻이다.

그런 자들이 있다는 말은 예전부터 있었다. 그러나 실제로 만나 봤다는 사람은 브뤼닝 주위에는 아직까지 없었다.

"최근에 백작님께서 하신 몇 가지 일에 대해, 어떤 분께서 궁금해하셔서 이렇게 찾아뵈었습니다."

남자가 말했다.

『충실한 아우구스타에게.

지난번에 네가 편지와 함께 보내 준 마음은 잘 받았다. 돌이켜 보니, 내가 네 선물에 너무 익숙해 있었다는 생각이 들더구나. 내가 보답한 지가 너무 오래되었지. 오랜만에 아들과 함께 앉아 차를 마시고 있노라니, 이 자리에 네가 함께 있었으면 하는 생각이 간절하다.

귀향은 오랜만인데, 잘 쉬고 있는지. 세월이 많이 흘렀어. 20년도 넘은 옛일도 마음속에서는 마치 어제처럼 떠올릴 수 있지만, 옛날에 지내던 방의 가구는 흰 천을 덮어 곱게 놓아두었더라도 그대와는 느낌이 다를 테지.

고향 집의 동백꽃은 그대로일까?

진실한 마음을 담아.
마르고트.』

아우구스타는 이미 세 번은 읽었던 편지를 한 번 더 읽고, 반으로 접어 도로 봉투에 넣었다. 편지함에 넣을까 잠시 고민했으나, 그만두었다. 대신 그녀는 그것을 손수건에 싸서 손가방에 넣었다.

겉으로는 별것도 없는 다정한 안부 편지였으나, 이 며칠 동안 전해진 여러 보고를 생각하면 그렇지 않았다.

'누군가가 본다고 해도 아무것도 이해하지 못할 테지만.'

아우구스타는 한숨을 내쉬며 그렇게 생각했다. 사실 아우구스타 자신조차도 헷갈릴 때가 있었다.

쾅쾅!

문을 거칠게 두드리는 소리가 울렸다. 시녀가 당황하여 아우구스타를 바라보았다.

"가방을 챙겨서 먼저 나가거라."

"네, 아우구스타 님."

시녀가 공손히 말하고 하녀들을 재촉했다. 하녀들이 짐 가방을 들고 나갔다. 체류가 예상외로 길어지긴 했지만, 애초에 올 때 가벼운 몸으로 온 탓에 돌아갈 때의 짐도 많지 않았다.

마지막으로 시녀가 나가면서 복도에 있는 루덴도르프 후작에게 공손히 작별 인사를 올렸다. 루덴도르프 후작은 그 인사에 마주 응할 정신도 없어 보였다. 그는 뛰어들듯이 아우구스타의 방으로 들어왔다.

"누님!"

"소란스럽구나."

"이렇게 갑자기 떠나신다니, 정말입니까?"

짐 가방을 든 하녀들이 나가는 것을 보았으니 진위는 확인할 필요 없을 텐데도, 후작은 당황하여 그렇게 물었다.

"더 오래 여기 있을 이유도 없지 않니? 황후 폐하께서도 이제 그만 돌아오라고 하시니, 돌아가야지."

아우구스타는 꼿꼿한 자세로 선 채 후작을 바라보았다. 후작은 기가 죽어 어깨를 늘어뜨렸다.

"그렇군요. 그러면 돌아가셔야지요⋯⋯."

"아쉬운 체할 필요 없다, 클로트비히. 네가 왜 그러는지는 알고 있고, 그에 적절한 결정도 이미 내렸으니까."

루덴도르프 후작이 눈을 굴렸다. 아우구스타는 씁쓸한 기분으로 그를 바라보았다.

자신이 아니었다면, 그가 여기까지 어리석은 일을 저질렀을까? 그러지 않았을 것이다. 아니, 그러지 못했을 것이다. 세상의 변화에 적응하지 못한 수많은 다른 귀족들처럼, 규모가 줄어든 영지와 수입을 가지고 그럭저럭 제 한 몸 인생 끝날 때까지 살았을 것이다.

아니다. 사실 규모에 맞게 살림을 꾸리면서 살 것 같진 않았다. 허세를 부리고 빚을 잔뜩 져서 파산한 다른 가문과 그리 다를 바 없었으리라. 하지만 적어도 그 파멸은 조용히, 제 몫에 어울리는 수준으로 이루어졌겠지.

'내가 한 일이니, 내가 정리하는 게 옳지.'

그녀는 할 수 있는 한 부드러운 목소리를 냈다.

"브뤼닝 백작은 소송을 취하할 거다."

"아!"

후작의 얼굴이 확 밝아졌다.

"역시 누님이 조치해 주셨군요! 하긴, 제깟 놈이 뭐라고 우리 가문에게 소송을 건단 말입니까?"

"브뤼닝 백작가도 제법 오래된 로멜 귀족가다, 클로트비히.

황후 폐하께서는 딱히 우리 가문의 편을 들어 주신 건 아니야."

아우구스타는 나직한 목소리로 말했다. 루덴도르프 후작의 얼굴이 일그러졌다. 하지만 그는 여전히 요즘에 들을 수 없었던 자신감 넘치는 목소리로 말했다.

"하지만 우리 가문에는 누님이 계시지 않습니까?"

"……."

아우구스타는 검은 연꽃이 보내온 보고서의 내용을 떠올렸다. 알베르트 브뤼닝은 꽤 대가 셌다. 단순히 구슬리는 것만으로는 그가 말하는 것이 진실이라고 확인할 수 없었기에, 자백제를 세 개나 사용했다.

『브뤼닝 백작은 헤르만 루덴도르프와 같은 폴로 모임에 소속되어 있으며, 친분도 상당합니다. 그러나 헤르만 루덴도르프가 직접 종용한 바는 없습니다.』

헤르만이 쓴 편지 중 수십 통의 사본이 이미 황후의 손에 들어갔다. 그 편지는 마치 연못에 잉어 밥이라도 던지듯 부정확하고 얕은 정보를 흩뿌리고 있었다. 그리고 브뤼닝 백작은 루덴도르프의 뒤에 자신이 있는 것을 알면서도 어리석게 그 떡밥을 물었다.

아니, 그걸 그렇게까지 어리석은 일이라고 할 수는 없을지도 모른다. 확실하게 떼돈을 벌고, 잘하면 후작가 하나를 휘어잡을 수 있는 기회를 왜 놓친단 말인가.

'헤르만에게 책임을 물어야 할까?'

아우구스타는 하루 동안 생각해 보았다. 하지만 그렇게까지 할 마음은 들지 않았다. 이건 그냥 루덴도르프 후작이 어리석었던 것이다. 헤르만이 아니었어도, 언젠가는 벌어졌을 일이다. 하필 상대가 귀족이라 권력으로 짓뭉갤 수 없었고, 소송도 재판소에 정식으로 올라갔을 뿐이다.

놀랄 만큼 마음이 차가웠다.

'루덴도르프는 실패였어.'

아우구스타가 바랐던 것은 루덴도르프가 전통 있는 로멜 귀족으로서 되살아나, 황후의 주요 지지 세력 중 하나가 되는 것이었다. 그러나 반대로 계속해서 이쪽의 자원을 빨아먹다가 로멜 귀족 중에서도 어리석은 자가 있다는 것을 증명해 버리고 말았다.

그건 감당할 수 없는 아우구스타의 실책이다. 만일에 자신의 가문이 아니었다면, 황후는 이미 가혹한 제재 조치를 내렸을 것이다.

아니, 그전에 루덴도르프에 애초부터 항구 증축 사업을 주지 않았을 것이다. 꼭 필요한 위치였다면, 먼저 영주를 쫓아내고 쓸 만한 사람을 심는 사전 작업부터 시작했으리라.

하지만 황후는 이런 거대한 실패에도 불구하고 아우구스타에게 한 번 더 기회를 주었다. 아우구스타는 루덴도르프를 어떻게 할지 직접 결정할 수 있었다. 황후의 사자들은 보고서를 모두 그녀에게 보냈다.

그것이 황후가 포기했는데도 불구하고 그녀가 리누스를 찾으러 여기까지 온 '마음'에 대한 '보답'인 것이다.

물론 기회가 있다고 해서 그걸 마음껏 쓸 수는 없었다. 주군이 금지한 일만이 아니라 실망할 일도 해서 안 되는 것이다.

게다가 아우구스타는 자신이 전과는 다르다는 것을 느꼈다. 15년 전의 그녀였다면, 어떻게든 가문을 살려서 황후의 밑으로 데려가려고 애썼을 것이다.

하지만 이제 그녀의 실망감은 너무 깊었다. 자신이 그리워하던 것은 옛 시간이지, 이 장소가 아니다.

황후의 말이 옳다. 20년도 훌쩍 넘어 30년에 더 가까운 옛 추억을 생생하게 떠올릴 수는 있었지만, 맞지 않는 옷처럼 이 집의 방은 더 이상 그녀에게 편안하게 느껴지지 않았다. 이제 버릴 때였다.

"내가 떠나도 별일은 생기지 않을 거다. 빅토리아 대공 전하와 클라우제너 공작가에서 먼저 내준 보험금 문제도 내가 대신 교섭해 두었다."

"아, 역시 누님밖에 없으십니다."

"돈은 결국 갚아야 해. 몇 개 상단을 통해 빚을 먼저 갚고, 그쪽에는 장기간에 걸쳐서 나눠서 갚을 수 있도록 부탁해 두었는데, 자세한 사정은 호르스트와 재산 관리인에게 말해 두었으니 확인해 보거라."

"예."

후작은 이제 완전히 안심한 듯한 얼굴이다. 거무죽죽했던 얼굴색이 평소의 빛깔로 생기 있게 돌아올 지경이었다.

"클로트비히."

아우구스타는 낮은 목소리로 동생을 불렀다. 그리고 아까부터 손가방에 그냥 넣을까 말까 고민했던 향합을 테이블에 그냥 내려놓았다.

"이걸 주마."

"예?"

"별건 아니다. 잠이 안 올 때 내가 쓰는, 가벼운 수면 효과가 있는 향인데."

아우구스타는 다정한 말씨로 말했다.

"안에 심지가 있으니 불을 붙이면 된단다. 안색이 안 좋구나."

"아, 감사합니다. 실은 제가 잠을 설친 지 며칠 됩니다. 누님에게 그런 것까지 걱정을 끼치다니…… 부끄럽습니다."

후작이 얼굴을 붉히고 고개를 숙였다. 아우구스타는 냉담한 눈으로 그를 바라보았다.

아우구스타가 떠난다는 소식을 듣고 루덴도르프 후작 부인이 작별 인사를 하러 나왔을 때, 호르스트가 창가에 멍하게 서 있는 모습이 보였다.

"호르스트, 왜 그러니?"

"아."

호르스트가 시선을 돌렸다. 그 얼굴은 창백하고 고통스러워 보였다. 후작 부인은 창가로 다가갔다. 정원에 헤르만과 코넬리아가 있었다. 헤르만은 막 외출에서 돌아온 듯, 두툼한 망토를 걸치고 모자까지 쓰고 있었다.

두 남녀는 뭔가 이야기를 나누고 있었다. 코넬리아가 뺨을 붉히며 고개를 숙였다. 후작 부인의 얼굴이 붉게 달아올랐다. 하지만 그녀가 입을 열기 전에 호르스트가 먼저 말했다.

"괜한 말씀 마십시오."

"호르스트."

"형님은 원래 여자에게 친절합니다. 어머니도 가끔 꽃을 받으셨잖아요. 그리고 코넬리아는 다정한 사람입니다."

호르스트가 갈라진 목소리로 나직하게 말했다. 그 갈라진 목소리의 나머지 반쪽은 고통스러운 말을 속삭였으나, 누구도 들어서는 안 될 소리였다.

호르스트가 헤르만의 거실을 방문한 것은 몇 시간 뒤의 일이다. 가신 둘이 그를 보고 깜짝 놀랐다.

"소후작님."

둘 다 호르스트와 시선을 마주치지 못하고 피했다. 그것만으로도 그들의 마음은 충분히 알 수 있었다.

'가신들도 벌써.'

호르스트 앞에서 달아나듯이 두 사람이 자리를 떠났다. 호르스트는 거실 문을 한 번 두드렸다가, 대답을 기다리지 않고 바로 열었다.

"호르스트. 무슨 볼일이라도 있나?"

벽난로 앞에 서 있던 헤르만이 놀란 듯이 물었다. 가신들과 호르스트가 이 앞에서 마주친 것을 알았을 텐데, 그것에는 별로 신경 쓰지 않는 태도였다. 어쩌면 이미 대세를 잡았다고 생각하는 것일지도 모른다.

거실에서는 사과와 알코올 향이 뒤섞인 냄새가 퍼져 있었다. 벽난로에 작은 주전자가 걸려 있었다.

"글루바인을 직접 만들고 있었어?"

"그런 기분이라서."

"그런 기분이 어떤 기분인데?"

헤르만이 멋쩍은 미소를 지었다. 고작 글루바인에 취한 것도 아닐 텐데, 어딘가 설렌 듯 홀린 듯 달뜬 얼굴을 하고 있었다.

"별거 아니야. 이삼 일만 지나면 잊을 거다."

호르스트는 그 얼굴을 알고 있었다. 아마 10년 전의 자신이, 아무도 없는 방에서 꼭 그런 얼굴을 하곤 했으니까. 형의 약혼녀를 만날 때마다.

하지만 헤르만은 소년 시절의 저보다는 훨씬 침착했다. 그는 침실로 달아나거나 어색하게 시선을 떨구는 대신에 쾌활하게 말했다.

"앉아라. 넉넉하게 만들었으니 너한테도 한 잔 줄 수 있어."

호르스트는 불편한 기분으로 자리에 앉았다. 헤르만은 주석잔을 꺼내 음료를 따랐다. 호르스트는 따끈따끈한 잔을 받아 손가락 끝을 녹였다.

"요즘 찾아오는 사람이 많은가 봐?"

"돌려 말하지 않아도 된다, 호르스트. 상황이 상황이니, 다들 불안해하는 거지. 너도 굳이 내 방까지 찾아온 건, 아버지와 상의해도 더 이상 문제가 해결되지 않는다는 걸 알고 있기 때문일 거고."

"고모님이 급한 건 다 막아 주셨어. 브뤼닝 백작이 소송을 취하했다는 이야기는 들었지?"

"그랬었군. 클라우제너에서 보험금을 먼저 지급해 주기로 했다지만, 그것만으로 쉽게 물러날 친구가 아니라서 의외라고 생각했는데."

헤르만이 말하다 말고 호르스트를 보고 말했다.

"날 의심하고 있구나."

"브뤼닝 백작은 형의 친구라면서."

"친구지. 그렇다고 해서 그가 주린 개처럼 군다는 걸 부정할 수는 없으니까. 아마 내게 구둣발을 핥게 하기 위해서라면, 배한 척쯤은 예사로 바다에 처박을 거다."

그 말로 헤르만은 자신이 한 일을 완곡하게 긍정한 셈이었다.

"형은 그걸 친구라고 부르나?"

"구둣발을 핥게 해 달라고 매달릴 수조차 없는 상대가 세상에는 훨씬 많으니까."

호르스트는 기이한 기분으로 헤르만을 바라보았다. 그는 단한 번도 남의 구둣발을 핥겠다고 생각해 본 일이 없었다. 그러나 헤르만은 그런 말을 하면서도 표정을 전혀 바꾸지 않았다.

안색이 화사하다고 해서 로멜 귀족답지 못하다고는 할 수 없다. 감정을 제어하고 표정을 숨기는 것이 귀족적인 것이라면, 그가 훨씬 자신보다 자질이 뛰어나다.

그래서 호르스트는 생각하지 않을 수 없었다.

'루덴도르프가 이렇게 된 것은 내 실패 탓이다. 내가 너희에게 사과하지 않으면 안 되겠지.'

아우구스타는 담백할 정도로 솔직하게 말했다. 물론 그녀가 말한 것은 호르스트 자신에 대한 이야기가 아니다. 그녀가 루덴도르프를 통해 하려고 했던 일이 실패했다는 의미였다.

직접적으로는 부친이 원인이며 궁극적으로는 아우구스타 자신이 실패한 것이다. 그럼에도 불구하고 호르스트에게는 그 말이 제가 실패작이라는 것처럼 느껴졌다.

'미안하구나. 내가 내 동생을 잘 못 봐서 너희에게까지 복잡하고 어려운 문제를 떠안겼다.'
'고모님······.'
'클로트비히에 대한 책임은 내가 안고 가마.'

아우구스타는 조용한 얼굴로 말했다.

'그 녀석이 이번에 서명한 보험 조항에 대한 문제는 너희가 이 이상 신경 쓰지 않아도 될 게다. 항구 공사는 중단되겠지만, 그게 루덴도르프의 책임으로 돌아올 일도 없을 거고.'

'가문과 절연하실 생각입니까?'

'절연이라……. 글쎄. 너희 아이들이 보고 싶긴 할 거야.'

'고모님…….'

'하지만 더 이상 황후 폐하의 것을 나 때문에 루덴도르프에 낭비하고 싶지는 않구나.'

그보다 더 확실한 절연 선언은 없었다.

'나머지 일은 이제 너희들끼리 알아서 하려무나. 후계자인 네게도 당연히 가문 경영에 상당한 책임이 있고, 헤르만도 제가 뿌린 씨앗은 스스로 거둬야 할 테지.'

아우구스타는 그렇게만 말하고 떠났다. 아쉬웠지만 호르스트가 이해하지 못할 처사는 아니었다. 이렇게까지 어리석은 행동을 목도하고도 끊임없이 퍼다 부을 수 있는 사람은 없을 테니까.

하지만 호르스트에게는 계속해서 실패라는 말이 메아리쳐 돌아왔다.

아우구스타가 루덴도르프 후작가에서 한 일 중 가장 큰 것은 호르스트를 후계자로 삼은 것이었다. 그러니 그녀의 실패는 곧 호르스트가 실패작이라는 뜻이었다.

그때부터 생각하고 있었다. 아니, 그 이전부터.

그가 가진 것은 본래 그의 것이 아니다. 그의 아내는 본래 헤르만의 약혼녀였다.

자신이 실패작이니, 이제 자리의 정당한 주인이 나타날 때가 아닐까. 두 사람 사이에 아무것도 없다는 것은 호르스트가 가장 잘 알고 있었다.

코넬리아는 그의 아내였다. 어린 시절에는 아웅다웅하기도 했지만, 지금은 다정한 사이였다.

'내 눈에는 그렇게 보이지 않는다만, 헤르만이 만일에 코넬리아에게 일부러 수작을 건다면, 다른 이유가 아니라 네 마음을 산란하게 만들기 위해서일 거다.'

아우구스타는 그렇게 말했고, 호르스트도 동의했다. 하지만 코넬리아도 과연 그럴까?

코넬리아는 원래 헤르만을 좋아했다. 헤르만이 꽃과 반지를 들고 방문하여 무릎 꿇은 것이 아니라, 그저 어릴 때 어른들이 결정한 정혼이라도 뺨을 붉히고 설레어했다는 사실을 호르스트는 알고 있었다. 왜냐하면 그녀가 그러는 동안에 자신은 코넬리아를 지켜보고 있었으니까.

후계자의 자리에 거론되었을 때 솔직히 가장 기뻤던 것은, 이제 코넬리아가 자신의 약혼자가 되리라는 것이었다.

그는 자신이 시시하고 비겁한 인간이라고 생각했다. 헤르만에게서 후계자 자리를 빼앗은 것은 자기 뜻이 아니었다, 내가 실패한 것이 아니라고 주장하고 싶었다.

그런 반면, 거기에 걸려 있었던 것이 코넬리아와의 결혼이라는 것을 생각하면 비열한 짓을 해서라도 그 자리를 움켜쥔 채 있고 싶었다.

하지만 그런 생각은 모두 의미 없는 짓이다. 누가 누구를 원했든, 결혼은 이미 성사되었다. 이제 와 자신이 루덴도르프를 헤르만에게 돌려준다고 해도, 거기에 코넬리아가 포함될 일은 없다.

무엇보다도 그녀의 배 속에 있는 건 자신의 아이다. 비록 열정이 일방적인 것이라 한들.

그렇지만, 그릇된 생각이 강박처럼 머릿속을 헤집었다. 속에서부터 올라오는 쓴 물 때문에, 달고 따뜻한 음료로 입 안을 적셔도 별로 위로가 되지 않았다.

"그래서, 용건이 뭐지?"

헤르만이 다시 물었다. 호르스트는 해서는 안 될 질문을 입 안에서 수도 없이 굴렸다.

코넬리아에 대해서, 어떻게 생각해?

하지만 어떤 의혹은 아예 입 밖에 내지 않는 것이 현명한 법이다. 연못 바닥을 일부러 휘저을 필요는 없다. 실은 코넬리아 생각을 하고 있을 때가 아니다. 그는 루덴도르프의 후계자였고, 지금 중요한 것은 가문을 장악하는 일이다.

그는 글루바인을 한 모금 더 마셨다. 잔은 어느 틈에 비어 있었다. 이것보다는 술이 낫겠다고 생각했을 때였다.

쾅! 쾅쾅!

다급하게 문 두드리는 소리가 났다.

"무슨 일이냐?"

헤르만이 물었다. 문이 콰당 열렸다. 뛰어 들어온 것은 부집사였다.

"헉, 헉, 두 분 함께 계셨군요. 급합니다. 주인님께서!"

"아버지에게 무슨 일 있나?"

"주인님께서 쓰러지셨습니다."

호르스트와 헤르만은 서로 얼굴을 쳐다보았다. 그리고 누가 먼저라 할 것도 없이 벌떡 일어났다. 부집사가 두 사람을 후작의 침실 쪽으로 인도했다.

이미 주치의가 후작을 진찰하고 있었다. 침실의 창문은 활짝 열려 있어서 온통 추웠는데도, 달콤한 향내가 실내에 감돌고 있었다.

"어떻게 된 건가? 아버지는?"

"돌아가셨습니다."

의사가 대답했다.

"아편 과용으로 의식을 잃은 상태에서 발작이 일어난 것 같습니다. 고통은 전혀 느끼지 못하셨을 겁니다."

호르스트는 경악하여 숨을 들이켰다. 그의 시야에 헤르만이 똑같이 놀라고 있는 얼굴이 보였다.

"어떻게 할까요, 소후작님?"

그가 후계자였기에 의사가 그렇게 물었다. 호르스트는 금방 깨달을 수 있었다. 이것이 아우구스타가 안고 가겠다는 책임이었다.

후작이 비록 술과 담배를 좋아하기는 했으나, 연잎 궐련조차 피운 적이 없었다. 아우구스타가 아편도, 진정제도, 진통제마저도 철저히 금지했기 때문이다.

호르스트는 이제 자신이 그 사실을 안고 가야 한다는 것을 깨달았다.

가족, 그리고 가신 중에서도 대표들만 참석한 장례식은 조용하고 조촐했다. 인척에게조차 소식을 알리지 않았다.

몇몇 사람들은 그가 약물 남용으로 사망한 거라고 생각하지 않았다. 후작의 명예는 벼랑 끝에 몰려 있었다. 스스로 목숨을 끊었다고 생각하는 사람이 적지 않았다. 당장 영주관을 빼앗길 상황은 아니었다고 해도, 이 나이가 되어 집을 떠난 지 오래된 큰누이가 또다시 일을 해결해 주었다는 것도 불명예스러운 일이다.

하지만 후작을 더 오랫동안 알아 온 사람은 그렇게 생각하지 않았다.

"실수였겠지요."

늙은 푸흐스 경이 구덩이로 내려가는 관을 바라보며 낮은 소리로 중얼거렸다.

"후작님은 자살 같은 것을 할 분이 못 됩니다."

그는 책임질 줄 모르는 사람이다. 그가 유일하게 큰누이에게 수치심과 미안함을 느낀다고 할지라도, 그것이 목숨을 끊을 정도의 것일 리 없었다. 아마도 진짜로 분노를 이기지 못하고, 현실에서 도피하기 위해 약을 쓰다가 그만 사고로 죽었으리라.

후작 부인의 생각은 또 달랐다. 그녀는 호르스트를 잡고 조심스럽게 말했다.

"나는 아무래도 안 믿어져. 후작님이 의지가 굳은 사람이라고 생각하는 것은 아니지만, 수면제나 진정제를 쓴 적은 없었어. 그렇다고 명예 때문에 자살할 사람도 아니고."

그렇게 말하면서 후작 부인이 슬며시 헤르만 쪽을 바라보았다. 상복을 입었어도 헤르만은 변함없이 훤칠하고 우아한 모습이었다. 로멜에서 슬픔은 결코 드러내서는 안 될 감정이었기에, 그는 비정하다기보다 더없이 귀족적으로 보였다.

가신들도 그렇게 느끼고 있을 터였다. 모두가 그를 바라보고, 그와 악수하고 싶어 했다. 후작 부인은 그것을 보며 위협을 느끼는 모양이었다. 호르스트는 후작 부인에게 낮게 속삭였다.

"그런 말씀을 하시면 안 됩니다. 어머니."

"하지만."

"근거 없는 말이에요."

호르스트는 그 향합의 주인이 누구인지 알았기 때문에 어머니의 말에 감정적으로나마 동조할 수 없었다.

어쩌면 아우구스타가 그 사실을 제게 알려 준 것은 시험일지도 모른다. 헤르만에게 뒤집어씌워 죄인으로 만들라고 말이다. 그래야 다시 한번 그녀의 손 아래로 들어갈 수 있을 것이다.

하지만 그는 그렇게까지 할 수 없었다. 이 자리의 정당한 주인은 헤르만이다. 그 생각에 여전히 사로잡혀 있었다.

장례가 끝났다. 이제 몇 안 되는 참석자와 인사를 나누고 모두 돌려보내야 했다.

"여보."

그때 코넬리아가 그의 손을 살며시 잡아 왔다. 호르스트는 순간적으로 모든 생각을 잊고 코넬리아를 내려다보았다.

"내가 있을게. 당신은 좀 들어가 쉬어."

"코넬리아."

"힘들어 보여서."

"아니, 하지만……."

그때 헤르만이 다가왔다.

"호르스트."

"형."

그가 호르스트에게 눈인사를 건네고, 먼저 코넬리아에게 말했다.

"코넬리아, 들어가 쉬는 게 어떻습니까? 너무 오래 서 있었습니다."

빨리 동의하라고 헤르만이 눈짓했다. 호르스트는 고개를 끄덕였다.

"나는 형이랑 의논할 것도 있고, 처리할 것도 있어. 먼저 들어가서 쉬어."

"그러지 말고 네가 데려다주는 게 좋겠다."

사실 지금 호르스트 자신에게도 가장 필요한 일이 그것이었
다. 하지만 장례의 마지막을 지키지 못하는 것은 상주로서의
위치를 포기하는 것과 같다. 헤르만이 그것을 노리고 한 말인
지도 몰랐지만, 호르스트는 고개를 끄덕이지 않을 수 없었다.

코넬리아를 걱정시킬 정도로 안 좋은 안색을 하고 있다면,
남는다 해도 어차피 좋을 게 없었다.

그는 코넬리아의 어깨를 감싸 안고 묘지에서 나왔다. 헤르
만이 따로 불러 둔 마차 한 대가 있었다. 마차에 오르자 코넬리
아가 그의 뺨을 두 손으로 감쌌다.

"눈이 충혈됐어. 눈가도 까매졌고."

"꼴이 못나 보이겠군. 형이랑 비교하면 더."

"왜 그런 말을 해?"

호르스트는 말해 놓고도 스스로 후회했기에 씁쓸하게 고개
를 숙였다. 그래도 코넬리아의 손을 억지로 떼어 내지는 못했
으므로, 표정을 전부 숨기지는 못했다.

"미안해."

"뭐가?"

"당신이……."

그는 잠긴 목을 억지로 뚫었다.

"당신이 나와 결혼했을 때는, 루덴도르프 후작가가 훨씬, 훨
씬 더…… 명예와 영광을 얻을 거라고 생각했을 텐데."

코넬리아가 놀란 듯 눈을 동그랗게 뜨고 그를 쳐다보았다.

"확실히 아버지는 실망하실 것 같긴 한데, 이미 실망 많이 하셨을 거라서."

"응……."

"나는 그냥, 더 힘든 일이 생기지 않았으면 좋겠다."

그렇게 말하고 코넬리아가 좁은 마차 안에서 조심조심 움직여 그의 곁으로 옮겨 앉았다. 그리고 두 팔을 벌렸다. 호르스트는 의아하게 그녀를 쳐다보았다.

"우리 아기가 아빠의 포옹이 필요하다는데요."

호르스트는 순간적으로 너무 놀라서 헛웃음을 터뜨렸다. 코넬리아 얼굴이 빨개졌다. 사실 그녀도 이렇게 말해 보는 것은 처음이었다. 이건 엘리엇에게서 배운 것이었다.

"싫으면 관둬!"

그녀가 돌아서려는 찰나, 호르스트가 조심스럽게 그녀를 보듬어 안았다. 그것도, 거의 처음 있는 일이었다.

"아버님 장례식날에 이런 이야기를 하는 것도 좀 이상하긴 한데."

"……."

"클라우제너 공작님과 부인께서 아이를 너무 예쁘게 기르셔서, 부럽더라고."

생각지도 못한 말에 호르스트는 숨을 멈췄다.

"공작 영윤은 만난 적 없지? 볼 때마다 그 생각 들었어. 이렇게 귀여운 아이였으면 좋겠다, 이렇게 키웠으면 좋겠다. 사랑

한다는 말을 얼마나 잘하는지 몰라."

"그랬군."

"그래서 우리도 그렇게 하면 좋겠다고 생각했어. 물론 당신이 동의해 줘야 할 테지만. 호르스트?"

코넬리아가 놀라서 그의 뺨에 다시 손을 댔다. 하지만 오늘 호르스트가 우는 것은 전혀 이상할 게 없었기에, 그녀는 왜 그러느냐고 묻는 대신 그를 안아 주었다.

"괜찮아. 마차에서 좀 천천히 내리지 뭐."

그녀가 그렇게 말해서 호르스트는 숨도 제대로 쉬지 못하고 흐느껴 울었다.

상속과 계승 문제를 처리하기 전에 해야 할 일이 많이 남아 있었다. 아우구스타가 가장 큰 문제를 해결해 주었다 해도, 후작가의 상황이 좋다고는 결코 말할 수 없었다. 그녀가 장례식에 참석하지도 않았기 때문에 루덴도르프 후작가의 신용은 수직 하락했다.

중지시켜 놓은 가게른 광산의 일도 재개해야 하고, 항구 공사도 어떻게든 정리해야 한다. 증축을 중지하더라도 당장 하고 있었던 부두 건설은 끝마무리를 지어야 한다. 이미 들어온 자재의 대금을 지불하고, 인부와 관리관의 임금도 해결해야 했다. 망가진 부두도 수리해야 한다. 이대로는 장기적으로 수입에 큰 타격을 입을 것이다.

그것 말고도 자잘한 빚이 많았다. 지금까지는 큰 사업과 투자, 가문에 대한 신용으로 막아 왔지만, 그게 무너지고 후작이 죽자 차용증이 한꺼번에 돌아왔다.

"선대 후작께서 쓰신 차입금이 조금 있습니다. 액수가 크지 않기에, 잘못하면 새 후작님께서 알지 못하고 놓치실까 두려워 이렇게 찾아뵈었습니다."

그런 자가 거의 매일 찾아왔다. 그런 식으로 쌓인 차용증의 액수를 모두 합치면 결코 작지 않았다. 파산이 조용히 진행되었다.

가신들과의 관계에는 조금 더 문제가 있었다. 아우구스타의 후광이 사라지자, 적지 않은 수의 가신들이 낮은 목소리로 이런 의견을 말했다.

"아무리 그래도 장남은 장남이지."

"아우구스타 님께서 워낙 강하게 바라셨기도 하고, 또 지금의 후작 부인 소생이기도 해서 그때는 별말 안 했지만……."

"아무래도 호르스트 경으로는 불안하긴 합니다."

"지금까지 실패한 사업이 몇 개인지……."

작위 계승 서류는 처리조차 되지 못한 채 책상 서랍에 놓여 있었다.

헤르만이 서재 문을 두드린 것은 장례식으로부터 열흘 후의 일이었다.

"이야기 좀 하자."

그의 손에는 몇 장의 편지가 들려 있었다. 그게 사적인 편지가 아니리라는 것은 명백했다.

"이제 아예 형에게 서류를 가져가는 사람도 있나 보지."

"피곤해 보이는군."

헤르만이 서재의 소파에 앉으며 말했다.

호르스트는 피로한 눈으로 그를 바라보았다. 그리고 자신이 이때를 기다리고 있었다는 사실을 깨달았다.

"사실 그래."

"코넬리아가 걱정하더군."

"……."

호르스트는 가까스로 표정을 다스릴 수 있었다. 헤르만이 자신을 들쑤시려는 의도로 그런 말을 하더라도 이제 상관없었다. 그와 코넬리아에게는 아이가 있었고, 그것보다 중요한 일은 없었다.

그는 책상 한쪽에 놓여 있던 문서 한 장을 들고 헤르만의 건너편으로 왔다.

"형의 용건을 먼저 들을까, 아니면 내가 먼저 말할까?"

"용건이 있다면 먼저 이야기해. 그러고 보니 전에도 나한테 할 말이 있다고 했지?"

헤르만이 말했다. 후작의 급작스러운 죽음으로 인해 잊고 있었지만, 그 직전에 호르스트는 그에게 할 말이 있어 찾아온 것 같았다.

호르스트의 용건은 그때와는 전혀 다른 것이었다. 그는 문서를 헤르만에게 내밀었다. 그것은 루덴도르프 후작가가 빚을 지고 있는 채권자의 목록이었다.

"이 중 삼분의 이 가까이에게서 연락을 받았어. 기한을 연장하거나 이자를 깎아 주겠다는군. 형의 얼굴을 봐서."

"그렇군."

"어떻게 한 거야?"

헤르만이 빙긋 웃었다.

"아는 사이니까."

"단순히 아는 사람이라는 것만으로 손해를 감수하며 날짜를 미뤄 준다는 건가?"

"안다는 건 신용이 있다는 뜻이지. 게다가 빅토리아 대공 전하와 클라우제너 공작 부인과도 친분이 있으니까. 고귀한 숙녀와의 친분이라는 건 종종 믿을 만한 사람이라는 것과 비슷한 이야기가 되지."

호르스트는 묘한 기분으로 헤르만을 바라보았다. 헤르만이 하는 말의 의미를 머리로는 이해할 수 있었다. 가문의 이름으로 신용을 대체할 수 없다면, 스스로 만드는 수밖에 없다. 그러니까 헤르만은 가문에서 아무 일도 하지 못하는 시간 동안 그것을 구축해 왔다는 것이다.

호르스트는 그가 구두를 핥을 기회조차 흔하지 않다고 말한 의미도 이해하고 말았다. 그가 부친 밑에서 실무를 해 온 자신보다 훨씬 더 세상에 익숙하다는 것을 인정하지 않을 수가 없었다.

"그렇군."

호르스트는 짧게 중얼거렸다. 인정해 버리자 마음이 편해졌다. 가신들이 헤르만을 찾아가는 것도 자연스러운 일이다.

"이번엔 형의 용건을 들어 보고 싶은데."

"클라우제너 공작 각하에게서 항구의 투자를 약속받았다."

그가 편지를 흔들어 보였다. 호르스트에게 넘겨주지는 않았다. 호르스트는 눈을 크게 떴다. 부친이 꽤 매몰차게 거절당했다는 것을 이미 알고 있었기 때문이다.

"지분을 넘기기로 했어?"

"자금을 차입하는 게 아니라 아예 투자자로 들어오는 거야. 증축 사업은 중단될 테니, 그 자리에 정부 대신."

"클라우제너 공작가라면 그것도 충분히 가능하겠지만…….
그것만으로는 해결 안 돼."

"우리 측 지분을 담보로 차입금도 들여올 거야. 수도를 거점으로 한 대형 상단의 주인들이나 후계자들과도 친분이 있어서."

"형은 그걸 감당할 자신이 있어?"

"고개를 많이 숙여야 하긴 했지만, 중요한 사람에게 빚을 지는 것도 인연을 쌓는 법이지."

아무 사이도 아닌 것보다는 그게 낫다고 헤르만이 말했다.
호르스트가 그를 바라보고 말했다.

"형은 정말로 인맥이 넓군."

"지금까지는 그것밖에 할 수 없었으니까."

"날 책망하는 거야?"

"설마. 너도 네 처지에서 가장 원하는 것을 얻기 위해 최선을 다했을 뿐이라는 걸 나도 알지."

호르스트는 그 말에 심장이 불안하게 덜컹거리는 것을 느꼈다. 자신이 '가장 원하는 것'이 무엇이었는지 헤르만이 알고 있을까 봐. 그건 오히려 후계자의 자리를 탐냈다는 것보다도 더 더러운 일이었다.

그는 숨을 한번 크게 들이마셨다. 그리고 오늘 이미 결정했던 일을 되새기고 침착성을 되찾았다.

"지금 형이 가져온 모든 조건은, 형이 작위를 계승할 경우에 유효한 거겠지?"

"그야, 작위를 얻지 못한 장남은 가문을 떠나는 것밖에 할 수 없으니까."

그렇게 말하면서도 헤르만은 전보다 편안한 얼굴이었다.

클레어는 그의 억울함을 알아주었다. 울분도. 사교적인 웃음과 습관적인 다정함 밑에 숨기고 있는 것도 꿰뚫어 보았다.

그것뿐인데도 이상하게 마음이 편해졌다. 빼앗겼다는 의식이 완전히 사라졌다는 것은 아니지만, 전처럼 그것이 제 인생을 모조리 헤집어 놓았다는 느낌은 들지 않았다. 박탈감이 사라졌기 때문인지도 모른다. 루덴도르프 후작가 따위는 조금도 중요하지 않게 느껴졌다.

물론 클레어가 그에게 처음 편지를 썼던 목적을 생각하면, 그는 작위를 얻어야 했다. 하지만 이제 그는 그 자체에 집착하는 것이 아니라 해야 할 일 중 하나로 여길 수 있었다.

호르스트가 그런 그의 표정을 보고 눈을 내리깔았다.

"일이 이렇게 된 이상, 가신들은 전부 형의 편이겠군. 그러면 상속 소송을 걸어도 내가 질 가능성이 월등히 높고."

"그렇게까지 하고 싶진 않다. 황후 폐하께서도, 고모님도 지켜보고 계실 테니. 게다가 이 이상 불명예스러운 일로 남의 입에 오르내리고 싶지도 않고."

헤르만이 나직하고 예사롭게 중요한 제안을 했다.

"네가 물러난다면, 지금 가문이 보유하고 있는 현금의 절반과 장원 두 개, 가게른 광산의 지분 전체를 넘기마."

"빚은 전부 형이 떠안고?"

"루덴도르프 가문의 빚이니, 당연히 루덴도르프 후작이 책임져야지. 가게른 광산의 개발도 재개될 거다. 이번에 크로지크에게 넘어간 지분의 일부를 델포드 남작가가 인수했으니까."

"공작 부인이?"

"그런 셈이지."

"하, 하하."

호르스트는 허탈하게 웃었다. 부친이 그렇게 바라던 클라우제너의 투자를 결국 헤르만이 받아 온 셈이다. 그러다가 웃음을 뚝 그치고 그는 손바닥으로 얼굴을 한번 쓰다듬었다.

"내가 물러나는 게 순리겠지."

"호르스트."

"원래도 코넬리아와 나는 가게른 남작령으로 갈까 했어. 외삼촌에게도 연락했고. 나는 꼴 보기 싫지만, 어머니와 코넬리아는 기꺼이 환영해 주시겠다더군."

"그렇군."

"형도 예상했던 것 아니야? 그러니까 가게른 광산의 지분까지 해결해 둔 거고."

"그러라고 권할 작정이긴 했다. 루덴도르프의 상속권을 포기하더라도 가게른 남작가의 후계자는 너이니까."

"……."

"분하냐?"

"아니."

호르스트는 허탈하고 시원한 기분으로 고개를 저었다. 자신의 것이 아니었던 것을 본래 주인에게 돌려주는 것뿐이다. 그리고 진짜로 원하는 것은 모두 얻었고, 원래 제 몫이었던 자리도 그대로 남아 있었다.

실은 헤르만의 동정이 뼈를 쑤시는 것처럼 아팠다. 자신의 무능이 그대로 증명된 꼴이 아닌가. 하지만 그것이 가족의 삶보다 중요하지는 않았다.

코넬리아가 바라는 것이 아이를 자유롭고 행복하게 키우는 것이라면, 그는 기꺼이 그것을 위해 루덴도르프 후작가 따위는 내버릴 수 있었다.

"나에게는 코넬리아도 있고, 아이도 있어. 여기에서 벗어날 수 있다면 다행한 일이지. 재산 분할은 고맙게 받겠어."

"하."

헤르만이 어이없다는 듯 헛웃음을 흘렸다. 그리고 경고하듯이 말했다.

"너 때문에 주는 게 아니야. 코넬리아와 곧 태어날 조카를 위해서 주는 거지."

"……."

"왜?"

"형은, 코넬리아를 어떻게 생각해?"

"너 같은 놈을 거두느라 고생이 많다고 생각하지."

"……."

"좋아하면, 잘해라 좀. 어릴 땐 원숭이처럼 쫓아다니면서 관심 달라고 머리채를 잡아당기더니, 이제는 남자 노릇 한다고 외롭게 만들고 말이야."

헤르만이 혀를 찼다.

"너는 코넬리아에게 남은 평생 미안해해야 해. 후작 부인으로 만들어 주지 못한 것 때문이 아니라 외롭게 한 걸로."

"……코넬리아가 외로워한 걸 형이 어떻게 알아?"

"눈 달린 사람이면 그걸 누가 몰라. 네가 교섭이다 뭐다 해서 날마다 집을 비우니까, 홑몸도 아닌 몸으로 이 날씨에 자꾸 정원에 나와 있는 거지."

호르스트가 무심코 팔걸이를 움켜쥐었다. 헤르만이 등받이에 몸을 젖혀 기대며 오만한 자세로 그를 내려다보았다.

"인장 반지나 이리 내. 상속 포기 서류에 서명하고."

호르스트는 떨떠름하게 그를 쳐다보았다.

상속 포기 서류는 이미 준비되어 있었다. 그는 비어 있는 자리에 이름을 채우고 서명했다. 그리고 손가락에 맞지 않아 중지에 대강 걸치고 있던 부친의 인장 반지를 빼서 헤르만에게 넘겼다.

헤르만이 그것을 봉투에 넣어 봉했다.

비로소 자신의 삶으로 돌아왔다.

만족감과 동시에 아쉬움도 들었다. 만일에 자신이 작위를 계승하지 못하게 됐다면, 지금쯤 사모하는 귀부인을 기쁘게 하려면 무슨 색 꽃을 사야 할지, 즐거운 고민이나 하고 있었을 테니까. 그런 삶이 즐거웠으리라고 생각하게 된 것인 이 며칠 사이의 일이다.

물론, 그것보다는 인장 반지를 바치는 쪽이 훨씬 충만하리라.

호르스트는 그가 혼자 빙그레 미소 짓는 모습을 지켜보고 있다가 조용히 일어섰다.

"어디 가려고?"

"코넬리아에게. 서재에서 달리 챙길 건 없으니까 이대로 형이 쓰면 돼."

헤르만이 그를 올려다보고 미소를 지었다.

"정원에 동백꽃이 딱 예쁘게 피었더라. 그거라도 갖고 가라."

"충고는 필요 없어."

호르스트는 그렇게 말하고 밖으로 나섰다.

헤르만의 말이 옳았다. 봉오리를 한 차례 솎아 낸 정원의 동백나무에 커다란 꽃송이가 만개해 있었다. 그는 그중에서 제일 크게 핀 꽃 한 송이를 따서 조심스럽게 손안에 감쌌다.

그리고 코넬리아가 기다리고 있을 처소로 향했다.

잊힌 사람

늦은 오후였지만 클레어는 아직 침대 속에 있었다. 배는 아프고 몸은 찝찝하고 눈꺼풀은 떨어지지를 않았다. 새벽부터 피의 축제가 벌어졌다. 평소보다 열흘 가까이 늦었다.

'으……'

클레어는 맥을 못 추고 미지근해진 물주머니를 끌어안은 채 널브러져 눈을 감았다. 차라리 잠이라도 잤으면 좋겠는데, 그녀는 이 시기에 잠을 잘 자지 못하는 편이었다. 전생에는 이것보다 덜 괴로웠던 것 같은데.

현대 문명이 정말 그리웠다. 선제적으로 먹어 치우는 효과 좋은 진통제, 배 위에 얹어 놓으면 무게가 딱 좋았던 전기 찜질팩, 말랑말랑하고 커다란 바디필로우.

아니, 생각해 보니 출근을 안 하는 것 쪽이 좋긴 했다.

'시원섭섭하네.'

열흘이나 늦어서, 이번에는 임신일지도 모른다고 생각했는데.

딱히 빨리 가질 작정은 아니었다. 벌여 놓은 일도 많고, 느긋하게 태교하기에 좋은 상황도 아니니까.

그렇다고 절대 안 된다는 것도 아니었기에, 생기면 낳는다는 정도의 느슨한 마음가짐을 유지하고 있었다. 어차피 이 시기의 피임법 중에 확률 높은 건, 안 하는 방법밖에 없다.

'생겨도 상관없는 집에 오히려 늦게 찾아오는 것 같기도 하고.'

솔직히 결혼식 전까지 합치면, 꽤 늦는 편이다.

5년 전 단 하룻밤 사이에 아이가 생겼을 거라고 믿고 따지러 왔던 에리히가 약간 웃겨졌다. 본인이 스나이퍼쯤 될 줄 알았던 모양이다.

놀려 볼까? 혼자서 별것도 아닌 농담을 생각하다가, 그것도 지쳐서 클레어는 도로 널브러졌다.

그때 문이 달칵 열렸다. 클레어는 물주머니를 갈아 주려고 온 마사라고 생각하고 눈을 감은 채 가만히 있었는데, 입술에 손가락이 닿았다. 잉크 냄새가 나는 손끝이 잇새를 가볍게 벌리더니, 얇은 초콜릿 하나가 밀고 들어왔다. 클레어는 그것을 받아 우물거리면서 눈을 떴다.

에리히가 이불 밑으로 손을 넣었다. 뭐 하는 거냐고 따지려고 했는데, 그가 미지근해진 물주머니를 클레어의 손에서 빼내고 뜨거운 물주머니를 안겨 주었다.

이건 좀 좋았다. 출근을 안 하는 것에 이어, 출근 안 하는 남편이 있어서 초콜릿도 갖다주고, 물주머니도 갖다주고. 혼자 있을 때도 마사가 잘 챙겨 주긴 했지만 말이다.

"일이 있었던 거 아니에요?"

"잠깐 윌리엄에게 출항이 어찌 되려나 물어보고 왔어. 더 자지 그래?"

"잠이 안 와요."

클레어는 그에게 옆에 앉으라고 베개를 탁탁 두드렸다. 에리히가 슬리퍼를 벗고 순순히 침대 위로 올라와 앉았다. 일이 있긴 했지만, 집무실이 따로 있는 것도 아니고 접견도 없다. 그냥 침실에 앉아서 편지나 확인하면 될 일이었다.

클레어가 그의 허벅지를 쿠션처럼 끌어당겨 베고 누웠다. 시트 안이 물주머니 때문에 후끈거렸다.

"윌이 뭐래요? 나 때문에 일정 늦어진 건 아니죠?"

"루덴도르프 항구 쪽 배가 대부분 비스마르항으로 몰려서 입항도, 출항도 모두 밀리고 있다더군. 윌리엄도 이 정도로 심각할 줄은 몰랐나 보던데."

"당신 힘으로 어떻게 안 돼요?"

"지금 이거, 날 시험하는 건가?"

에리히가 입을 다물라는 소리 대신 초콜릿을 하나 더 클레어의 입에 물렸다. 클레어가 웅얼거리며 말했다.

"음. 아뇨. 진짜로 그냥 물어본 건데."

"출항 순서를 당기는 것은 어렵지 않지만, 준비에도 시간이 걸리는 듯해. 보급품도 빠듯하다고 하니."

"아아, 하긴."

"게다가 엘리엇이 있지 않나. 윌리엄의 배 중에 그나마 선실이 갖춰져 있는 건 화물선이라는데, 우리는 그렇다 쳐도 아이를 그냥 태우기에는 신경 쓰이는 모양이야."

클레어는 짧게 신음했다.

"차라리 어선을 타고 조금만 가는 게 낫지 않겠어요? 그게 구경하기도 괜찮을 거 같은데."

"윌리엄에게 생각이 있겠지."

"하긴……. 그걸 몰라서 준비를 한다는 건 아닐 테니."

클레어는 한숨을 내쉬었다. 출항 준비 시간이 이 정도로 오래 걸릴 줄 알았으면 아예 별장에서 늦게 출발할 걸 그랬다.

"덕분에 네가 컨디션이 나쁜 채로 배를 타지 않게 되었으니 다행이지 않나?"

"그렇긴 하네요."

일회용이 없는 시대, 바다 위에서 세탁물을 생산해 내고 싶지는 않았다.

클레어는 슬그머니 눈을 뜨고 에리히를 올려다보았다. 그는 정말로 아쉽지는 않을까? 엘리엇을 자식으로 받아들였다는 것과, 진짜 자기 자식을 갖는 것 사이에 정말로 차이가 없을까?

시기를 늦추자는 데는 서로 동의했으나, 현실과 별개로 서운한 마음이 있을지도 모른다.

"왜?"

클레어의 시선을 눈치채고 에리히가 내려다보았다. 새삼 눈매가 깊어 보여서 클레어는 조금 설렜지만, 굳이 그것을 표정에 드러내는 우를 범하지는 않았다.

대신 허벅지를 탁탁 두드렸다. 바디필로우로 쓰게 좀 누워보라는 뜻이었으나, 에리히의 꼿꼿한 허리를 구부리게 하지는 못했다. 사실 낮에 그를 침대에 눕히는 건 쉽지 않은 일이었다. 아예 벗겨서 이불 속으로 끌어들이는 건 쉬웠지만.

대신 클레어는 고개를 돌려 이마를 비볐다. 그럴수록 근육이 단단해져서, 힘 좀 빼라는 뜻에서 그녀는 다시 탁탁 에리히의 허벅지를 손으로 두드렸다.

"클레어."

에리히가 예민한 태도로 그녀의 머리를 밀어냈다. 괜히 웃겨서 그녀는 킬킬 웃었다.

"당신도 많이 컸어요."

"그게 무슨 소리야?"

"10년 전에는 내가 월경이라는 말을 입에 담았다고 버럭거렸잖아요."

"……미혼의 숙녀가 남자를 상대로 함부로 그런 단어를 입에 담는 건 부주의하다고 주의를 준 거지."

"부끄러운 짓을 한 것도 아니고, 생리 현상으로 아픈 건데 말 못 할 건 또 뭐예요?"

"……"

"그리고, 그걸 내가 말하고 싶어서 했나? 어디가 아픈 건지 말할 수도 없으면서, 꾀병 부리면서 소파에 온종일 드러누워 있지 말라고 찔러 댄 게 누군데."

"⋯⋯."

"지금은 말해도 괜찮나 봐."

그녀의 입을 도로 막으려는 듯이 초콜릿이 하나 더 입 안으로 들어왔다. 그리고 곧바로 하나 더. 이거 씹어 먹는 데 몇 분이나 걸린다고 그러는지 모르겠다.

"이제 나에게는 말해도 상관없지."

에리히가 뒤늦게서야 나직하게 말했다. 클레어는 데굴 돌아누워 그를 도로 올려다보았다.

"흠."

"뭐가 흠이야."

에리히가 그녀를 쏘아보았다. 그러나 불행하게도 예나 지금이나 사나운 얼굴이 클레어에게 통한 적은 없었고, 이제는 속이는 것도 좀처럼 되지 않았다.

"흐으으으음?"

"그건 확실히 네가 너무 생각이 없었던 거지. 남편도 아닌 남자를 상대로, 월경 같은 건 입에 올릴 단어가 아니야."

"뭐, 어쩌겠어. 옛날 사람이니, 내가 참아야지."

그게 무슨 소리냐고 에리히가 또다시 그녀를 노려보았다. 클레어는 태연하게 그 시선을 받아넘기고 도로 몸을 굴려 이번에는 복근에 얼굴을 비볐다.

뭐라 한들 별로 상관없었다. 요점은 초콜릿과 뜨끈뜨끈한 물주머니와 말랑말랑 대신 만지면 단단해지는 따뜻한 바디필로우가 있다는 것이었다. 그리고 출근을 안 한다는 것과.

"클레어."

에리히가 한숨을 내쉬며 그녀를 불렀다. 클레어는 그러든가 말든가 침대 위에서 굴렀다.

얼마 후에 집사가 편지 뭉치가 놓인 은쟁반을 들고 들어왔다. 에리히는 그걸 손 닿는 곳에 놓고 나가라고 손짓했다. 그리고 끙끙거리는 클레어의 이마를 한번 가볍게 쓰다듬고, 편지 뭉치를 끌어당겼다.

삭, 삭, 소리를 내며 그가 편지 봉투를 넘기는 소리를 듣고 클레어가 도로 눈을 떴다.

"그냥 자. 특이한 소식이 있으면 깨워 줄 테니."

"내 거 읽어 줘요."

"이제 아주 당당하군."

"내 편지 낭독하고 싶어 한 건 당신이잖아요."

"동화책 대신 읽어 주겠다는 뜻은 아니었어."

그렇게 말하면서도 에리히는 순순히 클레어 앞으로 온 편지를 뜯었다.

"크로지크 백작가에서 소식이 왔군. 가게른 광산에서 네 몫으로 확보한 15%의 지분 이전에 대해서 루덴도르프 후작가와 합의가 이루어졌다는데."

"음."

"투자금을 더 넣을 건가?"

"그래야죠? 내가 갱도를 터뜨렸으니까, 적어도 그 부분만큼은 내가 뚫어서 사업을 계속하게 해야죠."

"크로지크 노백작이 직접 관리하면, 손해가 되진 않도록 잘하겠지."

에리히가 두 번째 편지를 뜯었다.

"위빙 상단의 에른스트 지부에서, 루덴도르프의 포목상과 의상실에서 후작가가 진 외상값을 모아서 하나의 채권으로 묶어 기한을 늦추는 일을 마무리했다는군."

"음. 봉투에 책임자 이름 있죠?"

"대표 이름으로 왔지만, 지부 내부에는 업무 담당자가 누구인지 기록이 있겠지."

"봉투에 나중에 확인하라고 메모 좀 해 줘요."

"지금 날 네 비서로 쓸 작정인가?"

에리히가 눈을 빗뜨고 그녀를 쳐다보았다. 클레어는 눈을 감은 채 대꾸했다.

"음, 유능하고 잘생긴 남비서를 두는 건 내 꿈 중 하나였죠."

"……."

"잘생겼다니까요."

"하."

에리히는 헛웃음을 쳤으나 순순히 세 번째 편지를 뜯었다. 그것은 헤르만에게서 온 것이었다. 그냥 넘기고 싶은 마음이 좀 있었으나, 봉투의 두께가 상당했고, 그쪽에서 받아야 할 보고가 제일 중요하다는 사실도 알고 있었다.

"루덴도르프의 상속 문제는 수월하게 마무리되었다는군. 하긴, 아우구스타가 손을 뗀 시점에서 차남 혼자 뭔가를 할 수는 없었겠지."

"그럴 만한 능력이 있다면, 애초부터 가문을 그 지경으로 만들지도 않았을 테니까요."

"생각보다 너무 쉽게 물러나고, 너무 관대하게 처사했어."

에리히는 과정을 모두 읽어 주고 나서 그렇게 말했다.

"헤르만 경이 독기가 빠졌더라고요. 그리고 심정도 좀 이해가 가고요."

"그런가?"

"동생의 아내가 임신 중이잖아요. 코넬리아 부인이 너무 순진하고 좋은 사람이어서, 알거지로 만들어서 쫓아내라고는 못 하겠더라고요."

클레어가 중얼거렸다.

"후작이 그렇게 죽어 버릴 줄도 몰랐고요. 살아 있었다면, 눈앞에서 세간살이를 몽땅 들어내서 뒷목을 잡게 해 줬을 텐데."

하지만 당사자가 죽어 버린 마당에, 임부까지 있는 집에서 못 할 일이었다.

"아우구스타가 그렇게 빨리 잘라 낼 줄은 몰랐어요. 루덴도르프를 매개로 그녀에게 재정적인 타격을 입힐 수 있을 거라는 기대까지 한 건 아니었지만."

"하지만, 이번에 적어도 세 곳의 상단이 아우구스타의 영향력 아래 있다는 건 알게 되었지. 보험금을 대신 갚겠다고 했으니."

"아니, 근데 진짜. 사우스랜드 곡물상이 그쪽일 줄은 생각도 못 했어요. 거기는 상단주부터 임원급까지 전부 아렌인이거든요."

클레어가 벌떡 몸을 일으키려다가 통증과 불쾌감에 패배해서 도로 드러누웠다. 끙끙거리는 클레어의 머리칼을 쓸어 주면서 에리히가 말했다.

"식량과 인력, 그게 아렌에서 제일 기대할 수 있는 건데, 당연히 확보하고 있겠지."

"좀 실망인데요. 콧수염 같은 정신 나간 인종주의자인 줄 알았더니."

"콧수염?"

에리히가 되물었지만, 클레어는 그의 궁금증을 해소해 줄 생각이 없는 것 같았다.

"당신 판단력을 의심하는 건 아니지만, 황후가 유능한 정치가인 것처럼 말해서 좀 의아했거든요. 하지만 그 모든 게 단순히 수단일 뿐이라면, 자기가 원하는 결과를 획득해 낼 수 있다는 점에서 능력 있다고 할 수 있긴 하겠죠."

분할하여 통치하라. 오래된 격언은 대체로 유효한 법이다.

재산을 기준으로 참정권을 부여하는 시대다. 선거권자가 가장 많은 지역은 수도와 그 인근이었으며, 그다음은 공업이 발달한 북부 로멜 지역의 도시다. 수도 로텐부르크 자체도 오랫동안 로멜의 수도였다는 것을 생각하면, 실질적으로 투표권을 가진 자의 압도적 다수가 로멜 시민이었다.

정치 권력이 황실 것이 아니라 내각의 것으로 넘어가면서, 가장 빠르게 권력을 획득하는 방법은 로멜 시민의 환심을 사는 것이 되었다. 그러니 로멜인이 우월하다는 주장은 아주 쓸모가 많았으리라.

"뭐, 이제는 헤르만 경이 있으니까요."

이러한 상황에서 루덴도르프를 통한 프로파간다를 뒤집는 것에는 중요한 의미가 있다.

장자 상속제는 아주 오래된 제도이며 전통의 기반이라고 할 수 있다. 황후는 이것을 뒤집으려고 했었다. 차남에, 더 신분이 낮은 모친 소생임에도 순혈 로멜인을 후계자로 세워 그것이 옳다는 선전을 하려 한 것이다.

성공하기만 했다면, 로멜 귀족과 아렌 귀족 사이의 격차는 지금처럼 재산과 권력을 통한 간접적인 것이 아니라 통혼에까지 영향을 미치게 되었을 것이다. 로멜과 아렌의 결합에서 태어난 아이의 상속권을 후순위로 미룸으로써 그것을 낮은 단계의 귀천상혼으로 만든다. 그러면 그것은 눈에 보이는 계급이 된다.

위에서 격차가 벌어지면, 아래쪽의 신세는 더 급격히 처참해진다. 아렌인은 빠른 속도로 이등 시민이 되었을 것이다.

하지만 이번에 루덴도르프의 후계자가 다시 장남으로 뒤집히면서 전통은 되돌아왔고, 모친의 출신지 문제는 후면으로 사라졌다.

"그는 잘할 거야."

"잘해야죠. 헤르만 경이 가문을 살려 내지 못한다면, 결국 아렌인은 그것밖에 안 된다는 두 번째 선전의 희생양이 될 테니까."

그러면 자신은 무척 실망할 것이다.

저쪽은 이미 아렌 심부에 사우스랜드 곡물상 같은 큰 세력을 소유하고 있다. 그렇다면 이쪽에서도, 적어도 에른스트 바로 곁에 날카로운 칼을 심어야 균형이 맞는다.

에리히가 말했다.

"수완이 상당하더군. 인맥이 넓은 줄은 알았지만, 교섭 솜씨도 상당했어. 꽤 단시간이었는데도 항구의 지분 정리와 재정 계획에도 나무랄 데 없었지."

"항구요?"

"그래."

"당신, 항구의 지분을 인수하기로 했어요?"

그의 허벅지를 베고 누운 채 눈을 깜박거리던 클레어가 물었다.

"몰랐나? 그게 루덴도르프 후작가 재건의 핵심 사업일 텐데."

에리히가 내심으로 헤르만에 대한 평가를 두 등급 정도 상향 조정했다. 기획서의 설득력이 좋아서, 클레어가 조금이라도 손을 댔을 거라고 생각했는데.

"지분을 담보로 돈을 빌려준 게 아니라?"

"그래. 사업에서 황후가 빠지게 될 테니, 그 자리에 투자자로 들어가는 거지."

클레어는 눈을 깜빡했다.

"와, 진짜 어이가 없네?"

"뭐가?"

"판을 깐 나는 고작해야 탄광 하나의 지분 15%를 얻었을 뿐인데, 당신은 뒤늦게 들어와서 항구를 통째로 꿀꺽했네요?"

원래 가장 큰 덩어리는 자금을 댄 자본가 몫이다. 클레어도 알고 있지만, 그렇다고 분하지 않은 것은 아니었다.

"이제 공사 시작이야. 결실을 보려면 10년 이상 돈을 쏟아붓기만 해야 할 텐데."

클레어가 울분을 터뜨리려는데, 에리히가 그녀의 입술을 손끝으로 쓰다듬으며 달콤하게 말했다.

"뛰어들 자본이 있으면, 기꺼이 자리를 양보해 주지."

"재수 없어. 그럴 능력 없는 거 알면서."

에리히가 킥, 승자의 미소를 지었다.

"어차피 나도 이익을 생각하고 하는 일은 아니야."

클레어도 안다. 기간 시설 건설이라는 게 하루 이틀 사이에 이익을 낼 수 있는 사업도 아니고, 에리히가 끼어든 것은 전에 말한 대로 전략 목표가 될 수 있는 위치이기 때문이리라.

하지만 그건 그거고, 이건 이거였다.

아무리 생각해 봐도 재력과 권력으로 보복할 방법은 없었기에, 클레어는 밉상인 남자를 홱 잡아당겼다. 깔고 앉아 내려다봐 줄 작정이었다.

에리히의 몸이 당기는 대로 주르륵 따라오다가 도중에 뭔가를 깨달은 듯 움찔하더니 그대로 버텼다. 그러나 묵직한 게 들어 있는 작은 봉투 하나가 이미 침대로 굴러떨어진 다음이었다.

그가 다시 그 봉투를 집어 들기 전에 클레어가 재빨리 그것을 낚아챘다.

"이거 뭐예요? 수상한데?"

"클레어."

뭔데 숨기려고 한 거지? 자신이 알면 안 되는 클라우제너의 사무라면 그렇게 말할 텐데, 에리히는 대답 없이 입을 다물었다.

그녀는 봉투를 열었다. 그러자 그 안에서 인장 반지가 하나톡 떨어졌다. 그건 루덴도르프 후작가의 문장이 새겨진 인장 반지였다.

"……."

"편지 이리 줘요. 당신, 안 읽은 부분이 있죠?"

에리히가 입을 다물더니, 편지를 쥔 손에 힘을 주었다. 클레어는 그의 주먹 사이로 손가락을 집어넣어 편지를 꺼내려고 꾸물거렸다. 에리히가 지지 않고 손을 들어 올리는 바람에 클레어는 기어이 몸을 일으켜야만 했다.

"이리 내놔요, 빨리."

"싫은데."

"어허! 비서로서의 의무를 다하지 않고."

"너는 비서의 무릎을 베고 눕나?"

"말 돌리지 말아요. 이건 협상할 일이 아니잖아요."

클레어는 그의 손목을 잡아당겼다. 에리히는 거기까지는 순순히 딸려 왔으나 손가락은 클레어가 펴려고 버둥거릴 때까지 버텼다. 얼굴을 보니 진심으로 내주기 싫은 모양이었다.

그렇다 해도 그가 진짜로 안 주려고 버텼으면 클레어가 힘으로 손을 펼 수는 없었을 테지만 말이다.

"결국 줄 거면서 쓸데없는 고집은."

"······."

클레어는 눈을 흘기면서 마지막 문장을 읽었다.

『잃었던 13년의 삶을 돌려주신 분께, 되찾은 전부를 드립니다.

그러고 보니 최근에 수도의 친구에게서 들은 이야기인데, 요즘 인장 반지로 청혼하는 게 유행이라고 하더군요. 물론 진짜 인장은 아니고, 가문의 문장 대신 결혼 서약을 새기거나 작은 다이아몬드를 박아 새로 만드는 모양입니다. 그대로 안주인의 인장으로도 쓸 수 있기 때문에 인기가 많다는군요.

반지를 새로 만들어 돌려주실 날을 기다리겠습니다.』

이것도 요안나의 것과 마찬가지로, 녹인 뒤 헤르만의 사이즈로 새로 제작해서 돌려보내야 할 것이다.

클레어는 여기까지 기대하지 않았기 때문에 조금 놀랐다. 하지만 그 이상으로 편지에 적힌 내용에 놀랐다. 그녀는 에리히를 쳐다보았다.

"세상에. 내가 아니라 당신이 웨딩 트렌드의 선도자가 됐네요?"

"······."

"좋겠어요?"

"유행 따윈 상관없어. 내가 네게 준 것에 관심 갖는 사람이 많은 건 당연한 일이지."

그걸 굳이 인장 반지와 함께 편지에 적어 보낸 놈의 의도가 불쾌할 뿐이다. 물론 루덴도르프를 거두는 것은 좋은 일이다. 그게 불만스럽다는 뜻은 아니었다.

에리히는 클레어의 손에 깍지를 끼어 누르고, 편지를 빼앗아 구겨서 바닥에 던졌다. 입술을 강탈하듯이 거칠게 키스하며 침대에 누르자 클레어의 몸이 꿈틀거렸다.

"아얏!"

그의 손바닥이 내리누르는 바람에 손 사이에 끼인 인장 반지에 눌려서 아팠다. 신음을 했는데도 놔주기는커녕 손이 더 눌렸다. 클레어는 그의 머리칼을 용서 없이 잡아당겼다.

"내 손바닥에 남의 인장을 찍고 싶은 거면 마음대로 하시고."

"······넌 정말 골치 아파."

에리히가 한탄하듯 말하고는 다시 고개를 숙여 클레어의 귀를 깨물었다. 귀 뒤부터 쇄골까지, 목선을 따라 자국이 날 정도로 잘근잘근 깨문다. 정말 짜증스러웠다. 그녀가 아니었다면 이런 기분을 느끼진 않았을 텐데. 고작해야 루덴도르프 따위에게 신경을 쓰게 되다니.

불쾌감을 있는 그대로 드러내자 클레어가 불평했다.

"그만해요. 아프다니까."

하지만 그의 몸 아래에서 꿈틀거리는 육체의 반응은 전혀 그렇지 않았다. 그는 클레어의 아랫배에 손을 올렸다. 그러자 클레어의 입에서 기분 좋은 듯한 한숨이 새어 나왔다.

"가만히 좀 있어 봐요."

그녀가 기어이 손을 붙들었다. 몸을 찢어 벌려 제 온도를 새겨도 시원치 않을 기분이었으나, 정작 붙잡히면 움직일 수 없는 건 에리히 쪽이었다.

밀어낼 거라고 생각했지만, 클레어는 그러지 않았다. 대신 그대로 그의 손을 아랫배에 댄 채 축 늘어졌다.

"손 따뜻하니 좋네."

"나더러 빌기라도 하라는 건가."

"빌어도 안 돼요. 나는 생리 중이라고요. 설마, 지금 불측한 생각을 하고 있는 건 아니겠죠?"

"클레어."

에리히는 불만스러운 목소리를 냈다. 클레어가 뻔뻔하게 말했다.

"아픈 아내를 상대로 딴생각 말고 약손이나 좀 해 봐요."

엘리엇에게서 벌써 아기 손은 약손이라는 쓰다듬을 받아 봤기 때문에 무얼 요구하는 건지 모르는 건 아니었다.

하지만 지금, 이대로? 진심인가?

그의 일그러진 얼굴을 보고 클레어가 킥 웃었다.

"당신이 내 배를 쓸어 주면, 나도 좀 만져 주지, 뭐."

그녀는 관대하게 그렇게 말하고는 에리히의 배에 손을 댔다가 그 밑으로 미끄러뜨렸다. 그때까지는 얼굴을 구기긴 했어도 낯빛은 도자기처럼 하얗게 유지하고 있었던 에리히의 얼굴이 뻘겋게 달아올랐다.

"클레어. 무서운 게 없나?"

그가 어금니를 악물고 클레어가 손을 움직이지 못하도록 꽉 틀어잡았다. 클레어의 눈이 달콤하게 휘어졌다.

"만지지 말고, 구경만 할까요? 여기서 해도 상관없는데."

에리히가 으득 이를 갈았다. 도망치고 싶지는 않으나 지고 싶지도 않았다. 여기에서 그가 승산을 점칠 수 있는 유일한 방법은, 똑같은 방식으로 흥분을 부추겨 상대의 이성을 날리는 것뿐이지만, 오늘은 불가능한 일이다.

클레어의 손이 바지 단추를 풀었다.

"하아."

결국 그는 굴복했다. 뜨거운 숨이 클레어의 입술 위로 쏟아졌다. 클레어의 숨이 그것을 따라 조금 가빠졌다. 아랫배는 여전히 욱신거렸고 몸은 나른했지만, 이 남자가 제 손 아래에서 떨고 있는 게 만족스러웠다.

에리히가 두 팔을 그녀의 얼굴 옆에 짚고 허리를 움직였다. 닿은 곳은 오로지 클레어의 손뿐인데, 가장 깊은 곳을 결합시키기라도 한 양 뜨거운 숨이 뒤섞였다.

"클레어."

"나 좀 궁금한 게 하나 있는데."

클레어가 속삭이는 듯한 소리로 말했을 때였다.

콩콩!

작은 노크 소리가 났지만, 열중한 두 사람은 미처 그 소리를 인지하지 못했다. 문이 벌컥 열렸다.

"엄마, 아빠!"

신난 목소리로 소리친 엘리엇이 눈을 휘둥그렇게 뜨고는 침대를 쳐다보았다.

"아, 왔니?"

클레어가 숨 가쁜 걸 애써 숨기려 했지만 잘되지 않아, 목소리가 가닥가닥 끊어졌다. 얼굴도 열이 나는 사람처럼 빨갰다.

"엄마, 아직 많이 아파?"

그러고 보니 아프다고 했었다. 엘리엇은 시무룩해지려다가 클레어의 저쪽 편에서 에리히가 시트를 뒤집어쓴 채 고통스럽게 끙끙거리는 걸 발견했다.

"아빠도 아파?"

"괜찮아."

"진짜? 아빠 아픈 거 같은데."

엘리엇을 뒤따라온 윌리엄이 '오' 하는 입 모양을 만들어 보였다. 클레어는 그야말로 끓는 솥처럼 얼굴이 새빨개졌다.

윌리엄이 엘리엇의 어깨를 잡아 보듬었다.

"자아, 엘리엇. 동생을 갖고 싶다면, 엄마와 아빠를 방해하면 안 돼요."

"동생?"

엘리엇의 눈이 반짝 빛났다. 클레어의 얼굴이 더 새빨개졌다.

"무슨 소리를 하는 거야!"

"문은 잠가라, 웬만하면."

윌리엄이 그렇게 말하고 자연스럽게 밖으로 나가면서 문을 닫았다.

클레어는 아직도 고통스러워하고 있는 에리히의 어깨를 때렸다. 마지막으로 문을 닫은 건 에리히가 아니라 편지를 가져다준 집사였고, 노크 소리를 듣지 못한 건 자신도 마찬가지였지만, 아무튼 원망할 사람이 필요했다.

출항은 그로부터 이틀 뒤였다. 비스마르항에서 출발하는 고급 여객선 한 대가 대여되었다. 사람들은 공작 부부가 거기 승선하리라고 생각했지만, 실제로는 보좌관을 비롯하여 공작가의 다른 일행들이 탔다.

클레어와 에리히는 막시밀리안을 비롯하여 호위 네 사람만 동반한 채 윌리엄의 배에 올랐다.

"우, 와!"

배에 올라타면서부터 이미 엘리엇은 입이 벌어져 있었다.

윌리엄의 배는 순수한 증기선이 아니라 기범선이었다. 엘리엇이 그토록 궁금해하던 돛대도, 망루도 있었다. 고개가 부러져라 올려다보자 망루가 조그맣게 보였다. 거기에서부터 늘어뜨려진 밧줄 사다리를 보고 엘리엇이 환호했다.

지난 며칠 동안 엘리엇에게서 이보다 더할 수 없는 친애의 표시를 받아 온 윌 아저씨가 새삼스럽게 우아한 자세로 절하며 말했다.

"스컬 파이러츠호에 승선하신 것을 환영합니다, 로드 엘리엇."

"환영합니다! 로드 엘리엇!"

뒤이어 선원들이 일제히 경례를 올렸다.

물론 이 배의 이름은 스컬 파이러츠 같은 것이 아니다. 화물선 나름대로 규율과 체계를 갖추고는 있지만, 선원들이 이런 군례 같은 것을 올릴 리는 없다. 진짜 해적이라면 더더욱 그럴리 없다.

하지만 건장한 남자들이 모여서 우렁차게 내지르는 소리에 엘리엇은 두 주먹을 불끈 쥐고는 온 얼굴이 새빨개지도록 흥분했다.

"클라우제너의 엘리엇입니다!"

엘리엇이 경례를 똑같이 흉내 내려고 애쓰며 씩씩한 목소리로 외쳤다. 커다란 두 눈동자에서 푸른 별똥별이 튀어 나갔다. 처음에는 선주가 아무리 손님을 위해서라지만 자신들을 광대 취급하는 거냐고 욕했던 선원들의 얼굴에서 잔물결 같은 웃음이 피었다.

선장이 미소를 지었다.

"똑똑한 소년이군그래. 훌륭한 견습 해적이 될 수 있겠어."

"진짜로요?!"

엘리엇이 그 자리에서 펄쩍 뛸 정도로 기뻐했다. 선장은 갈고리 손은 아니었으나 외다리였고, 근사한 구레나룻과 콧수염을 갖고 있었다.

"흐흐, 쓸 만한 신참이 들어왔군."

"키는 돌려 본 적 있나?"

일등 항해사가 다가와 엘리엇의 어깨를 친근하게 감싸며 물었다. 엘리엇은 바짝 긴장해서 대답했다.

"아, 아니요!"

"그럼 그것부터 배우러 갈까?"

"넷!"

엘리엇이 바짝 기합이 들어간 목소리로 대답했다. 진짜로 선원이 되겠다고 말할 기세였다.

윌리엄이 미리 선장과 항해사에게 부탁해 두겠다고 말하긴 했지만, 이 광경을 에리히는 어이없는 기분으로 쳐다보았다.

"촌극이군."

"참여형 아동극이죠."

그의 중얼거림에 클레어가 반박했다.

"무엇이든."

"재미있어하니 됐잖아요."

막시밀리안이 웃음을 참지 못한 채 엘리엇의 뒤를 따라갔다. 배는 증기의 힘을 빌려 항구 밖으로 나서더니 이내 돛을 활짝 폈다.

갈고리 손을 가진 가면의 남자가 갑판 위로 올라온 것은 배가 항구를 출발하고 한 시간 이상 지난 뒤의 일이었다.

그는 본디 이 배의 선원이 아니다. 윌리엄의 배 중에서도 가장 멀리까지 나가는 포경선의 이등 항해사였다. 그가 뭍에 오르는 날을 연중 전부 합쳐도 아마 일주일이 되지 않을 것이다.

윌리엄은 그를 위해 원해의 무인도에 포경선이 기항할 수 있는 작은 부두와 술집, 여관을 만들었다. 겉으로는 인근의 어장이 훌륭하니 근거지를 만들어 제대로 확보하고, 잡아들이는 물고기의 보존 처리를 빨리하는 게 돈이 되기 때문이라고 말한다.

하지만 그게 진짜 목적이 아니었다. 보급을 위해 항구에서 기항하는 날에도 배에서 가능한 한 내리지 않는 그를 위해서였다.

그도 알고 있었다. 뭍에 올라 선원들이 자주 가는 술집에 좀 들른다고 해서, 누가 그를 알아볼 리는 없었다. 얼굴의 절반에 심한 흉터가 있다. 본래는 칼로 그어진 흉이었으나, 그물에 걸렸을 때 밧줄의 마찰로 생긴 흉이 그 위를 덮었다.

5년이나 험한 생활을 해 온 얼굴은 완전히 거칠어졌고, 거듭된 부상 탓에 허리와 무릎도 굽었다. 품위 따위는 찾아볼 수 없었다.

그럼에도 불구하고 그는 배에서 내릴 수 없었다.

혹시라도 누군가가 그를 알아본다면. 그의 입을 여는 데 성공한다면.

그러면 그가 목숨을 걸고 지켜야 하는 분을 위험하게 할지도 모르니까.

'엘리사는 5년 전에 죽었다는군.'

5년 전이라니.

무엇 때문에 얼굴을 그어 가면을 쓸 핑계를 만들고, 그러고도 불안해서 그 위에 또다시 상처를 만들었던가.

무엇 때문에 복수를 위해 칼을 쥐고 황궁으로 달려가는 대신 손을 버리고, 바다로 나가 뭍에 발을 대지 않았던가.

모든 게 그의 주군이 지키라고 명령한 고귀한 숙녀를 위해서였다. 그와 윌리엄만 입을 다물면, 그 누구도 비밀을 알지 못할 테니까. 그보다 더 그녀를 안전하게 하는 일은 없을 것이었다.

그런데 이미 죽었다니.

그는 반은 망연하고 반은 환희에 찬 채, 소리 지르는 아이를 바라보았다.

"우와아아아! 엄마, 저거 봐요! 엄마!"

돛대 꼭대기에 달린 작은 해골기를 목이 부러져라 올려다보며 엘리엇이 환호성을 올렸다. 물론 그 깃발은 윌리엄의 장난이었다. 키를 돌려 보았을 때는 해적 선장이었던 장래 희망이 금세 해적 감시꾼으로 변했다.

엘리엇은 클레어의 치맛자락에 매달려 졸라 댔다.

"엄마, 나 쩌어기 올라가 보면 안 돼? 응?"

"안 돼. 저 밧줄 사다리를 네가 어떻게 타고 올라가?"

"이잉, 엄마아아!"

엘리엇이 떼쓰는 소리를 냈다.

금으로 조각한 태양 같은 금발에 유독 새파랗게 보이는 날의 하늘 같은 눈동자를 지닌 사랑스러운 아이였다. 그러나 가장 햇살 같은 것은 그 웃는 얼굴이었다.

꼭 부모를 반반 닮은 얼굴이다. 남자는 멍한 채 그렇게 생각했다. 고운 눈매는 어머니를, 웃는 입매는 아버지를 닮았다. 까르르 웃는 목소리를 들으면 아이가 얼마나 구김 없이 컸는지 알 수 있다.

버려 버린 오른손이 욱신거렸다.

"아빠아아! 나 저기! 저기이이!"

엘리엇은 클레어에게 허락받을 수 없다는 것을 알자 이번에는 에리히에게로 달려갔다. 엄마는 아빠가 같이해 준다고 하면 허락하는 경우가 많다는 것을 이미 배웠기 때문이다.

하지만 에리히는 매달리는 엘리엇을 보듬기는 했으나 시선은 다른 곳을 향하고 있었다. 가면 쓴 남자는 흠칫 놀랐다. 에리히가 엘리엇을 가볍게 붙든 채 그에게 손짓했다. 이쪽으로 오라는 명령이었다.

남자는 굳어 버렸다. 설마 자신을 알아보고 부른 것일까? 반가운 사람의 몸짓은 그 무엇도 그리웠으나, 그보다는 두려움이 더욱 컸다.

손짓하여 불러 놓고도 에리히는 그가 움직이지 않는 것에 전혀 개의치 않았다. 대신 그가 명령한 내용이 무엇인지 알아챈 윌리엄이 자연스럽게 나섰다.

"선실 쪽으로 안내해 드리겠습니다, 선배님. 작은 선실이지만, 창문이 있으니 그리 답답하지는 않으실 겁니다."

"그러지. 고맙군."

에리히가 가볍게 고개를 끄덕였다. 클레어도 살짝 끄덕여 상황을 알고 있다는 표시를 했다.

그가 제게 매달려 있는 엘리엇의 어깨를 어루만지며 윌리엄에게 물었다.

"그러고 보니 다랑어 낚싯대가 있다고 하지 않았나?"

"낚싯대?!"

엘리엇이 해골기와 망루를 잊고 소리쳤다. 에리히는 미소를 지었다. 엘리엇은 사람 세 명을 합친 것만큼이나 큰 참다랑어의 제왕을 사투 끝에 끌어 올린 이야기를 에리히에게 여섯 번이나 했다. 빈도를 생각하면, 윌리엄이 해 준 이야기 중에 세 손가락에 꼽히게 좋아하는 이야기일 터였다.

윌리엄이 빙긋 웃었다. 사실 이 배는 화물선이지 어선이 아니라서, 엘리엇에게 말해 준 그 낚싯대는 없다.

그래도 대형 선박에 커다란 낚싯대 하나 없겠는가. 어린 소년의 혼을 적어도 두 시간 정도는 확실히 빼놓을 수 있었다.

"어이, 도련님에게 낚싯대를 구경시켜 줘. 엘리엇, 볼 거지?"

"우와아, 볼래요! 만져 봐도 돼요?"

다녀오라는 말을 하기도 전에 엘리엇이 순식간에 에리히를 놓고 선원에게 달려갔다. 막시밀리안이 웃는 얼굴로 그 뒤를 따랐다.

윌리엄이 앞장서서 선창으로 내려갔다. 클레어는 엘리엇과 막시밀리안을 쳐다보고 나서야 안심하고 윌리엄의 뒤를 따랐다.

준비된 선실은 좁고 낡았다. 구멍 난 곳을 수리하고, 새 궤짝을 못질해 고정시켰으나 사실 귀족이 숙박할 만한 곳은 아니었다.

"선배님이 쓰시기에는 영 그렇겠지만, 그래도 이 선실이 제일 큰 겁니다."

"이 정도면 충분하네."

"하긴, 신혼이라 침대가 작다고 불평하실 것 같지 않긴 합니다."

"⋯⋯."

에리히는 침묵했다. 클레어의 손이 공연히 그의 옆구리를 꼬집었으나 미동도 없었다. 클레어가 화기 오르는 뺨에 부채질을 하며 말했다.

"잠깐인데 뭐. 엘리엇을 여러모로 신경 써 줘서 고마워."

"선장이 워낙 아이를 좋아하는 사람이라 괜찮아. 공작가 도련님이 동경의 눈으로 쳐다봐 주니까 다들 좋은가 보던데."

윌리엄이 웃으며 말했다. 그때 달칵 문이 열렸다. 일부러 시간 차를 두고 뒤따라온 남자가 들어온 것이다. 윌리엄이 조용히 움직여 문을 닫고 그 앞에 섰다.

남자가 멍하게 에리히를 바라보았다. 한쪽만 초점이 살아 있는 갈색 눈동자에 파랑이 일었다. 격동이 지나쳐도 쉽게 움직일 수 없다는 사실을 아는 사람은 많지 않을 것이다.

새액새액 힘겹게 숨을 내쉬는 그를 내려다보며 에리히가 차분한 목소리로 말했다. 딱히 그 남자에게 건네는 말이라기보다 이 자리의 모든 사람을 향한 것이었다.

"지난 반년 동안 나 자신을 돌아볼 기회가 몇 번이나 있었다네."

에리히는 흘끗 자신의 곁에 선 클레어를 바라보고, 윌리엄에게 시선을 주었다가, 다시 남자를 바라보았다.

"힘을 가진 만큼 책임을 지고, 이끌고, 다스리고, 보호해야 한다고 배웠고, 그 의무를 팽개친 적이 없다고 생각했는데."

그의 목소리가 한층 더 낮아졌다.

"실제로는 그렇지 못했던 모양이지. 나를 안다고 생각했던 사람 그 누구도 나를 믿지 않았으니."

"……각하."

"이 말을 두 번이나 하게 될 줄은 몰랐다네. 나를 찾아올 생각을 한 적은 없었나, 프란츠 알트마이어?"

남자가 흐린 얼굴을 하고는, 천천히 가면을 벗어 흉터를 드러냈다. 클레어는 놀란 티를 내지 않으려고 애썼지만, 저도 모르게 숨을 들이마셨다.

"어떻게 알아보셨습니까?"

긁힌 듯한 쉰 목소리로 남자가 물었다. 에리히는 침착하게 대답했다.

"아무것도 모르는 공백 상태에서는 알아보지 못했을 걸세. 하지만 윌리엄이 아이를 확인하러 왔었지 않나."

클레어조차 엘리엇의 친부를 알지 못했다. 5년 동안 아무도 델포드를 추적하지 않았다. 그러니 제러드 황태자의 연인이 누구인지 아는 사람은 극히 소수라는 뜻이다.

"그 제한적 범위에서, 남몰래 우리를 만나야만 하고, 또 그날의 진실과 연관된 사람 중에 살아 있을 가능성이 있는 사람은 자네뿐이었어."

에리히가 말했다.

"그리고 내가 자네를 알아보지 못할 리가."

신분 차가 컸기에 에리히는 그를 친구라고 부른 적이 없었다. 실제로도 청소년기부터는 개인적으로 만난 일이 거의 없었다. 그러나 프란츠 알트마이어는 그의 배동으로서, 유년 시절 예법을 함께 배운 사이였다.

상처로 일그러진 프란츠의 눈매에 눈물이 고였다.

"황손께서 계신 줄 알았다면, 각하를 찾아뵈었을 겁니다. 몰랐습니다."

"그랬나."

"모든 게 끝났다고 생각했습니다. 그렇다면, 아무 일도 생기지 않는 쪽이 엘리사 님이 무사하실 가능성이 높았으니까요."

에리히를 찾아가 도움을 요청했다면, 틀림없이 큰 분쟁으로 번졌을 것이다. 그리고 그 과정에서 엘리사가 노출되었으리라. 에리히가 과연 엘리사가 가만히 숨어 있도록 내버려 두었을까?

물론 이제는 그가 그러지 않을 사람이라는 것을 알고 있다. 그는 엘리엇을 제 아이라는 말로 숨겨서 보호하고 있다. 아이를 지키는 일을 혈통을 올바르게 하는 것보다 더 중요한 일로 여긴 셈이다.

하지만 그때는 그렇게 생각되지 않았다. 게다가 엘리사를 내세워 설령 승리하더라도 희망이 없었다. 당시에는 리누스에게 맞서 내세울 황족이 없었다.

싸움 끝에 결국 황제가 되는 것이 리누스라면, 그 승리에 무슨 의미가 있었겠는가?

황권을 꺾어 차기 황제를 유명무실하게 만들 수는 있었으리라. 그러나 그 후에 오는 것이 퇴보든 진보든, 프란츠에게는 똑같았다. 그 승리는 정치적인 것이다. 제러드 황태자를 위한 완전한 복수가 될 수는 없었다.

그러니 그 일이 엘리사를 불행하게 할 따름이라면, 죽은 황태자가 바라던 대로 그녀를 숨겨서 안전하게 하는 것이 우선이었다.

윌리엄이 희미하게 쓴 미소를 지었다.

"선배님이 이렇게까지 변할 수 있을 거라고 누가 생각했겠어."

"엘리사 님을 안전하게 본인의 삶으로 돌려보내 달라는 것이 전하의 마지막 부탁이셨습니다."

프란츠가 손바닥에 얼굴을 묻었다.

"엘리사 님의 신원을 알고 있었던 것은 측근 호위와 시종,

극소수뿐이었습니다. 아무도 모르게, 무사히 빠져나갈 수만 있다면, 그러면 정말로 아무도 모를 수 있었습니다."

"그랬군. 그리고 살아남은 것은 자네뿐이고."

"누군가는 엘리사 님이 탄 마차를 몰아야 했으니까요."

"그날 죽은 시종 중에 자살이 있었네. 그 때문에 사건 수사에 혼선이 상당했는데, 그 이유를 이제야 알겠군."

"예. 기꺼이 목숨을 던졌을 겁니다."

프란츠가 목쉰 소리로 대답하고는 치받는 감정을 이기지 못해 더는 입을 열지 못했다.

에리히가 시선을 돌려 클레어를 바라보고, 그녀의 어깨를 가만히 감싸 안았다. 클레어는 창백한 얼굴로 입을 가린 채 가만히 서 있었다. 이제는 잊었다고 생각한 슬픔이 신물이 되어 올라왔다.

그녀는 어둡게 물든 눈동자로 윌리엄을 바라보았다. 충혈된 눈은 약동하는 햇살처럼 빛나는 호박색이 아니라 물크러진 노른자처럼 보였다. 윌리엄은 그 시선을 피한 채 프란츠 대신 이야기를 이었다.

"알트마이어 경은 저를 찾아왔습니다. 곧바로 델포드 가문의 타운하우스로 가는 게 위험했으니까요."

"그런가."

"제가 알트마이어 경을 숨기고, 엘리사를 빼돌려서 마차에 태워 집으로 보냈습니다. 그런 다음, 알트마이어 경이 얼굴을 망쳤습니다."

윌리엄은 그날까지 평범한 자작가의 오남으로서 하잘것없이 살아왔다. 자신의 인생은 제게는 큰 갈등으로 굴곡져 있었으나, 남들이 보기에는 아무것도 아니라는 사실을 잘 알고 있었다. 인생에서 가장 놀랍고 큰일은 에리히를 선배라고 부르게 된 일일 거라고 줄곧 생각해 왔다.

설마 그런 일에 휘말리게 될 거라고는 짐작도 하지 못했다. 그러나 그는 자신이 아니면 아무도 프란츠와 엘리사를 구하지 못할 것임을 깨달았다.

그리하여 그는 연고자가 없는 자들의 죽음이 쌓인 곳에서 프란츠와 비슷한 체격의 시신을 구했다. 손은 프란츠 스스로 잘라 냈다. 왜냐하면 그의 오른손에는 눈에 띄는 흉터가 있었기 때문이다. 시신이 진짜 프란츠 알트마이어라고 속이기 위해서는 반드시 손이 필요했다.

그 일을 하는 데 사흘의 시간이 걸렸다. 얼굴이 뭉개진 이유가 불분명해질 때까지 시신이 부패하기를 기다려야 했던 것이다.

그러고 나서 윌리엄은 일단 고향으로 돌아갔다. 그는 아버지와 협상하여 어머니의 지참금 중 자신의 상속분을 먼저 받아 집을 나왔다. 그리고 프란츠와 함께 배에 올랐다. 모두가 잊을 만큼 충분한 시간이 지나기를 기다리면서.

클레어가 발을 그대로 두지 못하고 서성이듯 그 자리에서 제자리걸음을 했다. 에리히의 손이 달아나지 못하도록 그녀의 어깨를 꽉 쥐어 품으로 끌어당겼다.

"아셔야 할 일이 하나 더 있습니다."

프란츠가 이제 거의 공기를 떨리게 하는 게 전부일 정도로 낮은 소리로 속삭였다.

"언약서가 있습니다. 황제 폐하께서 반대하셨을 때, 황태자 전하께서 농반진반으로 쓰셨던 것입니다만……."

"설마……."

"제가 교회에 제출했습니다. 혹 엘리사 님이 노출되었을 때, 합법적인 황실의 일원으로서 호위대를 꾸릴 수 있게끔 하기 위해서였습니다."

그 언약의 말은 쓰인 당시에는 연인 간의 밀어 이상의 것이 아니었다. 과거 프리드리히 대제 때 쓰였던 고전적인 자구와 양식을 가져다 쓴, 연서에 가까운 내용이었으니까.

그러나 교회에 제출된 이상 그것은 유효한 결혼 서약이다.

그것은 지난 5년 동안 프란츠와 고락을 함께해 온 윌리엄도 처음 듣는 이야기였다. 윌리엄은 물론 에리히마저도 숨 쉬는 것을 한순간 잊었다.

이제 이 문제는 지금까지 그가 이해한 것과 또 다른 종류의 것이 되었다. 엘리엇이 사생아가 아니게 된다.

자기들끼리 언약했다는 말을 들었으나, 클레어도 그냥 전해 들었던 것뿐이다. 설령 언약서가 있더라도, 그것으로 비로소 계승권을 갖고 있다고 주장할 만한 근거가 생긴다는 정도에 불과하다. 그나마도 엘리사가 아렌인이기에 가능한 일이다.

하지만 그 언약서가 교회에 제출되었다면, 그것은 혼인 성사를 갈음할 수 있다. 곧, 엘리엇은 황태자의 합법적인 결혼에서 생긴 원손으로서 그 누구도 부정할 수 없는 1순위 황위 계승권자가 되었다.

에리히는 다급하게 물었다.

"누가 증인으로 서명했나?"

"마빈 슈나이더와 제 할머니입니다. 제출 일자는 황태자 전하께서 돌아가신 당일입니다."

이번에는 윌리엄이 경악할 차례였다. 자신이 알기로, 가짜 시신이 발견되기 전까지 프란츠는 줄곧 자신의 집 벽장에 숨어 있었다. 그렇다는 건 그가 엘리사를 델포드 타운하우스까지 데려다주는 동안, 그는 언약서를 제출하러 나갔었다는 의미였다.

"그렇게 위험한 짓을⋯⋯!"

"미안하네. 하지만 꼭 그때 해야만 하는 일이었어."

죽은 날짜 뒤에 제출하면 혼인 성사가 무효가 되었을 것이다.

에리히가 물었다.

"제러드의 이름으로 혼인 성사가 치러졌는데, 어떻게 그걸 아무도 모를 수가 있지?"

"빈민가에 있는, 사제님 한 분이 관리하는 오래된 교회의 옛날 기록 사이에 남몰래 묻어 두었습니다. 신분 차로 부모가 반대하는 결혼인데 아이가 생겼다고 말하고, 사제님의 증명을 받았습니다."

아이를 혼외자로 만들고 싶지 않으니, 태어나기 전에 결혼 서약을 먼저 하고 싶다는 말에 늙은 사제는 기꺼이 허락해 주었다.

프란츠가 고개를 숙였다.

"그것이 거짓말이 아니게 되었군요."

클레어의 어깨가 들썩였다. 에리히는 그녀를 다시 안으려 했지만, 클레어는 그의 손을 밀어내고 몸을 돌렸다.

"클레어."

"그냥 바람이 좀 쐬고 싶어요. 제가 더 들어야 할 이야기가 있다면, 당신이 나중에 알려 줘요."

클레어는 에리히에게 시선을 주지 않은 채 그렇게 말하고는 밖으로 나갔다. 감정이 전혀 실려 있지 않은 목소리였다.

탁.

문이 닫혔다. 에리히는 말없이 문만 쳐다보았다. 뒤따라가 야 할 테지만, 지금은 그럴 수 없었다. 감정에 휘말릴 때가 아 니다. 클레어가 감정적인 상태라면 더욱 그랬다. 죽은 이들과 거리를 유지할 수 있는 자신이 냉정해야 한다.

"프란츠, 그 교회의 위치를 알려 주게."

"신중하셔야 합니다. 각하께서 움직이시면 황후가 알게 될 우려가 있습니다."

"서약서의 존재를 알든 모르든, 선배님과 클레어가 아이를 사이에 두고 결합한 시점에서 황후 역시 사실을 짐작하고 있을 가능성은 충분해."

윌리엄이 끼어들었다.

"엘리엇이 선배님의 아들이라고 생각하고 있더라도, 아렌 혈통의 황위 계승권자이니 이미 적대하고 있을 가능성이 큽니다. 지켜보고 있을 겁니다."

"그렇다 해도 증거는 확보해야 해. 성사의 주관자인 사제도 찾아서 보호해야겠어. 중요한 증인이 되어 줄 테지."

"선배님. 엘리엇을 황손으로 밝힐 작정이십니까?"

숨길 작정이라면, 구태여 건드리지 않고 지금 이대로 두는 게 낫다. 지금까지도 비밀이 지켜졌다. 이 자리에 있는 네 사람만 입을 다물면, 그 언약서는 영원히 묻힐 것이다.

에리히는 잠시 선실 문 쪽을 바라보았다. 마치 클레어가 거기에 서 있기라도 한 것처럼.

하지만 오래 망설이지 않았다.

"클레어가 어떻게 생각하든, 그게 옳아."

그는 무거운 목소리로 말했다.

실무적인 대화까지 모두 끝난 것은 오후 늦게의 일이다. 기력을 전부 짜내 쓴 듯, 프란츠는 너덜거리는 얼굴로 물러갔다. 윌리엄은 항해사의 부름을 받아 갔다.

에리히가 갑판으로 나왔을 때 이미 해가 지고 있었다. 엘리엇은 누구와 어딜 가 있는지 보이지 않았다.

선수에 클레어가 서 있었다. 노을이 머리를 붉게 물들였다. 얼굴에도 붉은 빛이 내리쬐고 있을 텐데, 머리칼 탓인지 평소보다 더 하얗게 보였다. 무표정한 표정에서는 생각을 전혀 엿볼 수 없었다.

아니, 에리히는 알 수 있었다. 자신이 느끼는 감정의 일부와 같은 것을 그녀도 느끼고 있을 터였다. 다만 그 강도와 슬픔의 깊이는 비교조차 할 수 없을 것이다.

"클레어."

그녀가 완전히 자신의 세상으로 들어가 버리기 전에 에리히는 이름을 불러 그녀를 상념 속에서 꺼냈다.

"네 탓이 아니야."

"나도 내 탓이라고 말한 적 없어요."

클레어가 낮은 소리로 말했다.

"하지만 정말로 이해가 안 가네요. 걔는 왜 나에게 아무것도 말하지 않았을까요?"

"클레어."

"아니지, 반대할 줄 알았으니까 그랬겠지. 그래서 윌에게 간 거겠죠?"

그녀가 그렇게 말하고는 한 손으로 눈가를 가리고 고개를 숙였다.

"생각해 보니 나한테 왔어도 소용없었겠네. 그날 그 애가 죽음으로부터 피해서 달아나고 있을 때, 나는 선배랑 같이 술이나 마시고 키스나 하고 그러고 있었으니까."

"클레어."

"집에 있었어도 윌보다 대처를 잘하진 못했을 거고."

에리히는 가만히 한숨을 내쉬었다.

"그렇게 생각하면 안 돼. 그날 그런 일이 생길 줄은 누구도 몰랐으니까. 널 믿지 못해서가 아니라, 네가 최후의 보루이기 때문에 말하지 않았던 거야."

"알아요. 나도 안다고요."

클레어가 쥐어 짜내듯이 말했다.

"그게 합리적이었죠. 당신에게 가든, 공왕 전하에게 가든, 엘리사를 숨긴다는 목적에서는 거리가 멀었고, 내가 사실을 알았다면 허점을 드러냈을 가능성이 컸었죠."

"넌 엘리엇을 무사히 지켜 냈어."

"한마디도 듣지 못했어요. 엘리사가 누구를 만나는지 윌이 알고 있었는데, 나는 몰랐다고요."

"위험할 때 의지할 수 있는 사람을 네가 소개해 줘서 무사할 수 있었던 거야."

"그런 게 다 무슨 의미가 있겠어요. 아니, 생각해 보니 이것도 당신이 했던 이야기네요."

왜 내게 연락하지 않았느냐고. 클레어는 손바닥으로 몇 번이나 뺨을 닦았다. 눈물이 흐르지는 않았다.

사실 이것도 지나간 지 꽤 된 일이다. 엘리사는 이미 죽었고, 엘리엇이 누구의 아이인지 알아챈 것도 이미 시간이 많이 지난 일이다.

그런데도 눈이 쓰렸다. 쏟아부을 애정의 대상이 있다는 건 늘 축복이었다. 그게 아니었다면, 부모님이 돌아가셨을 때 세상에 대한 미련도 없어졌을 것이다.

이 세상에서 15년을 훌쩍 넘게 살았는데도, 클레어는 여전히 자신이 이 세상에 속하지 않은 사람이라고 생각할 때가 많았다. 가족이라는 줄기가 없었다면, 아마 부평초처럼 떠내려갔으리라.

에리히가 그녀에게 더 말을 거는 대신 뒤에서부터 가만히 끌어안았다. 뺨이 보드랍게 그녀의 머리를 비볐다. 좀처럼 하지 않는 다정한 태도에 클레어는 허탈한 웃음을 머금고 말았다.

"됐어요. 이미 끝난 일이니까."

"클레어."

"지나간 일에 그렇게까지 마음 쓰고 싶지 않아요. 그보다, 어떻게 할지 말해 줘요."

팔 안에서 클레어가 몸을 돌렸다. 눈가가 붉게 물들어 있었지만, 역시 눈물의 흔적은 없었다. 에리히는 잠시 침묵한 채 그녀의 얼굴을 내려다보았다.

"그게, 내가 결정할 일이라고 확신하나?"

"당신은 이 일을 모르는 척할 사람이 아니니까. 알트마이어 경을 비롯해서 그 많은 사람이, 아무런 정치적 의도도 없이, 스무 살짜리들의 연애 때문에 목숨을 버렸을 리가 없잖아요."

글쎄. 그럴 수도 있긴 할 것이다. 이 시대 사람들은 종종 클레어로서는 상상도 할 수 없는 감성을 가지고 있었다.

하지만 결과까지 그저 감정 문제로 남지는 않을 것이다. 황태자비 선정 문제는 정치와 무관할 수 없다.

그 둘이 차라리 어리석은 연애를 했다면 좋았으리라. 도저히 안 될 사이에, 모든 사람이 반대하는데도 혈기와 열정에 들떠 사랑에 빠지고, 앞뒤 가리지 않고 아이를 가졌다면 클레어도 아무렇지도 않게 외면했을 것이다.

하지만 그러지 않았다. 황태자는 언약을 했다. 황제가 반대했다는 것은 교제 사실을 알렸다는 뜻이다. 황태자의 충신들이 목숨을 던졌다.

엘리엇은 그들의 삶을 받아서 태어났다.

클레어는 엘리엇이 그것을 갚아야 한다고 생각하지는 않았다. 태어나기도 전에 부모가 진 빚을 어린아이가 갚을 필요는 없다. 하지만 에리히는 그렇게 생각하지 않을 것이다.

"당신은 엘리엇을 제자리로 돌려보내고, 그로부터 기대할 수 있는 정치적 결과를 만들어 내려고 하겠죠. 그게 혈통을 바르게 하는 일이고, 황태자의 유지를 잇는 것은 엘리엇의 혈관에 흐르는 의무니까."

"……네가 반대한다면."

"난 반대예요. 엘리엇이 왜 그런 짓을 해야 돼? 그깟 혈통이 뭐라고."

클레어는 그렇게 말했다가 또다시 눈가를 손으로 덮었다.

"그렇지만……, 이미 결정했어요. 당신도, 나도. 그렇죠?"

이 세상에서 적어도 두 사람은 엘리엇이 누구인지 알아야만 한다.

"그래."

에리히가 차분한 목소리로 말했다.

그러는 사이에 해가 툭 떨어지듯 가라앉았다. 바다가 보라색으로 물들었다가 검은빛으로 변하며 은물결이 떠올랐다.

거리를 두고 뒤따르는 호위선에서 불꽃이 올라왔다. 클레어는 아무런 생각도 없이 그 광경을 지켜보았다. 저것도 엘리엇을 위해서 연출된 불꽃놀이 같은 것이라고 생각했던 것이다.

하지만 그녀의 어깨를 감아 안고 있던 에리히의 팔에 힘이 들어갔다.

"왜 그래요?"

"급한 소식이 있는 모양이군."

에리히가 말했다.

안 그래도 느릿느릿 가고 있던 화물선이 속도를 더 늦췄다. 선미에서 선원들이 신호용 불빛을 환하게 켰다. 작은 쾌속정한 척이 미끄러지듯이 파도를 가르고 다가와, 어둠에도 불구하고 손쉽게 선체에 달라붙었다.

전령이 달려와 경례를 올리고 말했다.

"클라우제너 공작 각하, 부인. 다급한 전언이 있습니다. 사흘 전에 전신으로 잘츠기터에 도착한 소식으로, 곧바로 전령이 출발했습니다만 따라잡는 데 시간이 걸리고 말았습니다."

"예고하지 않고 움직였으니 어쩔 수 없지. 무슨 일인가?"

소리 내서 말하기에는 전언의 등급이 높았기에, 전령은 대답 없이 밀봉된 봉투만 내밀었다. 에리히는 봉투를 뜯고, 내용물을 클레어에게 건넸다. 안에 들어 있는 것은 전신과, 그 부호를 해석한 편지 내용이었다.

『에머슨 공단에 대형 화재 발발. 방화 추정. 귀경 요망. 로저.』

긴말을 전달하기는 어려웠기에, 내용은 그게 전부였다. 그 걸로도 클레어에게는 충분했다. 에머슨 공단은 위빙 상단이 세운 거점 중 가장 큰 것이었다.

에머슨 공단

리누스는 황후궁의 정원에 앉아 있었다.

5년 만에 어머니의 집으로 돌아온 셈이다. 리누스가 떠날 때에는 겨우 허리까지 오던 꽃나무 울타리가 지금은 가슴 위로 훌쩍 높아져 있었다.

하지만 그리운 느낌은 조금도 없었다. 황후가 손수 가꾸는 이 정원은 리누스에게는 짐승 우리보다 별반 낫게 느껴지지 않았으니까.

아니, 생각해 보면, 이 우리는 밖에서 잠기는 것이 아니다. 문을 열지 닫을지는 안의 사람이 결정하는 것이다. 아마도 황후에게는 바깥세상이 짐승 우리이리라. 다른 사람을 모두 짐승 이상으로 여기지 않는다는 점에서도 맞는 말이었다.

사박사박.

우아한 발걸음 소리가 다가왔다. 리누스는 티 테이블의 등받이에 아무렇게나 몸을 젖혔다. 곧 황후가 울타리 너머로 나타났다. 평화롭고 온화한 얼굴이었다. 얼굴만 보아서는 이 아담한 체구의 중년 부인이 제국을 손에 쥔 잔혹한 지배자라는 사실을 누가 짐작할 수 있겠는가.

그녀를 뒤따라온 시녀 레나테가 차 쟁반을 테이블에 내려놓았다.

"햇살이 뜨겁구나."

"딱 좋습니다. 날씨가 제법 서늘하니까요."

리누스가 대답하자, 레나테가 티 테이블 전체를 덮는 큰 차양을 펴는 대신 황후의 자리 위에만 양산을 폈다.

사실 밖에서 차를 마시기에는 추웠다. 황후는 털가죽으로 만든 모포를 뒤집어쓰듯 입고 있었다. 그럼에도 불구하고 왜 정원에서 차를 마시는지, 리누스는 잘 알고 있었다. 건물 안을 믿지 못하는 것이다. 벽과 천장, 바닥, 그 어디에 귀가 있을지 모르니까.

하지만 하늘과 땅에는 사람이 없다. 울타리 너머에 누군가가 있더라도, 훔쳐 들을 만한 거리는 아니었다.

리누스는 입가를 비틀었다.

"어머니는 잠은 제대로 주무십니까?"

"악마를 불러들인 자는 악몽에 쫓기다 지옥의 아가리에 떨어진다는 말을 믿니?"

황후는 눈썹 하나 까닥하지 않고 태연하게 되물으며 손수잔에 담긴 뜨거운 물을 버렸다. 그리고 리누스의 잔에 차를 따라 주었다. 리누스는 손가락을 까닥거렸다. 그래도 그사이에 자신이 어른이 되기는 한 모양이다. 황후의 태연자약함이 더 이상 상처가 되지 않았다. 여전히 그녀가 자신을 비웃는 것처럼 느껴지는데도 말이다.

"살아 있는 귀와 손은 결국 한 사람의 몸에 달린 것이니까요. 귀가 염려된다면, 손도 두렵지 않을까 하고 생각했습니다."

"말솜씨가 제법 늘었구나."

황후가 미소를 지었다. 기특해하는 것처럼 보여서, 리누스는 구역질이 났다.

"지옥에서 무엇이라도 배운 모양이지? 돌아올 마음이 든 것도 그렇고."

"돌아오지 않으려 해도, 어머니는 어차피 절 끌고 오셨을 것 아닙니까?"

"그럴 리가. 나는 분쟁을 별로 좋아하지 않는단다."

"하긴, 그냥 절 죽여 버리고 다른 수단을 강구하는 편이 좀 더 어머니다운 일이긴 하죠."

레나테의 손이 흔들리는 바람에 양산이 요동쳤다. 황후는 굳이 그걸 꾸짖지는 않았다. 대신 깊은 눈매로 리누스를 바라보았다.

"제가 행방불명되었을 때, 차라리 잘되었다고 생각하시지 않았습니까?"

"조금 자란 줄 알았더니."

"상관은 없습니다만, 조금 궁금하긴 해서요. 굳이 아우구스타까지 보내실 필요는 없었지 않나 해서."

루덴도르프 후작가의 파산 위기와 후작의 급작스러운 죽음, 장남의 작위 계승에 이르기까지 모두 아우구스타의 오점이 되었다.

그녀가 수도에 있었더라면 상황은 조금 더 나았을 것이다. 오점은 오점이지만, 몰랐다, 다른 일로 바빴다는 핑계라도 있었을 테니까.

"저보다 중요할 텐데."

"네 말마따나, 아우구스타는 중요한 사람이니 굳이 뜻을 꺾을 마음은 없었다. 가족의 일이 언제까지고 마음에 무겁게 남아 있는 것보다는 확실히 끝을 보는 게 낫지."

"그녀가 시간 낭비를 했다는 건 부정하실 마음이 없으시군요."

"그게 시간 낭비일지 아닐지는, 이제부터 네가 결정할 일이 될 거다."

황후가 마치 제 일이 아닌 듯 담담한 목소리로 말했다. 리누스는 찻잔을 가만히 내려다보았다. 맑은 찻물 위에 파문이 번졌다.

어린 시절 한때에는 그녀의 시선을 받고 싶어서 안달했다. 또 세상에서 가장 우아하고 현명한 사람이 자신의 어머니라며 자랑스러웠던 때가 있었다. 그녀가 비록 다른 어머니들처럼 자식을 가장 소중히 여기는 사람은 아니지만, 남들의 위에 서는 고귀한 자에게는 그에 걸맞은 의무가 있으니 어쩔 수 없다고 자신을 위로했던 때가 있었다.

이제는 황후가 그런 말로 표현할 수 없는 괴물이라는 사실을 잘 알고 있었다. 그것도 인간 이상의 존재이기는 했다. 그리고 그 괴물의 피를 받은 자신도 별반 다를 바 없는 괴물이다.

"에리히의 집에 머무른 것이 진짜로 우연이었니?"

"글쎄요. 우연이든 아니든, 어머니가 궁금하신 건 그게 아닐 텐데요."

리누스가 냉담한 목소리로 말했다.

"궁금한 건 많다만, 네가 내 궁금증을 풀어 줄 것 같지는 않구나."

"……."

"아이는 어떻더냐?"

리누스는 잠시 어린 엘리엇을 생각했다. 환한 웃음과 쉬지 않고 웃으며 뛰어다니는 그 활달함을. 사람을 무서워할 줄 모르고 지치지 않고 다가든다. 끈질긴 것도 타고난 천성이리라.

"놀랄 만큼 제러드를 닮았더군요. 아마 아주 많은 사람들이 그애에게 열중할 겁니다."

제러드의 사람들이 그랬던 것처럼.

황후가 인상을 찌푸렸다.

"골치 아픈 일이지."

"제거하실 겁니까?"

"글쎄. 아직 어리지 않니?"

황후가 찻잔을 들어 한 모금 마시고는, 온화한 목소리로 말했다.

"그 애가 자랐을 무렵에는 이미 네게도 자식이 있을 텐데. 아무리 인망 있는 황족이라도, 육촌이 황자의 경쟁자가 되기는 어렵지."

"……."

"클라우제너가 이 이상 분쟁을 일으키지 않아야 된다는 이야기이기는 하지."

"에리히는 아내와 아이를 지키려고 할 겁니다."

"그래. 나도 그게 걱정이란다. 하긴, 모름지기 제대로 된 남자라면 그래야 마땅하지."

"어머니 생각보다도 훨씬 더 말입니다."

리누스가 말했다. 황후가 깊어진 눈빛으로 그를 바라보았다.

"너답지 않구나."

"어떤 점에서요?"

"예전의 너라면, 짐짓 경멸하는 체하거나 동경을 숨기지 못했겠지. 하지만 지금은 짜증스러워 보이는구나. 너도 이제 스무 살이지."

"그게 저다운 것과 무슨 상관입니까?"

"이제 슬슬 어떻게 살지 결정을 내렸니?"

리누스가 헛웃음을 머금었다.

"제가 결정하면, 어머니는 제 뜻을 들어주시긴 할 겁니까? 제 미래와 운명을 이미 결정해 두신 줄 알았는데요."

"네가 얼마나 저항할지가 문제 아니겠니? 아우구스타의 말로는, 나와 협상할 게 있는 것 같던데."

황후가 미소를 지으며 말했다. 그 얼굴은 다정하기까지 했다.

무력한 것보다는 거만한 것이 낫다. 심신을 완벽하게 다스려 냉정을 유지한다면 좋지만, 그러지 못할 거라면 탐욕스럽고 냉혹한 것이 낫다. 오만하고 당당하게 제 몫을 요구하는 쪽이 훨씬 더 황후에게는 기특한 자식일 것이다. 그녀는 기꺼이 양보해 줄 마음이 있었다.

리누스는 이해하지 못할 테지만, 그녀는 제 자식을 그 나름대로 사랑했다.

리누스는 바라는 것을 쥘 자격이 있고, 그러기 위해서 스스로 애써야 했다. 그녀가 그랬던 것처럼.

하지만 리누스의 요구는 그녀가 생각지도 못한 것이었다.

"클레어 델포드와 그 아이를 제게 주십시오."

"뭐라고?"

"제가 바라는 건 그것뿐입니다. 그 여자와 아이를 가져야겠습니다."

"어이가 없구나. 너 그게 무슨 뜻인지 알고서 하는 말이니?"

"엘리엇은 형의 아들입니다. 생각해 보면, 황제 폐하를 제외하면 제가 가장 가까운 혈족이죠. 누가 그 애를 아들로 삼는다면, 당연히 제가 제일 적임입니다."

"아이는 그렇다 치자. 클라우제너 공작 부인을 빼앗아 황자비의 관을 씌우겠다니, 제정신이냐?"

황후가 어이없는 목소리로 대꾸했다. 할 말이 너무 많았으나 일일이 언급할 가치도 없었다.

"그게 간단한 일이면 어머니에게 찾아올 이유가 없죠."

리누스의 얼굴에는 욕망과 멸시가 뒤섞여 있었다.

"어머니의 역겨운 방침 때문에 아렌인 여자를 아내로 삼는 것이 불가능한 일이라면, 결혼도, 후사도 어머니 뜻에 맡기겠습니다."

황궁에 누굴 두든 무슨 상관이겠는가? 리누스는 이곳을 제 집이라고 생각한 적이 없었다.

그 여자를 제 침대에, 아이를 제 식탁에. 그가 원하는 것은 그것이니, 황궁으로부터 거리는 오히려 멀수록 좋다.

"리누스, 이건 협상 불가능한 문제다. 고작해야 네 욕구를 만족시키고 싶다는 이유로 클라우제너와 전쟁을 할 수는 없어."

"그건 제 이유고요. 어머니의 이유는 하찮은 제 욕심과는 다르지 않습니까? 제가 작정하고 반대파에 서면 꽤나 곤란하고 골치 아픈 상황이 될 겁니다."

황후의 얼굴이 찡그러졌다. 겉으로 드러내지는 않았으나 동요한 것이 분명했다. 리누스는 거의 승리감을 느끼며 여유롭게 찻잔을 들었다.

"이 일을 위해서라면 기꺼이 어머니와 손을 잡겠습니다. 단순히 살아 있는 왕관 보관대 노릇 이상을 하겠다는 뜻입니다."

황후가 침묵했다.

클레어가 에머슨 백작령에 도착한 것은 전갈을 받은 날로부터 보름 후의 일이다.

그녀는 그날 밤에 전령이 타고 온 쾌속정을 타고 도로 비스마르항으로 돌아갔다. 그리고 거기에서부터 기차를 전세 내어, 쉬지 않고 에머슨 백작령까지 달렸다.

공단은 에머슨 백작령의 평야에 있다. 넓은 강줄기가 있지만, 좀처럼 범람하지 않는 좋은 땅이다. 이 땅이 버려졌던 것은 아이러니하게도 에머슨 백작령의 농토가 너무 넓었기 때문이다. 인구 유출이 계속되는 탓에 농지의 범위는 오히려 전보다 줄었고, 남은 땅은 황무지가 되어갔다.

에머슨 백작은 충분한 대가를 받고 클레어에게 광범위한 땅을 임대했다. 그녀가 그 땅에 제일 먼저 한 일은 기차역을 세우는 것이었다.

"신혼여행 중에 죄송합니다, 남작님."

마중 나온 로저 카슨의 얼굴이 반쪽이 되어 있었다. 로저를 뒤따라온 위빙 상단의 간부와 에머슨 공단의 책임자들도 모두 낯빛이 시커멨다. 오너가 신혼여행을 간 사이에 가장 중요한 거점에 대형 화재 사고가 발생했다.

에머슨 공단은 위빙 상단의 자랑이자 가장 큰 업적이었다.

3년 전만 해도 허허벌판에 작은 기차역만 덜렁 세워진 땅에 불과했다. 거기에 위빙 상단의 주력 상품인 문직물 공장이 들어서고, 뒤따라 방적 공장과 봉제 공장이 세워졌다. 판자로 세웠던 임시 숙소 자리는 제법 번듯한 목조 주택이 가득한 거주 구역으로 바뀌었다. 임금을 제대로 받는 공인이 모여드니, 상인들도 모여들었다.

처음에는 정기 시장을 만드는 것도 쉽지 않아 인근의 행상 조합과 별도의 협의를 거쳐야 했지만, 지금은 어지간한 대형 상단의 지점이 들어선 상점가가 따로 형성되었다.

물론 북방 로멜 공업 지역의 대도시들에 비할 바는 아니다. 그러나 아렌은 공업 지역이 거의 없었기 때문에 이 정도만 해도 충분히 큰 규모의 도시였다.

일자리를 찾는 사람은 에머슨으로 모였다. 꼭 위빙 상단 소속이 아니라도, 관련 사업을 하는 공장과 상단들이 이곳에 자리 잡기를 원했다. 대량의 물류가 오가면서 교통도 발달하고, 그에 따라서 지나가야 하는 길목의 도시들도 발달하고 있다.

이 자리에 있는 간부들은 대부분 에머슨이 아직 거대한 휴경지일 때부터 함께해 온 사람들이었다. 자신들이 이루어 온 성취에 긍지와 애정이 있었다. 클레어가 그들을 믿고 이곳을 맡겼다는 것에도 자부심을 느끼고 있었다.

그러니 이번 사태 같은 실책에 더더욱 고개를 들 수 없었다.

"화재를 주의하라고 특별히 더 당부했을 텐데요. 경쟁 상단에서 테러를 저지를 수도 있을 거라고."

클레어는 공장장들과 한 번씩 눈을 맞추며 말했다. 그러나 전처럼 일일이 가족의 안부를 묻고 다정한 말을 건네지는 않았다. 이게 사고가 아니라 황후의 공격이라고 해서 공장장들의 책임이 줄어드는 것은 아니다.

"죄송합니다. 드릴 말씀이 없습니다."

"사죄보다는 상황 설명이 듣고 싶군요. 어떻게 된 거죠?"

그 말에 공단 책임자 마이어스가 더욱 공손해진 태도로 말했다.

"야간 순찰 인력을 세 배로 늘렸습니다만, 미처 손 닿지 않은 곳이 있었습니다. 일단 확실한 것만, 일곱 곳에서 동시에 방화가 있었습니다."

공장에서 숙직하는 사람과 순찰대가 그중 다섯 개 현장을 미리 발견하고, 방화가 이루어지거나 막 불이 붙은 상황에서 진화를 완료했다.

그러나 두 곳은 그렇지 못했다. 심지어 한 곳은 빈 창고였기 때문에 숙직자도 없어서, 창고 벽에 불이 붙은 뒤에야 발견되었다.

섬유 공장의 화재다. 불은 순식간에 번져, 공장 여섯 개와 대형 창고를 전소시키고 주거 구역까지 뻗어 나갔다. 진화 작업이 완료된 지금도 탄내와 재가 바람에 날려 왔다.

"주민들이 자발적으로 진화에 나서서 주거 구역 쪽에는 피해가 없습니다."

"인명 피해는?"

"사망 세 명, 중상이 스물한 명입니다. 경상자의 수는 많은데, 진화 작업 중에 가벼운 화상을 입거나 다친 경우가 많아서 아직 파악 중입니다."

클레어는 아랫입술을 깨물었다.

"중상자가 많군요. 야간에 공장에서 생긴 일인데도."

"방화범이 무장하고 있었습니다."

"에머슨 백작님께서는 뭐라고 하시고?"

"크게 염려하긴 하셨습니다. 하지만 밖으로 번진 것도 아니고, 공단 안에서 끝났으니 그냥 전부 맡기겠다고 하셨습니다."

"그래."

클레어는 고개를 끄덕였다. 기차역에 마차가 대기하고 있었다. 클레어가 먼저 올라타고, 막시밀리안이 그 뒤에 탔다. 마지막으로 로저가 뒤따랐다.

그녀는 마이어스도 함께 탈 거라고 생각했지만, 그러지 않고 로저가 그대로 문을 닫았다. 그리고 낮은 목소리로 보고했다.

"방화범 전원의 경력을 조사했지만, 우리 상단에서 일한 지 오래된 사람들입니다."

"그래? 그러면 발각되는 순간 가족까지 연루될 게 분명한데?"

"예. 그래서 수상합니다."

로저 자신이 경쟁 상단의 창고에 불을 지르고 싶다면, 이런 자에게 시키지 않을 것이다. 훨씬 싸고 쉬우며, 신원도 불분명하여 처리하기 쉬운 놈이 있을 테니까.

"불안감을 부추기게 될 것 같아서 다른 사람들에게는 비밀로 했습니다만, 황금 새싹단이 연루된 일 같습니다."

"그거 반정부 단체잖아?"

"예."

클레어는 굳이 근거를 묻지 않았다. 로저는 근거 없이 말할 사람이 아니고, 사실 예상 범위 안의 일이기도 했다.

'날 시험하려고 하는 게 아니라면, 노림수가 따로 있겠지.'

'당신을 시험하다뇨?'

그 질문에 에리히는 대답하지 않았다. 대신 이렇게 말했다.

'진짜로 위빙 상단을 노리고 한 짓은 아닐 거잖나. 공장 몇 개 타는 걸로 파산할 정도로 허술하게 경영 중인 것은 아니겠지?'

'당연하죠. 에머슨 공단이 전소할 정도라면 모르겠지만, 거긴 섬유를 다루는 곳이라고요. 소방 시설에는 적지 않게 투자하고 있어요.'

'그전에 공단 전체가 타 버릴 정도라면, 너 하나로 끝나지도 않을 거고.'

'당연하죠. 위빙 상단이 무너지면 연쇄로 망할 상단도 여럿 있겠지만, 귀족이나 하원 의원 중에도 강물의 수심을 재러 갈 사람이 여러 명일걸요.'

빚도 거대해지면 자산이 된다. 에머슨 공단이 삼키고 있는 투자금 액수는 어마어마하다. 내각은 만장일치로 공적 자금이라도 투입해서 살려 주려 할 것이다.

황후도 막을 수 없을 것이다.

원자재를 공급하는 아렌의 목화 농장은 알 바 아닐지 몰라도, 에머슨 공단에 들어가 있는 로멜 귀족의 채권과 수도에서 모아들인 자산가 계급의 집합 투자 기금은 모르는 척하지 못한다.

'나 때문에 금융 특별법 같은 게 생길지도 모르죠.'

'뿌듯한 얼굴을 하고 있군.'

'역사에 이름을 남기게 될 거잖아요. 장담컨대 역대급 악녀로 손꼽힐걸요.'

그렇다고 황후가 위빙 상단을 죽인 채 투자금만 돌려줄 능력이 있을 리도 없었다.

에리히는 어이없는 얼굴만 했다. 클레어는 그것을 무시하고 생각을 찬찬히 정리했다.

'어쨌든 이걸로 위빙 상단을 단시간에 몰락시키는 건 불가능해요. 그렇다면, 위빙 상단을 나와 분리하거나, 투자자와 채권자가 내게서 등 돌리게 하는 게 목적이겠군요.'

'파산하면 곤란하지만, 투자자가 자금을 조금씩 회수하거나 채권 기한을 연장하지 않거나 하게끔 하여 타격을 입힐 수 있겠지.'

'실제로 위빙 상단이 빚을 질 수 있는 건 실패하지 않는다는 신화가 있기 때문이에요. 이번에 그걸 무너뜨리려고 하겠군요.'

클레어는 그렇게 말했다가, 잠시 후에 덧붙였다.

‘이게 당신이 말한 노림수로군요. 내부 조사를 해서 위빙 상단의 신뢰도를 떨어뜨리고 싶지만, 귀족의 사유 재산은 함부로 건드릴 수 없죠. 하지만 방화로 인해 대형 화재가 발발했다면, 감찰청이 움직일 수 있으니까.’

‘범죄 조직의 냄새를 맡았다거나, 주인에게 반란 의혹이 있다면 금상첨화겠지.’

‘그래서 일단 감사를 시작하면, 핑계는 뭐든 끼워 넣어 날 의회로 불러내겠죠.’

쓸 만한 재료를 찾지 못한다면, 증거를 조작할 가능성이 크다.

‘그래서 당신을 시험하려는 게 목적일지도 모른다고 한 거군요. 나를 위해서 당신이 의회에 영향력을 행사할지, 어디까지 할지 확인할 수 있을 테니.’

‘……’

‘좀 궁금하긴 한데? 파산하면 당신, 아주 재밌어하면서 돈다발로 남의 기업을 싹 쓸어다 호주머니에 넣고 날 비웃고 있을 것 같긴 한데.’

‘당연하지.’

‘그래도 이건 당신 기준으로는 명예 문제니까?’

에리히는 끝까지 그 시험에 어떻게 할지는 대답하지 않았다. 사실 일이 그 지경에 이른다면, 클레어 자신보다는 엘리엇을 생각하고 결정해야 하는 문제이기도 했다.

어쨌든 그런 대화를 하고 나서 배에 올랐고, 여기까지 오는 동안에 준비는 다 마쳤다. 하원 감찰청이 움직인다면, 오히려 울고 싶은데 뺨 때려 준 격이다.

그녀가 태연하게 미소 짓자 로저가 당황하여 그녀를 쳐다보았다. 그도 농담을 좋아하지만, 지금은 웃을 상황이 아니었다.

"남작님."

"걱정 마. 사실 안 그래도 불러 뒀어."

"부르셨다뇨……?"

"감찰청 감사관."

클레어는 빙긋 웃었다. 로저는 그 웃음만 보고도 알 수 있었다.

"이미 매수하셨군요."

"요한 경이 중간에서 애를 많이 썼지. 의회 정치는 정말 좋은 거야."

황후는 황제의 조사관을 움직일 수 없으니, 하원 감찰청을 쓸 수밖에 없다. 사실 황제 직속 기구는 이미 유명무실해진 지 오래다.

그러나 하원 감찰청에 황후의 영향력이 아무리 강하더라도 전원을 장악할 수는 없다. 내각도, 하원 의원도, 각자의 계파를 감찰청에 갖고 있으니까.

그리고 그중 여럿은 돈에 반응한다. 충분한 돈으로 매수되지 않는 것은 신념을 가진 사람뿐이다.

'그런 사람은 드물지.'

프란츠 알트마이어 같은 사람을 돈으로 쓰려고 하는 것은 아마도 모욕 이외의 아무것도 아니리라. 그리고 엘리사를 위해 목숨을 던진 사람들도.

그들은 아마도 황태자가 그리는 미래에 대한 어떤 비전을 공유하고 있었을 것이다.

'어쩌면, 엘리사조차도.'

하지만 황후가 과연 그런 신념을 제시했을까?

모를 일이다.

클레어는 생각을 가볍게 떨어냈다.

뭐가 되었든, 문제는 항상 불확실성에 있다. 방화범이 반정부 단체라면 예상 안의 일이고, 이제 더 이상은 문제가 아니었다.

"감사관이 올 때까지, 그 방화범들의 수장을 좀 잡아 보자. 전부 따로 가둬 놨을까?"

"예. 그렇게 지시하셨으니까요."

"좋아. 오늘 바로 흔들어 봐도 되겠네."

클레어는 씩 웃었다.

황금 새싹단의 단주, 뉴먼이 붙잡힌 것은 그로부터 고작 이틀 후의 일이다.

그는 언제든 몸을 뺄 수 있도록 기차역 인근에 있는 '동지'의 집에 몸을 맡기고 있었다. 에머슨 공단 자경대의 검문이 두렵다거나 기차역에서 자체적으로 신원 검사를 하고 있다거나 하는 문제 때문은 아니다. 저 '위'에서 명령이 내려왔기 때문이었다.

'감사관이 갈 거야. 증언해.'

'에머슨 공단에 불을 지른 게 어떻게 델포드 남작에게 불리한 일이 될 수 있습니까?'

'네가 지금까지 아랫놈들에게 해 온 말을 그대로 하란 말이야. 델포드 남작이 너희를 배신했기 때문에 응징하려 한 거야. 정당한 복수였지.'

후드를 깊게 눌러쓴 여자는 차가운 얼굴로 그렇게 말했다.

'빌어먹을.'

뉴먼은 그 입으로 숱하게 델포드 남작의 이름을 담아 왔으나, 진짜로 그녀를 건드릴 작정은 없었다. 그가 감당하기에는 위빙 상단이 너무 컸다.

그럼에도 불구하고 명령을 따르지 않을 수 없었다. 내가 너희들 부하인 줄 아느냐는 말이 목구멍까지 치솟았으나 받아먹은 게 있으니 돈값을 해야 했다.

그래서 숨어 있었다. 그는 나름대로 준비도 하고 있었다. 끝까지 남아 있을 생각은 없었다. 자백서를 건네주고 도주할 작정이었다. 그런데 그 전에 붙잡힌 것이다.

'빌어먹을!'

그는 다시 마음속으로 욕을 뱉었다. 입 밖으로는 전혀 내지 않았는데, 마치 알아듣기라도 한 것처럼 자경대원이 그의 뒤통수를 갈겼다.

"큭."

통증도 통증이지만, 모욕감 때문에 뉴먼은 신음했다. 그는 우두머리 자리에 익숙했고, 남의 칭송과 열광에 중독되었다. 이런 대우를 참을 수 없었다. 이성이 냉정하게 자신의 현실을 알고 있어도 마찬가지였다.

"남작님, 말씀하신 자를 잡아 왔습니다."

"잠깐 이거 놓으시오."

뉴먼은 잡힌 팔을 뿌리치려 했다. 위빙 상단의 주인, 에머슨 공단의 설계자, 그 델포드 남작을 만나는 것이다. 적어도 몸차림을 가다듬고 제대로 된 만남을 갖고 싶었다.

하지만 자경대원들은 그럴 여유를 주지 않고 그를 문안으로 끌고 들어갔다.

"윽!"

거세게 꺾인 팔이 아파 뉴먼은 신음했다. 그는 그대로 사무실 벽에 붙이듯 놓인 의자에 팽개쳐졌다. 자경대원이 그의 팔을 팔걸이에 동여매려 했다. 차분한 여자 목소리가 그것을 제지했다.

"그러지 마세요."

"예? 하지만 남작님."

"놓아주세요. 내게 달려들진 못할 테니."

그러자 자경대원이 물러섰다. 뉴먼은 그제야 사무실의 전경을 볼 수 있었다.

사무실은 귀족의 집무실이라는 말에서 연상되는 장식적인 가구도, 골동품도, 부유함을 드러낼 만한 것도 일절 없었다.

깔끔하고 지적이었다. 단순한 목재의 직선으로만 이루어진 책상에 앉아 있는 여자도 꼭 그에 걸맞게 훤칠하고 우아한 모습이었다. 그래서 양쪽 귓불에 걸린 붉은 다이아몬드가 발하는, 타는 듯한 광채가 더욱 눈에 박혔다.

델포드 남작이다.

뉴먼은 벌떡 일어섰다. 그리고 호흡을 골랐다.

"만나서 반갑군요, 뉴먼 씨. 우리 초면일 거예요, 아마. 뉴먼 씨 주장대로 만난 적이 있다면, 내게 아무런 인상도 남기지 못해 잊힌 거겠죠."

클레어는 웃음을 머금은 채 그렇게 말했다. 단숨에 자존심이 짓밟힌 뉴먼이 표정을 관리하지 못했다.

"날 어떻게 찾은 겁니까?"

"단원이 다섯 명이나 잡혔는데, 아무도 불지 않을 거라고 생각한 건가요? 그 정도 신념을 심어 주었다고 자신해요? 진짜로?"

"……."

뉴먼이 침묵했다.

잡힌 범인들의 입을 여는 것은 간단한 일이었다. 클레어는 다섯 명을 각자 한 명씩 이 사무실로 불렀다. 그리고 말했다.

'이 일을 사주한 사람에 대해 아는 대로 전부 말하세요. 이 제 안은 당신들 모두에게 각자 하는 거예요. 유용한 정보를 말한다 면, 죄를 덜어 주겠어요. 에머슨 공단의 변호사 말로는, 과실로 불을 낸 거라면 길어야 3년 정도의 노역형이 최대라는군요. 물 론 우리 측에서 고발하지 않으면 벌금 정도로 끝나겠죠.'

'그런다고 해서 내가 배신할 것 같……!'

'대신, 나머지는 면죄받은 사람의 죄까지 뒤집어쓰게 될 거 예요. 방화로 에머슨 공단을 불태우려고 했으니 형도 길겠지만, 그게 끝나도 평생 노역할 각오를 해야 할 거예요. 이걸 전부 갚 을 때까지.'

클레어는 그들에게 내역서를 한 장씩 건네주었다. 그것은 이번 화재의 피해 금액을 산정한 것이었다. 도무지 공장에서 일하던 일개 공인이 벌어서 갚을 수 있는 금액이 아니었다.

'물론 당신이 이 공장에 취직할 수 있도록 소개장을 써 주었 던 사람 역시 연대 책임을 지게 될 거고.'

그쯤 되면, 어지간한 신념으로는 버틸 수 없다.

같이 가둬 놓았다면, 자기들끼리 서로 위로하고 자신이 한 일에 대한 정당성을 확신하며 결의를 다질 수도 있었을 것이 다. 하지만 방화범들은 이미 열흘 이상 독방에 갇혀 있었다. 그 동안 두려움과 의혹은 조금씩 그들의 머릿속을 잠식했다.

'멜포드 남작이 배신자라는 단장의 말은 사실인가?'

'입을 다물고 있는 것은 나 혼자가 아닌가?'

'내가 입 다물고 있다고 해서 들통나지 않을 것도 아닌데.'

'에머슨 공단의 배신자가 되면 나만이 아니라 우리 가족까지……'

'저 돈을 갚으라고 하면 도저히 감당할 수 없어.'

다섯 명이 모두 아는 것을 부는 데는 두 시간도 걸리지 않았다.

황금 새싹단은 점조직으로 이루어져 있다. 그러나 다섯 명이 알고 있는 정보에서부터 시작하여 조직도를 파내는 데는 오래 걸리지 않았다. 클레어의 사무실에까지 불려 온 사람은 모두 황송해하며 아는 것을 모두 말했다.

그렇게 해서 하루 반 만에 뉴먼에게까지 닿은 것이다.

'제가 황금 새싹단에 가입한 것은, 남작님께서 가장 큰 후원자라고 들었기 때문입니다.'

'특별한 일은 아무것도 하지 않았어요. 정기적으로 활동 지원금을 납부했을 뿐입니다.'

'결국 알고 오셨군요. 죄송합니다. 저는 남작님을 비난하는 말에는 절대 동조하지 않았습니다.'

'아, 남작님께서 직접……. 영광입니다.'

클레어는 콜베르크 광산에서 느꼈던 것과 비슷한 감상을 느

껐다. 그 이전까지만 해도 그녀는 자신의 정치적 영향력을 잘 모르고 있었다.

물론 그전에도 자신의 금력에 대해서는 잘 알고 있었다. 단순히 돈이 있다는 게 문제가 아니라, 그 돈을 쓰는 법까지 포함해서 말이다. 로비, 매수, 인맥을 통해서 정치적 영향력을 행사할 수 있다는 것을 알고 있었고, 실제로 에머슨 공단을 위해서 몇 번이나 행사하기도 했다.

또한 델포드를 비롯하여 몇몇 지역에서, 지역 유지로서 꽤 많은 사람들을 따르게 할 수 있으리라는 것도 알고 있었다. 하지만 자신의 이름이 더 많은 사람들에게, 그 이상의 의미를 지니고 있는지는 몰랐다.

그러나 이제는 많은 아렌인들이 그녀를 긍지로 여겼다는 것을 알고 있다.

아렌인은 정말로 감정적이고 게을러서 가난한가? 아렌인은 철과 증기로 이루어지는 새로운 시대에 걸맞지 않은 사람인가? 아렌인은 구태의연하고 어리석은 농투성이이기에 말단에서 시키는 일 정도밖에 할 수 없는 존재인가?

그 모든 질문에 '아니다'라고 선언한 것이 클레어 델포드다. 아주 많은 아렌인들이, 그리고 특히나 허허벌판에서 공단이 올라서는 것을 지켜본 에머슨 사람들이 그렇게 여겼다.

클레어는 그 같은 감정에 휩쓸리기에는 지나치게 개인주의적인 사람이었으나 사람들이 제게 무엇을 기대했는지, 불을 놓은 황금 새싹단원들이 무슨 말에 현혹되었는지 짐작할 수 있었다.

"날 아렌의 배신자로 만들었더군요."

"제가."

"아렌 여자라며 당연히 아렌 남자와 결혼해야지, 결국 망아지처럼 날뛰더니 막대한 돈을 바치고 로멜의 이름난 종마와 붙어먹었다고 말했다면서요."

로저와 자경대원들의 얼굴이 분노와 수치로 시뻘게졌다. 막시밀리안마저도 가볍게 혀를 찼지만, 클레어는 태연한 얼굴이었다. 솔직히 성공한 여자가 듣는 말 중에는 그보다 훨씬 심한 게 많은 법이다.

'몸을 팔아 성공했다는 소리를 듣는 것보다, 성공한 여자가 종마를 사려고 돈을 썼다는 쪽이 낫지.'

어느 쪽이든 개새끼의 개소리에 어울려 줄 이유는 없었다.

"뭐, 무슨 욕을 했는지는 솔직히 상관없고."

클레어가 손을 내저었다. 자경대원들이 움찔했지만 클레어는 다시 그들에게 나가라고 손짓했다. 지금부터 할 이야기는 에머슨 공단 사람이 알아야 할 이야기가 아니었다.

자경대원들이 밖으로 나갔다. 사실 호위는 자경대원 수십 명보다 막시밀리안 하나가 나았다. 로저가 망설였다. 클레어는 그에게 머물러 있으라는 의미로 고개를 끄덕였다. 그도 이제 알아야 할 때다.

클레어는 몸을 앞으로 기울이고 뉴먼에게 물었다.

"조직을 키우는 동안 내 이름을 판 게 자발적으로 한 일인지, 황후의 명령인지 궁금한데."

"뭐……라고요?"

"네 위에 있는 거, 황후 폐하잖아. 날 반정부 조직에 엮으려고 내가 황금 새싹단의 후원자라는 소문을 퍼뜨린 것 아닌가?"

위빙 상단 때문에 아마 미리부터 준비하고 있었던 수작이리라. 하지만 에리히와 결혼함으로써 더 이상 반란죄로 몰아넣을 수 없게 되었다. 그러니 이번에 소소한 불쏘시개로 이용하려든 것이 분명했다.

클레어는 전에도 황금 새싹단을 의심하고 있었다. 반로멜을 표방한 반정부 조직이라기에는 너무 하는 일이 없었기 때문이다.

아렌을 위한 정치 조직이라면 수도에서 통하는 이슈를 만들려 했을 것이다. 의회와 내각이 존재하니, 거기에 영향력을 행사하는 것이 목적에 훨씬 부합한다. 로멜에 대한 증오가 앞선다면 북방 공업 도시에 폭탄이라도 하나 던져 주는 게 훨씬 목적에 걸맞은 활동이리라.

그러나 이들은 아렌 내부에서만 움직인다. 몇 곳 되지도 않는 상공업 지역에 테러를 하거나, 경제 구조를 변화시키려는 시도를 마치 로멜의 주구가 되는 일인 것처럼 호도하는 게 전부였다.

자세히 들여다보면, 아주 논리가 없는 것도 아니긴 했다. 상공업을 발달시키려면 필연적으로 로멜과 관계가 깊어질 수밖에 없다. 최대 규모의 시장과 기자재 공급처가 로멜에 있기 때문이다.

그래서 클레어는 이들의 존재를 알고는 있었으나 크게 신경 쓰지 않았다.

'사이비 종교와 비슷한 거라고 생각했지.'

조직원들에게서 활동비를 수금하고, 공짜로 일을 시킨다. 부자나 귀족을 꾀어 돈을 뜯기도 한다. 하는 짓이 꼭 비슷하지 않은가. 다만, 팔아 치우는 것이 내세의 구원이 아니라 아렌의 긍지라는 것만 다를 뿐이다.

하지만 이제 와 생각해 보니, 다른 문제로 느껴졌다.

'사우스랜드 곡물상이 황후의 것인 마당에, 황금 새싹단이라고 그렇지 않다는 법이 어디 있겠어요.'

애초부터 아렌 안에서 성장 가능성이 있는 상단의 싹을 밟아 버리는 게 목적이라면, 충분히 말이 된다. 황후가 아렌의 발전을 막고자 한다면 이보다 더 간편하고 의심을 사지 않을 수단도 드물 것이다. 게다가 실제로 발생할지도 모르는 반로멜 단체를 억누르는 효과도 있다. 위험 분자의 명단을 미리 확보할 수도 있다.

그러나 클레어의 말에 뉴먼의 얼굴이 시뻘겋게 달아올랐다.

"날 뭘로 보고……!"

"그럼 돈만 받았나?"

"뭐요?!"

"돈도 안 받았는데 이런 일에 끼어들 만큼 멍청해 보이진 않아서."

클레어가 빈정거렸다. 뉴먼이 숨을 크게 들이마셨다. 비록 잡혀 오긴 했으나 그도 하나의 단체를 만들어 낸 사람이다. 이런 식으로 무시당하는 건 참을 수 없었다.

"그러는 남작님이야말로 비난받은 게 억울해서 그러시는 모양인데, 내가 틀린 말을 한 것도 아니지 않소."

"그래?"

"정부가 아렌에는 아무것도 주지 않고, 아렌인은 돈 안 되는 밀 농사나 지으라고 하는 게 어디 일이 년이오? 그러다 살기 힘들면 어린애를 팔고, 여물지 못한 딸들도 하녀나 직공 일을 하겠다며 고향을 떠나 소식도 없고, 저 위로 올라가 보아도 소개장 없이 할 수 있는 건 날품팔이가 아니면 더럽고 위험한 일뿐인데!"

뉴먼이 주먹을 불끈 쥐고 역설했다.

"당신은 아렌인들의 힘을 모아 이 엄청난 사업을 일으켰잖소! 그러면 마땅히 아렌에 갚았어야지! 그걸 지참금으로 들고 로멜 귀족 가문으로 들어가 버리다니! 사람들은 그걸 기대하고 당신을 지지했던 게 아니오!"

"난 딱히 아렌을 중흥시키기 위해서 사업을 시작한 게 아닌데. 지지는 성공에 뒤따라온 거야. 그걸로 성공한 게 아니라."

클레어는 시큰둥하게 대꾸했다. 말하는 사람이 진정으로 아렌의 미래를 생각하고 이 땅에 대한 애정으로 가득한 사람이었다면, 지금까지의 자신이 너무 이기적인 것 같아 부끄럼을 느꼈을지도 모른다.

하지만 상대는 성자는커녕 하다못해 선각자도 될 수 없는 사람이었다. 멍청하다는 것과 다른 의미에서 머리가 장식이었다. 어차피 욕심대로 행동하는데, 상황을 분석하고 옳고 그름을 판단할 줄 안다는 게 무슨 의미가 있겠는가.

"그래서, 결과적으로 돈을 받았어? 안 받았어?"

"그런 말로 날 모욕하지 마시오!"

"찔리나 보네. 안 받았다는 말은 절대 안 하는 걸 보니."

뉴먼의 얼굴이 시뻘게졌다. 클레어가 책상 위에 깍지를 끼고 턱을 괴었다. 그리고 눈을 가늘게 뜨고 뉴먼을 바라보았다.

그의 주장에 대해서, 황금 새싹단의 활동에 대해서, 할 말이 몇 가지 생각나긴 했지만 그만두었다. 의미 있는 대화를 나눌 수 있는 사람이 있고, 아닌 사람이 있는 법이다. 설득해야 할 가치가 있는 상대도 아니고.

뉴먼이 목구멍을 울리며 얼굴을 손바닥으로 쓸어내렸다. 그리고 마음을 진정시키고 말했다. 지금은 자존심을 세울 때가 아니었다.

"협상합시다."

"말해 봐. 협상할 가치가 있을지 어떨지는 듣고 나서 결정하겠어."

"감찰청에, 황금 새싹단의 후원자가 남작님이라고 말한 것은 단체를 키우기 위해서 내가 거짓말을 한 것이고, 이번에는 질투 때문에 방화 교사를 했다고 증언하겠소."

"맞는 말이잖아. 돈을 받든 안 받았든, 너는 내 이름을 이용했을 텐데."

뉴먼은 이를 악물고 그녀를 무시한 채 해야 할 말만 했다.

"대신 내가 거짓 증언을 하는 사태가 오지 않도록 날 보호해 주시오. 일을 이 이상 크게 만들 생각이 아니라면 내 말대로 합시다."

뉴먼은 클레어가 이 협상을 받아들일 거라고 생각했다. 그러지 않으면, 클레어가 황금 새싹단의 후원자인 건 사실이라고 말할 테니까. 그러면 곤란해지는 건 클레어다. 나쁜 이미지는 쉽게 붙고 잘 떨어지지 않는 법이다. 청문회가 열리면 클레어는 무조건 손해다.

하지만 자신도 전향하려면 보호가 필요하다. 황후의 감찰관들은 고문을 해서라도 그의 입에서 필요한 증언을 얻어 낼 테니까. 클레어가 빙긋 웃으며 옆을 돌아보고 말했다.

"거짓 증언을 해 준다는데, 어떻게 생각하시나요, 감사관님?"

뉴먼은 깜짝 놀라 숨을 들이켰다. 옆 사무실과 연결된 문이 끼이익 열렸다. 생각해 보니, 처음부터 그 문은 꽉 닫혀 있지 않았던 것 같다.

거기에서 기다리고 있던 것은 동일한 색의 정장을 갖춰 입은 남자 넷이었다. 칼라에도 똑같은 배지를 달고 있었다. 하원 감찰청의 배지다.

"이야기는 들으셨을 거라고 믿어요."

"예. 정황은 확실히 이해했습니다."

제일 나이 많은 감사관이 살짝 고개를 숙이며 정중하게 말했다. 뉴먼은 눈을 크게 떴다. 감찰청에서 올 것은 황후의 손이 닿은 자들이었을 텐데?

클레어가 감사관들에게 말했다.

"이 사람의 계좌를 까 보면 꽤 재미있을 거라고 생각해요. 상단부터 은행, 우편 업체까지 전부. 아마 가명으로 모은 재산이 상당하겠죠."

"남작!"

"협조하세요, 뉴먼 씨. 정상 참작이 될 상황은 아니니까."

클레어가 책상을 돌아 뉴먼에게 다가갔다. 뉴먼은 주춤주춤하면서도 지기 싫어 물러나지 않았다. 클레어가 너무 가까이 다가와서 그는 목부터 꼬리뼈까지 바짝 긴장시킨 채 뻣뻣하게 그녀를 내려다보았다.

'이 여자가 왜 이러.'

생각이 미처 구체화되기도 전에 뭔가가 박살 나는 통증이 단련 불가능한 부위를 덮쳤다.

"끄, 아악!"

그가 비명을 지르는 찰나에 막시밀리안이 그의 덜미를 잡아 의자에 눌러 앉혔다. 클레어는 그를 내려다보며 내뱉듯이 말했다.

"내가 왜 의회에 나가는 걸 사양하겠어? 거기서 발언하는 것보다 더 빨리 공론을 만들 수 있는 수단이 없는데."

"으, 윽, 헉……."

"어떻게 해야 가장 크게 화제 몰이를 하면서 이 이야기를 들고 나갈 수 있을지 고민이었거든. 아편과 노예계 말이야."

마치 비밀 이야기를 하듯 그녀가 몸을 구부려 나직하게 속삭였다.

"이건 원래 네가 했어야 하는 일이야. 네가 진짜로 아렌을 위한다면 제일 먼저 이 문제를 해결하려고 했어야지. 아마 그랬다면 진짜로 존경했을 거야."

말하고 나서, 클레어는 허리를 쭉 편 다음 아직 고통스러워하고 있는 뉴먼을 보고 너무 야만적인 보복이었나 5초 정도 생각했다. 하지만 미안하기는커녕 속 시원하기만 했다.

"암말한테 걷어차인 거라고 생각해. 되도 않은 수놈이 알짱대다간 원래 그렇게 되는 법이잖아?"

뉴먼의 얼굴이 다시 시뻘겋게 달아올랐다. 클레어는 어깨를 으쓱했다. 그리고 그 자리를 떠났다.

알트마이어

에리히가 배에서 내린 것은 클레어가 떠난 지 닷새 후였다. 그는 일부러 일정을 변경하지 않았다.

클레어가 다급히 에머슨으로 달려간 것은 당연한 일이다. 하지만 여기에서 자신까지 일정을 바꾸어 사람을 데리고 이동 하면 의심을 살 가능성이 있었기 때문이다.

현실적으로 그에게 엘리엇을 달랠 능력이 없다는 이유도 있 었다. 엄마가 열 밤 자고 돌아오겠다고 했는데, 열흘을 기다리 기는커녕 이틀째부터 오지 않는다고 엘리엇이 울기 시작했다. 마사가 달래도, 데리고 자도 별 소용이 없었다. 낮에라도 신나 게 해 줘야지.

그리고 배에서 내린 지 열흘째.

"웅…… 엄마는?"

눈을 반만 뜨고 비몽사몽인 채로 엘리엇이 또 제일 먼저 그것부터 물었다. 에리히는 엘리엇을 안아 침대에서 내려 주었다.

"세수해야지."

"아빠? 엄마 편지……."

여전히 잠에 반쯤 취한 목소리로 엘리엇이 웅얼거렸다. 에리히는 아이의 등을 두드려 욕실 쪽으로 보냈다. 욕실 쪽에서 대기하고 있던 마사가 몸 둘 바를 몰라 하며 엘리엇의 손을 잡고 씻으러 갔다.

그다음 에리히는 거실을 거쳐 아예 밖으로 나갔다. 비서를 부르는 대신 자신이 그쪽으로 이동한 것이다. 호텔의 두 층을 통째로 빌렸으나 여러모로 불편했다.

에리히는 생활의 불편을 거의 느껴 본 적이 없는 사람이었다. 늘 적절한 수준의 시중이 따라다니기도 했지만, 남을 신경 쓰며 움직일 필요가 없었기 때문이다. 언제나 제 한 몸만 원하는 대로 움직이면 되었다.

그러나 이제 그는 아이를 보살펴야 하고 보안에 신경 써야 했으며, 그러면서 또다시 아이를 보살펴야 했다.

"편지는?"

"말씀하신 방문 요청 카드는 이미 보냈습니다. 초대장에는 전부 거절의 답장을 썼고요."

비서가 미리 분류한 편지 몇 장과 작은 흑단 상자를 건네주며 말했다.

"클라우제너에서 온 심부름꾼이 도착했습니다."

"아, 내가 찾아보라고 한 그거군. 수고했네."

"감사합니다."

비서가 정중히 고개를 숙였다.

해야 할 일이 몇 가지 더 있었지만, 에리히는 셔츠와 바지가 구겨진 것을 의식하고는 다시 위층으로 올라갔다. 그냥 비서를 보는 것 정도면 이대로도 상관없겠지만, 오늘 향해야 할 곳은 보다 더 예의를 갖추어야 하는 자리다.

사실 그는 아침 일찍 일어나 이 도시의 시장과 행정 관료를 비롯하여 주요 인사 몇몇과 조찬을 들었다. 그다음 엘리엇이 깨어나기 전에 다시 호텔로 돌아왔다. 깨어났을 때 혼자 있으면 클레어를 찾으며 칭얼대리라는 것을 알고 있었기 때문이다.

그가 있다고 해서 안 운다는 법은 없었지만, 아예 마사에게 맡겨 놓고 팽개칠 수는 없는 노릇이다. 그러다 보니 다시 침대에 들어가서 아이 곁에 누워야 했다. 거기에 엘리엇이 얼굴과 머리를 잔뜩 비비고 다시 일어났으니 구김도 가고 얼룩도 생겼다.

가느다란 금빛 머리칼이 단춧구멍에 끼어 있었다. 에리히는 상자를 내려놓고 집사에게 새 옷을 가져오게 했다.

"편지는?"

비서에게서 그럴듯한 답을 얻지 못했기 때문에 에리히는 이번에는 집사에게 물었다. 어차피 아무리 빨라도 이제 겨우 에머슨에 닿았을 것이다. 도착하자마자 편지를 보냈어도 당도할 시기가 아니었다.

뻔히 알면서도 그거라도 있으면 엘리엇을 달래기 쉬울 것
같아 자꾸 묻게 되었다. 그것을 알기 때문에 집사는 괜히 자신
이 잘못하기라도 한 양 송구스러워했다.

"달리 연락 온 것은 없습니다."

"그렇군."

에리히는 혀를 찼다. 솔직히 에머슨에 도착하자마자 연락을
줄지 어떨지도 불투명했다. 언제 원하는 것의 절반만큼이라도
소식을 준 적이 있었던가 말이다.

'나만 애타지.'

약혼 기간에도 매일 굳이 이렇게까지 자주 만나러 올 필요
가 있느냐고 하질 않나, 편지 한 장 제대로 쓴 적이 있나. 윌리
엄의 말이 딱 맞다. 그녀는 연락하는 게 귀찮아서라도 안 할 사
람이다. 에리히는 불만스럽게 생각했다.

"아빠."

엘리엇이 얼굴과 앞머리와 소매를 몽땅 적시고 나왔다. 에
리히는 아직 셔츠를 갈아입지 않은 것을 다행이라고 생각하며,
하녀의 손에서 수건을 받아 아이의 얼굴과 머리칼의 물기를 닦
아 냈다.

"엄마 안 왔어?"

"일이 바쁘단다."

에리히의 말투가 자기와 똑같이 불만스럽게 들렸기 때문에
엘리엇은 서러워하는 대신 고개만 끄덕거렸다.

아빠도 내 편이다. 그러면 덜 억울했다.

"엄마 오면 화낼 거야."

"나는 무조건 네 편이다."

"엄마 나빠."

말하다 말고 엘리엇이 서러워진 듯 진짜로 울먹거리기 시작했다. 역시 셔츠를 갈아입지 않아서 다행이다. 에리히는 엘리엇을 안아 올렸다. 아이가 그의 어깨에 얼굴을 비볐다.

"엄마 보고 싶어, 흑, 흐응……!"

엘리엇이 눈물을 힘껏 참았다.

일하러 갔을 때 떼쓰면 안 된다. 중요한 일이니까. 딱히 누가 그렇게 훈육한 적도 없는데, 제가 먼저 분위기를 알고 눈치 보는 것이 불쌍해서 에리히는 한숨을 내쉬었다.

"화내도 돼. 엄마가 잘못한 거야."

"흐으응, 우웅……."

"그렇지만 울면 안 된다. 울어서 얼굴이 부은 모습을 남에게 함부로 보이면 안 되니까."

엘리엇이 에리히의 어깨에 다시 눈물 콧물 다 묻은 얼굴을 비볐다. 마사가 몸 둘 바를 모르며 손을 내밀었다.

"제가 도련님을 모시고 가겠습니다."

그녀는 그간 계속 마음이 편치 않았다. 귀족 부부가 아이를 직접 기르는 것은 원래 흔한 일이 아니다. 클라우제너 같은 대귀족 가문에서는 더욱 그랬다.

사실 어디에서든 아버지가 아이를 직접 보살피는 일은 그다지 없다. 하물며 아이의 친모가 클레어가 아님을 확실하게 알고 있는 마사의 입장에서는 불안하지 않을 수 없었다.

양자인 엘리엇을 많이 사랑해 주는 것까지는 그저 감사하고 기쁠 따름이다. 하지만 이럴 때는 마음이 몹시 불편했다. 그녀의 상식으로는 엘리엇은 당연히 클레어가 데려갔어야 했다. 일정이 급해서 그럴 수가 없었다면, 마사 자신이 데리고 천천히 클레어를 뒤따라가거나 적당한 곳에서 기다리는 것이 옳았다.

"괜찮네."

에리히가 고개를 저었다. 그의 입장에서는 엘리엇을 떼어 놓고 움직인다는 것은 말도 안 되는 소리였다. 애초부터 엘리엇이 가장 안전한 곳은 자신의 옆이다. 물리적으로나 정치적으로나.

윌리엄의 배를 탄 뒤로 결정된 여정은 더더욱 그랬다. 애초부터 자신을 위한 여정이 아니라 엘리엇을 위한 여정이었으니까.

그는 엘리엇에게 단호하게 말했다.

"서러우면 울지 말고, 잘 기억해 놨다가 화를 내라."

"막 화내면 안 되는데……."

엘리엇이 눈물 그렁그렁한 얼굴로 말했다.

"눈물 날 정도로 화나는 일이 있으면 그래도 괜찮아. 대신 울먹거리느라고 웅얼거리거나 더듬거리거나 나중에 후회할 짓 하면 안 된다. 한 번 화낼 때 불처럼 화내서, 상대방을 울리는 거야."

그는 최대한 아이에게 단호하게 화내는 법에 대해서 말하고 싶었다. 클레어가 들었다면 그의 등짝을 후려갈겼을 테지만, 지금은 그럴 사람이 없었다.

겨우 아이가 진정되고 나자, 집사가 미리 준비한 작은 정장을 가져왔다. 마사가 얼른 옷을 받아 엘리엇에게 셔츠를 입혔다. 엘리엇이 웅 하고 투정 부리는 소리를 내면서도 순순히 마사가 시키는 대로 옷을 입었다.

에리히는 그동안 아까 비서에게서 받아 온 흑단 상자를 열었다. 그리고 안에서 조그만 커프스 링크를 꺼내어, 엘리엇의 소매에 달아 주었다. 엘리엇이 조금 전까지 울었던 것도 잊고 눈을 반짝 빛냈다.

"우와, 파란 돌 예뻐!"

"내가 여섯 살 때 예법 교육을 시작할 때 선물받았던 첫 번째 커프스 링크지."

엘리엇이 제 손으로 커프스 링크를 떼어 내려 했다. 에리히는 손으로 그것을 막았다.

"떼어 내면 신사가 아니다."

"앗."

"팔을 마구 휘두르다가는 잃어버릴 수 있으니까 조심하도록 해."

물론 에리히는 단추 하나 떼어 낸 적이 없었다. 몸에 달아 놓은 것을 전부 떼어 갖고 놀다 잃어버리는 것은 제러드 쪽이었다.

에리히는 그다음 손수 작은 크라바트를 매어 주고, 장식 있는 프록코트를 입혔다. 엘리엇이 고개를 갸웃거렸다. 가끔 손님을 만날 때 리본 타이를 매거나 귀여운 정장을 입은 일은 있지만, 이렇게 완벽하게 에리히의 것과 똑같은 예복은 처음이었던 것이다.

"우리 어디 가요?"

"아빠의 옛날 선생님을 만나러 갈 거야."

에리히가 그렇게 말했다. 사실 그것보다는 좀 더 중요한 다른 용건이 있었다.

밖에서 노크 소리가 났다.

"선배님, 저희는 준비 끝났습니다."

"거의 끝났네. 들어와."

에리히가 대답하자, 문이 열렸다.

"어우, 우리 엘리엇이 다 컸네."

"윌 아저씨!"

커프스 링크를 만지고 싶어서 소맷부리를 더듬거리고 있던 엘리엇의 얼굴이 밝아졌다.

그를 뒤따라 문안으로 들어선 것은 예복을 걸친 프란츠였다. 오랜만에 입어서 적잖이 어색했다. 상처 부위를 가린 가면을 깔끔하고 고급스러운 것으로 바꿨으나, 드러난 부분이 볕에 타고 거칠어 보이는 것은 어쩔 수 없었다.

낡은 의수와 아직 몸에 남은 반듯한 예법이 부조화를 이루었다. 하지만 그것이 엘리엇의 심장에 더 꽂힌 모양이었다.

"후크 선장 아저씨! 진, 짜, 멋있어요!"

잽싸게 달려가 매달리는 엘리엇의 어깨에 반사적으로 왼손을 올리고는 프란츠가 난처하다는 듯 에리히를 바라보았다. 에리히가 얼굴을 살짝 찡그리고 있었다. 윌리엄이 킬킬 웃었다.

"질투 나십니까?"

"안아 줘. 옷은 구겨지지 않게."

그가 말도 안 되는 요구를 했다. 프란츠는 조심스럽게 엘리엇을 왼팔로 안아 올렸다. 그러자 엘리엇은 서러웠던 것이고 뭐고 다 잊어버린 것처럼 눈을 반짝반짝 빛내며 물었다.

"후크 선장 아저씨도 같이 가요?"

"예."

"와, 진짜요? 우리 오늘도 배 타는 거예요?"

"배는 타지 않습니다. 알트마이어 가문을 방문하는 것이니까요."

그의 목이 가라앉아 쉰 이유를 엘리엇은 결코 짐작하지 못할 것이다.

지난 5년 동안 고요에 휩싸여 있었던 알트마이어 백작저에, 아주 오랜만에 공기가 움직인다는 느낌이 들 정도로 소리가 생겨났다.

"클라우제너 공작께서 오신다고요?"

아침에 식재료를 대러 온 청년이 깜짝 놀라며 되물었다.

"안 그래도 식자재 주문량이 엄청 늘었다면서, 아저씨가 어쩐 일인가 궁금해하시더라고요."

"대부인께서 공작 각하의 어린 시절 가정 교사를 맡으신 적이 있어요. 공작 각하께서는 그 정을 지금까지도 잊지 않으시고 매년 안부 편지를 보내셨답니다. 이번에도 아드님을 맡겨 주실 모양이에요."

10년 가까이 알트마이어의 주방에서 일해 온 조리사가 자랑하듯 말했다.

"알트마이어가 황실의 가신이라는 이야기만 들었지, 클라우제너 공작가와도 그렇게 인연이 깊은 줄 몰랐습니다."

"우리 대부인께서 황녀님의 예법 교사셨답니다. 돌아가신 선대 클라우제너 공작 부인 말씀이에요. 그 인연으로 우리 대부인을 아드님의 가정 교사로 부르셨던 거지요."

"그렇군요. 그래도 공작님 같은 분이 직접 방문까지 하시는 일은 잘 없을 것 같은데."

청년이 고개를 갸웃거렸다. 초콜릿색 눈동자가 동그래져서 조리사를 바라보았다. 식료품상의 오촌 조카라는 이 청년은 어쩌면 이렇게 귀엽게 잘도 생긴 데다가 남의 이야기도 잘 들어 주는지. 대단하다, 놀랍다는 듯한 시선으로 쳐다보면, 제 일이 아니라도 무엇이든 자랑하고 싶어 입이 근질근질해졌다.

"우리 대부인께서는 숙녀 중의 숙녀이시니까요. 이제 칠순도 넘었는데도 여전히 꼿꼿하고 아주 우아한 분이랍니다. 깜짝 놀랄 만큼 아름다우시지요."

"아주 무서운 분일 것 같은데요."

"그건 그래요."

그러자 청년이 미소를 지으며 말했다.

"오랜만에 좋은 일이 생겼으니, 알트마이어에도 활력이 좀 돌면 좋겠군요. 손님이 자주 오셔서 저희 매상도 많이 올려 주면 좋고요."

"하하. 그랬으면 좋겠네요. 아우어 씨께서 하루빨리 쾌차하셨으면 좋겠다고 전해 주세요."

"고맙습니다. 라라 양이 걱정해 주는 걸 알면 아저씨도 기뻐할 거예요."

스테판 하인즈는 가볍게 조리사에게 윙크하고 짐마차에 올라탔다.

'공작이 이곳에서 대체 누굴 만나려는 거지?'

손님은 클라우제너 공작가만이 아니다. 들어가는 식자재의 양이 늘어난 것은 사흘 전부터의 일이다. 그리고 아우어 식료품상의 장부를 까 보면, 이미 열흘 전에 한 번 주문량이 늘었다.

스테판은 사흘 전에 도착한 손님이 누구인지 알고 있었다. 아렌 공왕의 동향은 뭐 그리 대단한 정보가 아니었다. 하지만 열흘 전에 온 것은 누구일까? 외부와의 교류를 포기하고, 막내딸의 사교계 데뷔조차 포기한 채 칩거하고 있는 이 알트마이어에.

'이 이상 지켜볼 이유가 있는 곳인가?'

알트마이어의 명예 같은 건 결국 구시대적 가치다. 노부인이 숙녀 중의 숙녀라는 찬사를 받았었지만, 수십 년 전의 일이다. 프란츠 알트마이어가 황태자의 측근으로서 요주의 인물이될 가능성이 있었지만, 이미 죽었다.

그 뒤로 알트마이어는 아무것도 아니었다. 이대로 역사책에영광된 이름을 남긴 채 잊힐 가문이었고, 아마 알트마이어 자신들도 그렇게 생각할 터였다.

'아니, 하지만 아렌 공왕이 왜 여기에서 공작을 만나지?'

뭐, 명령받은 건 알트마이어에 손님이 있는지 없는지를 파악하는 것뿐이다. 나머지는 황후가 알아서 할 일이었다.

아는 사람들은, 과묵한 것이 알트마이어의 특징이라고 웃으며 농담하곤 했다. 실제로 모두 그런 성격을 타고난 것일 리는없는데도, 그게 일종의 가풍이라도 된 듯했다. 저녁 식사 자리에서 한 사람당 두 마디 이상 하지 않는다는 말을 고용인들 역시 농담처럼 하곤 했다.

그렇기에 5년 만에 찾아오는 손님을 기다리면서도 알트마이어 가족은 아무 말이 없었다. 고요한 시선만이 어떤 예감 같은것을 느끼듯 내려앉아 있었다.

미리 연락받은 시간에 마차가 정원으로 들어왔다. 클라우제너 공작가의 문장이 그려진 화려한 사두마차였다. 백작 부부가공작을 맞이하기 위해 현관의 계단을 내려가 마차 앞에 섰다.집사가 달려가 문을 열었다.

제일 먼저 내린 것은 에리히였다.

"왕림하신 것을 환영합니다, 클라우제너 공작 각하."

알트마이어 백작이 미처 말을 마치기도 전에 안쪽에서 아이가 뛰쳐나왔다.

"이욥!"

"엘리엇."

에리히가 팔로 마차 문 앞을 가로막았다. 함부로 뛰어내려 백작과 충돌하지 않도록 하기 위해서였다. 엘리엇은 지지 않고 에리히의 팔 밑으로 후다닥 기어 나왔다.

"앗!"

도열한 사람들을 보고 뒤늦게야 엘리엇이 깨달은 듯한 소리를 냈다. 전에도 이러다가 클레어에게 혼났기 때문이다.

"아앗! 죄송합."

에리히의 반응은 물론 클레어와 달랐다. 엘리엇이 사과하며 배꼽 인사를 하기 전에, 그러지 못하도록 겨드랑이에 손을 넣어 달랑달랑 들어 올렸다. 엘리엇이 고개를 갸웃거렸다.

"왜요, 아빠?"

"함부로 고개를 숙이는 게 아니다."

"그치만 사람이 있을지도 모르니까 막 뛰어나가면 안 된다고 엄마가 그랬는데?"

"보지도 않고 막 뛰어내리면 안 돼. 하지만 고개를 함부로 숙여서도 안 된다."

"그러면 잘못했습니다는 어떻게 해요?"

처음부터 사과할 일을 안 만드는 게 최선이었으나, 그게 옳은 대답은 아닐 것이다. 자신은 이 나이 때 뭐라고 배웠는지 기억나지 않아서 에리히는 곤란해졌다.

엘리엇이 고개를 갸웃거렸다. 역시 아빠는 엄마보다 똑똑하지 않은 것 같았다. 그 모습을 보고 알트마이어 백작 부인이 굳어 있던 얼굴에 희미한 미소를 짓고 말았다. 백작의 분위기도 온화해졌다.

에리히가 그것을 기화로 엘리엇의 질문을 모르는 체하고 인사를 건넸다.

"오랜만이군, 백작 부인, 백작. 가끔 한번 노부인을 찾아뵈어야겠다고 생각하면서도, 늘 이런저런 일로 바빠 미처 그러지 못했네."

"아닙니다. 이렇게 잊지 않으신 것만으로도 감사합니다. 아마 어머니께서도 무척 반가워하실 겁니다."

백작이 공손히 답했다.

"그렇게 말해 줘서 고맙군. 지금까지 편지 정도밖에 쓰지 않았던 사람이 조용한 집안에 골치 아픈 일을 몰고 들어온 셈인데."

"천만의 말씀입니다. 저희 가문에."

백작 부인이 그렇게 말하려다 말고 마차에서 마지막으로 내린 남자에게 시선을 주었다. 그리고 하려던 말을 잊었다.

그녀의 시선이 마차에서 내린 기괴한 모습의 남자를 마구 훑었다. 상처의 흔적이 남은 코, 볕에 갈라지고 얼룩덜룩해진 턱을. 그리고 갈고리 의수를 낀 손과 가면 너머의 눈동자, 굽은 어깨와 반백이 되어 버린 머리칼을 보고, 신발과 살아 있는 왼손을 보았다.

그럴 리가 없었다. 그들의 장남은 이미 5년 전에 죽었다.

남편이 말리는 것을 제치고 그녀는 끝끝내 시신을 직접 확인했다. 그때는 아무런 의심도 하지 않았다. 오른손은 확실히 아들의 것이었고, 머리칼도, 키도, 체구도 비슷한 시신이었으니까. 하지만 돌이켜 생각하면, 그 시신은 이미 부패되고 있었다. 얼굴도, 몸도 알아본 것이 아니다.

부인의 눈이 다시 남자의 갈고리 의수를 훑었다. 저 손은 언제부터 비어 있었을까.

그녀는 손으로 입을 막았다. 소리 지르지 않기 위해 애썼지만, 온몸이 덜덜 떨리는 것까지 막을 수는 없었다.

"프, 란츠?"

물어서는 안 될 말을 결국 입 밖에 낸 것은 부인이 아니라 백작 쪽이었다. 그는 말해 놓고도 주먹을 움켜쥔 채 견디기 위해 애썼다.

아닐 수도 있었다. 맞는다면, 생사를 밝히지 못할 이유가 있었으리라. 지금도, 가면을 쓰고 클라우제너 공작의 뒤에 묵묵히 서 있는 이유가 있을 것이다.

그러니 여기서는 입 밖에 내서는 안 된다. 손님이 없는 집 안이라지만 정원은 개방 공간이었다. 하물며 이 자리는 저택 모든 곳에서 내다볼 수 있는 곳이다. 어디에 누가 숨어 있어도 이상하지 않았다. 혹은, 저택을 드나드는 누군가가 말을 전할 수도 있다.

5년 동안 칩거한 이유가 있었다. 알트마이어 백작 대부인은 늘 이렇게 말하곤 했다.

'귀족의 명예는 피를 대가로 치르는 것이다. 알트마이어의 명예는 더더욱 그랬지.'

그녀는 신분이나 혈통과 상관없이 그 품위와 몸가짐이 사교계 제일이라는 평을 받은 영예로운 숙녀였다. 황제조차 그녀에게 충분한 존경을 표시했다.

그런 그녀조차도 프란츠의 시신 앞에서 쓸쓸하게 말했다.

'이 애는 그것을 너무 잘 배워 버렸구나. 아무리 찬란한 명예라도, 이제는 잊힐 시대이건만.'

피를 흘려 꽃을 피우느니, 꽃 같은 아이들이 살아 있는 쪽이 낫다.

정말로 그랬다. 그러니 백작 부부는 아들을 그냥 마음에 묻었다. 고요하게 살았다. 누구도 트집 잡을 수 없도록. 더 이상 이 집에서 죽는 이가 생기지 않도록.

그러니 지금도 드러내지 말아야 했다. 안전을 위해서.

그러나 백작은 묻지 않을 수가 없었다.

프란츠가 에리히를 바라보았다. 백작도 그랬다. 에리히는 가볍게 고개를 끄덕였다. 사실 지금 입을 다물고 아무도 구체적인 말을 꺼내지 않는다고 해서 황후에게 아무 말도 들어가지 않으리라고 믿는 쪽이 어리석다. 숨길 작정이었다면 이렇게 공개적으로 데려오지 않았을 것이다.

그의 허가를 받은 프란츠가 가면을 벗었다. 가면 아래 얼굴은 흉으로 엉망이었으나, 가족이 알아보지 못할 정도는 아니었다.

"흐윽……!"

부인이 한 번 오열을 터뜨렸다가, 그 자리에서 혼절하듯 뒤로 넘어갔다.

"어머니!"

프란츠가 소리 지르며 가면을 던져 버리고 그녀에게 달려갔다.

누구의 아이인가

아렌 공왕은 그때 알트마이어 백작 대부인 엘레나와 함께 별채의 선룸에서 차를 마시고 있었다. 선룸 안은 햇볕을 받아 따뜻하고, 유리 벽 너머로 앙상한 겨울 정원이 보였다. 나이 든 사람이 차를 마시기에 딱 좋은 곳이다.

"그러면 전하께서도 클라우제너 공작님이 무슨 용건으로 공왕 전하를 이곳으로 초청했는지 알지 못하시는 것이로군요."

엘레나 부인이 의아하게 말했다.

"저는 공작님께서 공왕 전하를 이곳에서 만나겠다고 하시기에, 그저 단순히 이름만 빌려 드리는 역할인 줄 알았습니다."

"억지로 숨길 필요가 있는 만남도 아닌데, 부인에게 아무런 용건이 없다면 그럴 리가 있겠는가."

"글쎄요. 제가 아이를 맡기에는 나이가 너무 들었지요."

"그대도 그 아이를 보면 마음이 바뀔 거야. 정말 귀엽거든."

공왕이 미소를 지었다. 에리히는 의미 없는 일을 하지 않으니 자신을 이곳까지 불러낼 만한 중요한 일이 있을 것이다. 하지만 그게 아니라도 그는 엘리엇을 보기 위해서 짧은 여행을 기꺼이 감수했으리라.

무엇보다도 알트마이어보다 더 믿을 만한 여행지는 없다. 그의 동행에게는 더욱더.

"무척 다감한 성격이더군. 그리고 그대도 알다시피, 다감한 성품의 황족이란 늘 위태로운 법이 아닌가. 아렌계 방계 황족이라는 사실만으로도 이미 위험성을 띠고 있는데, 가만히 있어도 성품을 트집 잡는 자가 분명히 있을 걸세."

"황자나 황녀라면 그런 일이 있을 수도 있지만, 클라우제너 공작이라면 괜찮습니다. 작금에 이르러 황실의 권위에는 입을 대는 자가 많으나, 공작가 안에서 공작위를 두고 왈가왈부하는 자는 없을 테니까요."

"그 말도 옳긴 하네만, 그래도 어느 정도 지위와 권위가 있는 사람이 아이 곁에 붙어 있어 주면 좋겠다 싶더군."

아이를 가르치는 사람이 로멜 제일의 숙녀라면 더더욱 안심할 수 있을 것이다.

"정말로 무척 귀여워하시는군요."

엘레나 부인이 조금 놀란 듯이 말했다. 아렌 공왕이 아이를 좋아하는 것은 사실이지만, 에리히의 아들을 위해 자신에게 이런 말을 진심으로 할 줄은 생각지도 못했기 때문이다.

"글쎄요. 하지만 저는 사교계에 다시 나갈 생각이⋯⋯."

그때였다. 하녀가 노크도 하지 않고 다급하게 문을 열었다. 엘레나 부인이 냉한 목소리로 말했다.

"예의가 없구나."

"그런 말씀 하실 때가 아닙니다, 큰, 큰 마님. 어서 나와 보세요!"

"무슨 일이냐?"

"큰 도련님이, 큰 도련님이! 돌아오셨어요!"

하녀가 부르짖었다. 엘레나 부인은 처음에 무슨 말을 들었는지 이해하지 못하고 눈을 깜박거렸다.

그녀보다 공왕이 먼저 그 말뜻을 이해했다. 알트마이어의 장남이 돌아왔다고? 그게 누구인지 공왕도 잘 알고 있었다. 모를 리가 없다. 프란츠는 제러드의 측근이었고, 언제나 곁에 있었으니까. 어릴 때에는 과자를 집어 주던 아이다.

엘레나 부인이 뒤늦게 벌떡 자리에서 일어섰다.

"잠시 실례하겠습니다."

이럴 때조차도 그녀의 목소리는 또렷하고 우아했다. 그러나 이내 침착성을 잃고 황급히 선룸 밖으로 나갔다.

공왕은 찻잔을 집어 들다가 자기 손이 떨리고 있다는 것을 깨달았다. 찻잔 접시에 부딪혀 달그락달그락 소리가 나는데, 도무지 들어 올릴 수가 없었다.

"프란츠가 돌아왔다고?"

설마. 그렇다면 혹시?

아니다. 그는 한발 늦게 프란츠의 시신이 부패한 채 발견되었던 것을 기억해 냈다. 그리고 그렇게 얼굴을 확인할 수 없었던 시신은 그뿐이었다.

'에리히 공이 그를 보호하고 있었던 건가?'

자연스럽게 그런 결론에 도달한 그는 반은 분노, 나머지 반은 혼란에 휩싸인 채 벌떡 일어섰다. 자신은 그날의 일을 전부 알아야 했다. 그럴 권리가 있었다.

하지만 그 분노를 밖으로 내보일 틈은 없었다. 유리창 너머로, 저택을 통과하는 대신 정원을 가로질러 오는 손님들의 모습이 보였다.

에리히가 엘리엇을 직접 안아 들고 있었다. 옷까지 같은 모양을 입은 것을 보니 어찌나 닮았는지, 정말로 그 아비를 조그맣게 줄여 놓은 것처럼 보였다.

"오."

잠시 분노를 잊고 공왕은 미소를 머금었다. 그는 일어서서 손수 선룸의 문을 열었다. 엘리엇이 터뜨리는 울음소리가 째앵 귀로 날아들었다.

"흐어엉, 나도 엄마 보고 싶어, 으으응!"

"열 밤을 참겠다고 하지 않았니."

"흐으윽, 엄마, 엄마아!"

엘리엇이 몸부림치며 대성통곡을 했다. 에리히가 한숨을 내쉬었다. 옷을 구기면 안 된다고 말하기는커녕 더럽히지 말라는 말도 못 할 상황이었다. 마사라면 좀 더 솜씨 좋게 달랬을 것이다. 하지만 유감스럽게도 오늘 일은 보안이 중요한 터라 데려오지 않았다.

아렌 공왕이 피로에 찌든 그의 얼굴을 보고 웃음을 머금은 채 말했다.

"어서 오게. 힘들어 보이는군."

"아닙니다, 공왕 전하."

인사부터 해야 하는데, 그럴 기력이 없었다. 에리히는 또다시 한숨을 내쉬었다. 의식적으로 부정적인 감정을 표시하기 위해서 내쉬는 한숨이 아니라 저도 모르게 바닥까지 폐부를 쥐어짜내는 한숨이었다.

"엘리엇, 인사를 드려야지."

"엄마, 흑, 엄마가……. 공왕 할아버지?"

엘리엇이 울다 말고 깜짝 놀라 조용해졌다. 그러다가 훌쩍거리고 코를 울렸다. 뭐가 또 서러운 모양이었다.

"공왕 할아버지이이……!"

"아이구, 아가가 서러웠구나."

공왕은 자연스럽게 팔을 뻗었다. 에리히는 움찔했지만, 엘리엇은 당연한 것처럼 자연스럽게 공왕의 팔로 옮겨 갔다.

"뭐가 그리 슬퍼?"

"엄마 보구 싶어요."

엘리엇이 하소연했다. 잠깐 까먹고 있었는데, 후크 선장 아저씨가 몇 년 만에 엄마를 만난 거라는 말을 듣자 더럭 겁이 나면서 서러웠던 것이다. 공왕이 엘리엇을 조곤조곤 달랬다.

"엄마가 우리 아가만 두고 갔나?"

"열 밤 자고 온댔는데 안 와요."

"몇 밤이나 됐는데?"

"웅……."

엘리엇이 손가락으로 날짜를 꼽았다. 그러느라고 잠깐, 울던 것을 잊었다. 에리히가 진심으로 말했다.

"감사합니다. 오랜만에 뵙습니다."

아무래도 앞 문장과 뒤 문장이 이어지는 것처럼 들리지 않았다. 감사합니다는 먼 길인데 초대에 응해 주어서가 아니라, 아이를 달래 주어 감사하다는 의미인 게 분명했다.

공왕이 너털웃음을 지었다.

"나야 그냥 울음만 그치게 하려고 하니까. 부모와는 다르지."

"예. 그래도 감사합니다."

유모 손에 버려두지 않는 것만 해도 기특했다. 공왕은 그렇게 생각했으나, 자신이 에리히를 칭찬하거나 훈계할 위치는 아니라서 그 말은 입 밖에 내지 않았다.

숫자를 다 센 엘리엇이 에리히의 말을 끊고 소리쳤다.

"열일곱 밤! 열일곱 밤이에요! 엄마는 열 밤만 자고 온다고 그랬는데 아직 안 왔어!"

"엄마가 나빴구나."

"엄마 나빠, 흑."

"아무리 중요한 일을 하러 갔어도, 약속은 지켜야지."

마치 제 마음을 알아주는 사람이 처음이기라도 한 것처럼 엘리엇이 공왕의 목을 끌어안았다. 아렌 공왕이 미소를 지었다.

"그만 울렴. 그러다 눈이 개구리처럼 된다."

"개구리?"

"그러고 보니 개구리가 있구만."

"어디?!"

엘리엇이 깜짝 놀라 공왕의 목에 파묻었던 고개를 들고 바닥을 내려다보았다. 개구리가 바닥 어딘가에 있을 거라고 생각한 것이다.

하지만 그 개구리는 공왕의 손에 있었다. 주머니에서 꺼낸 개구리 장난감을 공왕은 솜씨 좋게 아이의 등에 붙였다. 그리고 꽁무니에 달린 줄을 당겼다.

피이익——!

개구리 소리라기보다는 피리 소리 같은 것이 났지만, 바로 등 뒤에서 들렸기 때문에 엘리엇은 발버둥 칠 정도로 놀랐다.

피이익——!

"왁! 등에!"

엘리엇이 제 등을 보려고 발버둥 쳤다. 공왕은 껄껄 웃으며 등에서 장난감을 떼어 엘리엇의 손에 넘겨주었다.

"개구리!"

엘리엇이 신나서 두 손으로 그것을 쥐었다. 서럽게 울었던 것을 벌써 잊어버린 얼굴이었다. 공왕은 아이를 내려 주고 눈물에 젖은 얼굴을 소맷자락으로 닦아 주었다.

"제가 가서 씻기겠습니다."

윌리엄이 자청했다. 공왕은 그러라고 고개를 끄덕였다. 엘리엇은 개구리를 꾹 쥔 채 윌리엄의 손을 잡고 그 자리를 떴다.

에리히가 묘한 얼굴로 그 뒷모습을 바라보았다.

"왜 그러는가?"

"실은 공왕 전하께 좀 더 제대로 인사시킬 작정이었습니다."

"이제 와서 새삼. 공이 생각하는 것보다 이미 우리가 더 친하다네."

엘리엇이 자리를 떠났어도 공왕은 퍽 마음이 풀어진 채 말했다.

"레이디 엘레나는 하녀가 불러서 잠시 자리를 비웠어. 전하는 말을 들었는데, 프란츠가 살아 돌아왔다고?"

"그렇지 않아도 그 일 때문에 모셨습니다. 프란츠 때문에 여기서 뵙자고 한 것이기도 하고요. 이야기가 깁니다."

에리히가 그렇게 말하고는, 공왕에게 자리를 권했다.

"앉으시지요. 서서 들으실 이야기는 아닙니다."

"무슨 일이기에……."

아렌 공왕은 에리히가 자리를 권한 이유를, 이야기가 길기 때문이라고 생각했다. 하지만 그 때문이 아니었다. 충격을 받아 쓰러질 것을 우려한 탓이다.

에리히는 주위를 둘러보고 사람이 없는 것을 확인했다. 장소가 선룸인 덕에, 멀찍이 선 호위와 수행원들의 위치까지 모두 확인할 수 있었다.

그는 짧게 말했다.

"아마 제가 결혼할 무렵에, 여러 소문이 있었던 걸 알고 계실 겁니다. 엘리엇이 제 아내를 이모라고 부른다는 소문을 들어 보셨습니까?"

"들었네."

아렌 공왕은 덤덤하게 대답했다. 사교계에는 신문에서 떠들어 댄 것 이상으로 온갖 종류의 소문거리가 있었다. 그런 소문을 멀리하는 아렌 공왕의 귀에까지 들어왔을 정도다.

소문은 각자 그럴듯한 근거를 꼬리로 달고 여기저기 퍼졌을 것이고, 어쩌면 진짜로 증거라고 할 만한 것도 있었을지 모른다.

그러나 그는 소문을 신경 쓰지 않았다. 그의 나이까지 살다 보면, 세상에 별 사연이 다 있다는 것을 알게 된다. 의외일 정도로 모든 집에 다 하나씩은 있었다.

엘리엇을 보면, 부부가 아이를 사랑하고, 또 그들 사이에 아무런 문제가 없다는 것을 충분히 알 수 있다. 그거면 족하지 않은가. 애초부터 그가 관여할 일도 아니었다.

에리히가 잠시 망설이는 듯하다가 말했다.

"엘리엇은, 실은 제 친자가 아닙니다."

머뭇거린 것은 단어를 골랐기 때문이다. 혈통의 문제를 떠나 그는 이미 엘리엇을 자식으로 받아들였다. 양자라고 해서 제 아이가 아니라고 말할 수는 없다.

에리히는 잠시 더 망설였다. 그로서는 드문 일이었다. 공왕이 과연 이 일을 침착하게 받아들일 수 있을지 염려스러웠다.

그러나 어떤 일은 돌려 말한다고 해서 희석되지 않는다. 사실이 그 자체로 충격적이라면, 말을 다듬어 고치는 일은 의미가 없을 것이다.

그는 어조에 아무런 감정도 내비치지 않은 채 담백하게 사실을 고했다.

"제러드의 아들입니다. 생모의 이름은 엘리사 델포드. 제 아내의 여동생이며, 아이를 낳다 죽었다고 들었습니다."

달그락달그락.

사기그릇이 곧 깨지기라도 할 듯이 마구 부딪치는 소리를 냈다. 공왕은 찻잔 손잡이를 부서지도록 쥔 채, 내려놓는 것도 잊고 에리히를 노려보았다.

세상에는 물론 혈연이 통하지 않아도 그냥 닮은 사람이 존재한다. 하지만 에리히가 제 자식으로 받아들인 아이가, 그저 우연히 닮은 아이일 리가 있겠는가.

공왕은 숨을 제대로 쉬지 못하고 가슴을 틀어쥐었다. 에리히가 그를 살피려고 몸을 일으켰다.

"괜찮아. 괜찮네. 괜찮아."

그는 정신없이 말했다. 몇 번이나 숨을 들이마셨지만, 그는 정말로 괜찮았다.

잃는 것도 버텨 냈다. 아내가 죽었고, 안아 기른 딸이 죽었으며, 그다음에는 외손자가 비명에 갔다. 그런데 되찾는 것을 견디지 못할 리가 없었다.

모든 것을 잃었다고 생각했는데, 그렇지 않았다. 그저 친척을 통해 외손자의 모습이 이 세상에 남아 있는 게 아니라, 진짜로 제 분신을 남겼다.

'무척 예쁜 사람이에요. 아, 아직은 보여 드릴 수 없어요. 섣불리 내보였다가 괜히 상처되는 일이 생길 수도 있으니까요.'

어린것이 다 자랐다고 혼자 돌아다니는 것도 어이가 없을 정도로 기특했는데, 연애를 한다더니. 사랑에 빠졌다더니.

아이가 있었다.

새순 같은 어린아이가 살아서 이 세상에 남아 있었다.

그게 옳다.

아렌 공왕은 이제야 비로소 제러드의 죽음을 받아들일 수 있을 것 같았다.

그동안 그는 줄곧 세상의 섭리가 뒤틀렸다고 느끼고 있었다.

아기를 다섯 살까지 키워 내는 일이 쉽지 않다는 것을 안다. 젊은 사람이 사고와 병으로 죽는 일도 흔하며, 늙은이가 온몸이 병들어 고통에 시달리면서도 오래도록 사는 일이 많다는 것도 모르지 않는다.

그래도, 그가 먼저 떠나는 게 순리가 아닌가. 딸과 손자를 앞세우는 게 아니라.

하지만 아이가 있다. 용케 살아남아서, 아주 건강하게 지내고 있다. 그 아이가 제러드보다 오래 사는 것은 당연한 일이다.

꽃과 잎이 진 고목에서도 새싹이 핀다. 그는 비로소 자신이 왜 아직도 살아 있는지 알 것 같았다.

그의 뺨을 타고 눈물이 흘러내렸다. 세월만큼 깊어진 주름에 눈물이 고여, 그것이 턱밑으로 떨어지는 것에는 시간이 걸렸다. 하지만 스스로 눈물을 흘리는지도 몰랐다.

에리히는 도로 자리에 앉았다. 그는 굳이 공왕을 위로하려 거나 손수건을 건네지 않았다. 그런 일은 자신의 영역이 아니었다. 굳이 잘하지도 못하는 일에 손을 내밀 이유가 없었다.

그래서 그는 여전히 고저 없는 차분한 어조로 공왕이 알아야 할 일만 말했다.

"저와 아내가 그 사실을 숨기기로 한 것은, 엘리엇이 사생아라고 생각했기 때문입니다. 권리를 다툴 수 있는 가능성은 극히낮은데 친부를 밝혀 봐야 위험만 늘어난다고 생각했으니까요."

사실 증거도 없었다. 엘리엇이 제러드의 아들이라는 것을 밝혀내려면, 엘리사가 제러드와 교제했다는 사실부터 증명해야 했다.

그들 부부는 아무것도 증명할 수 없었다. 공왕에게 남몰래알려 주지 못한 것도 그 때문이었다.

"그래, 그럴 수 있지."

공왕은 긍정했다. 원망할 마음은 들지 않았다. 아이를 지키기 위해서였으니까. 더 일찍 알고 싶었다고 마음 바닥에서 외치는 반면, 그가 생각하기에도 아이의 안전을 위한다면 에리히의 아이라고 말하는 게 훨씬 나았다.

"지금도 그래서."

"아니요. 만일에 이 일을 끝까지 숨길 거라면, 전하께도 알리지 않았을 겁니다."

에리히가 나직한 목소리로 말을 이었다.

"하지만 그렇지가 않습니다. 엘리엇은 사생아가 아닙니다."

"뭐?"

"언약서가 있습니다. 프란츠의 진술을 듣고 제가 사람을 보낸 결과, 언약서와 주관자인 사제를 모두 확보했습니다."

아렌 공왕이 벼락을 맞은 듯이 몸을 떨었다.

"레이디 엘레나가 그 언약서에 증인으로서 서명했다고 들었습니다. 제가 알트마이어로 찾아온 것은 그 때문입니다, 공왕 전하."

에리히가 그를 똑바로 바라보고 명확하게 말했다.

"엘리엇이 정당한 제1위 황위 계승권자입니다. 그것을 증명할 수 있게 되었습니다."

그리고 그것이 단순히 사랑의 결과물일 수만은 없다.

아렌의 하급 귀족. 신분은 낮지만, 오래된 전통을 가진 영주 가문.

고난이 있겠지만, 받아들여질 수 있는 존재라는 것은 이미 그와 클레어의 결혼이 증명했다. 그러나 한쪽이 황태자인 이상, 그건 가십거리와 사랑 이야기로 끝날 수 없다.

아렌의 남작 영애가 황후가 되고, 그 소생이 차기 황제가 된다. 그 결혼은 단순히 로멜과 아렌을 통합한다는 목적을 넘어서서, 아직 논란이 있는 계승법을 단숨에 확장시켜 진정한 의미에서 귀천상혼을 없앴으리라.

'그 많은 사람이, 아무런 정치적 의도도 없이, 스무 살짜리들

의 연애 때문에 목숨을 버렸을 리가 없잖아요.'

클레어는 거의 절망적인 목소리로 그렇게 말했다. 그녀가
자랑으로 여기는 총명한 여동생도 그것을 알고 있었으리라.

이는 로멜의 대귀족들이 쥐고 있는 헤게모니에 대한 도전이
된다. 그렇게 생각하면, 15년을 그늘에서 암약하는 방식으로
움직여 온 황후가 갑자기 과격한 방식의 암살에 나선 것도 놀
랄 일이 아니었다.

"이대로 제 자식으로 키워도 되긴 하겠습니다만…… 제러드
의 유지를 외면할 수만은 없는 노릇이지요."

무엇보다도, 엘리엇의 안전을 생각하면 이제 이 일은 끝을
볼 수밖에 없게 되었다. 그들이 가만히 있어도, 황후가 그러지
않을 것이기 때문이다.

아렌 공왕이 손으로 눈가를 덮었다. 그리고 고개를 숙이고
는 소리 죽여 울기 시작했다.

그로부터 어른들의 이야기는 더 길어졌다. 놀아 주던 윌리
엄이 불려 가고 나자 엘리엇은 혼자 정원에서 놀게 되었지만,
별로 심심하지 않았다. 공왕 할아버지가 준 개구리 장난감은
잘도 울었고, 여기저기 잘 달라붙었다.

"우와!"

꽁무니에 달린 실을 당기면 피이익, 피리 소리를 내면서 펄쩍 뛰었다.

"개굴개굴 개구리, 노래를 한다. 아빠, 엄마, 아기가 다아 모여서."

엘리엇은 시간 가는 줄 모르고 그것을 당겨서 바닥에 놓고 개구리가 펄쩍 뛰는 것을 구경했다. 잘 붙으니까, 나무에 붙여 보기도 했다. 그러다가 졸졸졸, 물 흐르는 소리가 들려서 엘리엇은 그쪽으로 달려갔다.

"엇, 도련님. 멀리 가시면 안 됩니다!"

보좌관이 뒤따랐다. 엘리엇은 팔짝팔짝 뛰며 길도 나지 않은 정원의 수풀을 헤쳤다.

"와! 연못!"

작은 인공 연못과 수로가 있었다. 엘리엇은 개구리에게 친구를 만들어 주고 싶었지만, 안타깝게도 겨울이라 개구리 소리는 들리지 않았다.

"앗!"

그래도 엘리엇은 개구리를 개구리답게 놀게 해 주려고 쪼그리고 앉아 연못가 바위에 내려놓았다. 그리고 평소에 물가에서 마사가 해 주는 것처럼 소매를 걷으려고 했다.

"어?"

에리히가 소매에 달아 주었던 파란 돌이 없었다. 엘리엇은 울상이 되었다.

"안 돼! 아빠가 준 건데!"

엘리엇은 발딱 일어섰다. 개구리 장난감은 잊어버리고, 커프스 링크를 찾으러 되돌아갔다.

"앗, 도련님!"

평소에 엘리엇을 돌보던 이들이라면 좀 더 능숙하게 대처했을 터이다. 그러나 제니는 일을 그만두었고, 마사도, 막시밀리안도 없었다.

보좌관은 당황하여 개구리 장난감을 회수하러 갔다. 공왕께서 주신 것이니 잃어버려서는 안 된다고 생각했기 때문이다. 엘리엇을 놓칠 걱정은 하지 않았다. 어차피 이 저택 전체를 아렌 공왕의 호위들이 둘러치듯 감싸고 있었고, 별채에 클라우제너의 호위들이 또 배치되었다.

하지만 그 잠깐 사이에 엘리엇은 시야에서 사라지고 없었다.

"도련님?!"

보좌관이 당황하여 목소리를 높였다.

엘리엇은 자기가 지나쳐 왔다고 생각한 수풀로 쏙 기어 들어가 있었다. 하지만 실은 그 방향이 아니었다.

"파란 돌, 파란 돌. 아빠의 파란 돌."

뭘 찾고 있는지 잊어버리지 않으려고 계속 중얼거리면서 한참 풀숲을 기어 다니는데, 누군가의 손이 불쑥 엘리엇의 눈앞에 나왔다.

"네가 찾는 게 이거니?"

손바닥에 작은 사파이어 커프스 링크가 놓여 있었다.

"앗! 내 돌!"

엘리엇은 깜짝 놀라 고개를 들었다. 병색이 완연한 금발의 중년 남자가 그의 앞에 쪼그리고 앉아 있었다.

"제 거예요! 고맙습니다!"

엘리엇이 두 손을 내밀었다. 하지만 중년 남자는 그것을 돌려줄 생각을 하지 않고 가만히 들여다보고 있었다.

"아저씨! 아니, 할아버지……?"

돌려 달라고 부르려다가 엘리엇은 머뭇거렸다. 처음에는 아저씨라고 생각했지만 다시 보니 묘하게 나이 들어 보였다. 엘리엇은 망설이다가 할아버지 하고 말을 고쳤다.

아파서 그렇게 보이는 걸지도 모른다.

엘리엇이 부르는 목소리를 듣고 남자가 시선을 돌렸다.

"그거 돌려주세요."

초조해져서 엘리엇은 두 손을 힘껏 뻗었다. 남자가 이번에는 엘리엇을 가만히 바라보았다. 그러더니 한참이나 있다가 툭 말했다.

"네가 에리히의 아들이구나."

"우리 아빠를 아세요?"

엘리엇은 아는 사람을 만나기라도 한 것처럼 반가운 얼굴로 배시시 웃었다. 이상한 사람인 줄 알았는데, 아빠의 친구라면 좋은 사람일 것이다. 남자가 희미하게 웃었다.

"알지. 그렇구나, 네가 에리히의 아들이로구나."

"응……."

"닮았다는 소문은 들었는데, 이렇게 보니 정말로 많이 닮았어."

"헤헤."

사실 아빠는 아빠가 아니다. 아빠가 됐지만, 진짜 아빠가 아닌 것은 알고 있었다. 그렇지만 아빠를 닮았다는 게 좋았다.

마사와 클레어는 엘리엇에게 가족끼리는 서로 닮을 수도 있는 거라고 가르쳤다. 그러니까, 아빠를 닮았다는 건 진짜 가족이 되었다는 뜻이다.

그리고 누군가가 구체적으로 표현해서 말하지는 않았지만, 아주 많은 사람들이 자신이 아빠를 닮았다는 사실을 좋아한다는 것을 엘리엇은 알고 있었다. 마사가 작은 목소리로 소곤소곤, 닮아서 다행이라고 말하는 것을 들은 적도 있었다.

"손을 이리 주렴."

"손?"

엘리엇이 저항감 없이 손을 내밀었다. 남자가 엘리엇의 작은 손을 쥔 채 한참 말이 없었다. 엘리엇은 다시 그를 불러야만 했다.

"아저씨, 뭐 해요?"

"아니. 아무것도 아니야."

그가 엘리엇의 소맷자락을 여미서 커프스 링크를 달아 주었다.

"와, 고맙습니다."

"떼서 가지고 놀고 그러면 안 돼. 그러다 잃어버리고 울지 말고."

"제가 뗀 거 아니에요. 떨어진 거예요."

엘리엇이 항의했다. 남자가 미소를 지었다.

"그러면 팔을 휘두르면서 다녔구나. 에리히는 어릴 때도 그러지 않았단다."

"웅……."

"아주 완벽하게 신사다웠지. 싸울 때만 빼고 말이다."

"아빠가 싸웠어요?"

"네겐 아닌 척하는 모양이지?"

"싸우면 꼭 상대방을 울려야 된댔어요."

그 말에 남자가 잔물결처럼 웃었다. 행복했던 옛 시절이 떠올랐기 때문이다.

"에리히답구나."

"아저씨는 아빠의 친구예요? 아니면, 친척이에요?"

"친척이지. 외삼촌이란다."

남자가 묘하게 일렁이는 듯한 목소리로 말했다. 엘리엇이 신나서 말했다.

"저도 외삼촌 있어요! 찰스 외삼촌이에요!"

"그렇구나."

"근데 외삼촌은 저랑 하나두 안 닮았어요. 아저씨는 그러면 웅……. 외삼촌 할아버지?"

엘리엇이 손가락을 꼽으며 세어 보았다. 관계가 잘 이해되지 않았다.

그가 문득 어지러운 듯 고개를 흔들었다. 발작적으로 숨이 막히고 시야가 어두워졌다. 머릿속이 온통 어지러워지고 손발이 떨렸다. 그는 추위를 느꼈지만, 진짜로 추운 건지 몸이 식은 땀에 젖어서 추운 건지 분간할 수 없었다. 어쩌면 더운 것일지도 모른다.

온몸이 간지러웠다. 발작적으로 팔다리가 뒤틀리는 것 같은 착각을 느끼며 그는 몸을 경련시켰다. 코에서 매캐한 냄새가 느껴졌다.

향합을 찾아 허우적거리는 손끝에 보드라운 것이 닿았다. 그는 깜짝 놀라 한 걸음 물러섰다. 잠깐 잊어버리고 있었는데, 앞에 제 아이가 있었다.

"제러드……?"

그 이름을 들어 본 적 있는 엘리엇이 고개를 갸웃거렸다. 발작을 일으키려는 것을 본 시종이 뛰어나와 그를 부축하려다가 그 모습을 보고 그 자리에 움찔 멈추어 섰다.

"아저씨? 할아버지?"

착란 상태에 빠진 남자는 충동적으로 아이를 안아 올렸다. 엘리엇은 깜짝 놀랐다.

"앗!"

하지만 별달리 저항하지는 않았다. 아빠의 외삼촌이면 친척이다. 낯설어서 놀란 것뿐이다.

커프스 링크를 찾지 못한 보좌관이 뒤따라온 것은 그때였다.

"도련님, 헉, 황제 폐하?"

철컥!

아이가 기어들어 왔을 때는 전혀 반응하지 않았던 호위들이 일제히 모습을 드러냈다. 총부리 십여 개가 단숨에 그를 겨누었다. 총검 두 자루가 목 앞을 위협적으로 가로막았다.

보좌관이 경악하여 그 자리에 곧바로 무릎을 꿇었다. 그리고 두 손을 들어 올려 공격 의사가 없다는 것을 표시했다. 호위 하나가 그의 허리춤과 가슴을 뒤져 무장을 해제시켰다.

엘리엇이 깜짝 놀랐다.

"할아버지! 보좌관 아저씨가 왔는데?"

"지금은 귀찮으니 내버려 두렴, 제러드. 보고는 나중에 받으면 된단다."

보좌관이 소리쳤다.

"폐하! 그분은 클라우제너 공작 각하의 장남입니다!"

황제는 그 말을 들은 척도 하지 않고 엘리엇을 안고 휘적휘적 걸어갔다.

그때 선룸의 어른들은 잠시 대화를 멈추고, 차를 마시며 쉬고 있었다. 공왕은 완전히 지쳐 넋 나간 사람처럼 긴 의자에 기대어 눈을 감고 있었다. 에리히는 아직 반듯한 자세를 지키고 있었으나, 정신적으로 피로한 것은 마찬가지였다.

그는 찬물과 얼음을 가져오라고 시켜, 진하게 우린 차에 섞었다. 클레어가 이렇게 마시는 것을 처음 봤을 때는 괴상한 식습관이라고 생각했으나, 일단 손대 보자 피곤할 때마다 생각났다.

"저도 좀 주십시오."

윌리엄이 간절히 말했다. 에리히는 그에게도 얼음물과 진한차를 가져다주라고 명했다. 윌리엄이 차를 벌컥벌컥 들이켠 다음 후우, 한숨을 내쉬었다.

"사실 한 가지 궁금한 게 있습니다만, 선배님."

"뭔데?"

"결국 황태자 전하께서 하려던 일은 아렌에 더 많은 무게를 실어 주는 일이 아니었습니까? 물론 선배님은 아렌 남작과 결혼하셨지만, 클레어는 선배님에게 아주 예외적인 경우이니까요."

그는 로멜의 대귀족이자 지배 가문의 주인으로서 기존 사회질서의 정점에 있는 사람이다. 황태자가 하려던 일은 그와 대척점에 있었다.

에리히는 얼음을 까득 씹어 삼키고 태연하게 말했다.

"확실히, 제러드의 정견이 나와 일치하지는 않지. 그렇게 억지로 저울추를 맞추려고 한다고 해서 될 일도 아니라고 생각하고."

그게 기존 질서를 흐트러뜨리기 때문이 아니라 고작해야 황제의 결혼만으로는 해결할 수 없는 문제이기 때문이다.

결혼은 백 년 전의 방식이다. 프리드리히 대제 때는 양국의 왕실을 통합하여 나라를 합치는 것이 가능했으나, 그럼에도 불구하고 백 년이 지나자 결국 지금 같은 상황이 되고 말았다.

하물며 이제 황권은 절대적인 것이 아니다. 땅에 뿌리박힌 문화와 관념이 훨씬 강하며, 그것이 의회와 내각을 지배할 것이다.

차라리 아렌에 예산을 쏟아부어 새로운 산업을 일으키는 쪽이 훨씬 효과적이었으리라. 그래야 아렌인들이 제힘으로 의회에 영향력을 행사하여 균형을 맞출 테니.

세상은 이미 바뀌고 있다.

'혈통이니 충성이니, 모두 예스러운 짓거리죠.'

클레어는 딱 잘라 그렇게 말했다.

듣자마자 에리히는 감정적으로 반발했으나 그녀를 알아 온 삶의 일부와 이성은 그 말에 동의하지 않을 수 없었다. 천 년 전의 가문 중 남아 있는 곳이 얼마 없듯이, 지금의 귀족 가문이 모두 지켜져야 하는 법도 아니다.

"하지만, 엘리엇이 이미 피로 대가를 받아 버렸으니까."

그것은 혈관에 흐르는 피를 의미하기도 하지만, 흘린 피를 의미하기도 한다. 엘리엇은 태어나기도 전에 목숨을 받고 명예를 내려 주었다. 그러니 마땅히 주군으로서 의무를 다해야 한다.

그리고 어린 엘리엇이 감당할 수 없는 일이니, 부모가 대신 맡아 주어야 마땅했다.

모순된 이야기다. 그는 자신의 가문과 위치를 지키는 일이 그 예스러운 '짓거리'라는 것을 인정하는 반면, 똑같은 이유로 엘리엇이 받은 피 또한 외면할 수 없었다.

현실적으로 이제 황후와의 싸움을 피할 수 없다는 이유도 있었지만, 그게 아니라도 그는 결국 이 의무를 떠맡았으리라.

"그리고 아마 제러드가 살아서 이 일에 협력해 달라고 했어도, 결국 도와주긴 했겠지."

클레어가 예외가 되면서, 그가 태어나면서부터 배우고 익혀 온 가치관은 이미 깨졌다. 그게 아니면 아렌 남작에게 청혼하지는 않았을 것이다.

그러니 정치적 목적 때문이 아니라, 제러드의 행복을 위해서라면 기꺼이 도와주었을 것이다.

"나는 제러드가 하필 클레어의 동생을 택했다는 게 정말 놀라운데. 어쩌다가 이런 우연으로. 물론 델포드는 적합한 가문이지만, 그 비슷한 가문은 얼마든지 있었을 텐데."

"우연일 리가 있겠습니까?"

에리히의 의문에 윌리엄이 어이없다는 듯이 그를 쳐다보았다.

"그야 첫 만남은 우연이었다고 듣긴 했습니다. 하지만 말을 오래 섞은 건 우연이 아니었겠죠. 선배님께서는 황태자 전하와 친분이 깊지 않으셨습니까? 그러니 황태자 전하께서는 당연히 델포드라는 이름을 알고 계셨을 겁니다."

"고작해야 델포드를?"

"아니, 이분이 진짜. 황태자 전하는 선배님이랑 친했다면서요."

본인이 클레어의 이름을 얼마나 입 밖으로 많이 냈을지 아직도 자각이 없는 건가. 윌리엄은 황태자를 잘 몰랐으나, 그가 클레어의 이름부터 눈동자 색깔까지, 몰랐을 리가 없다고 확신했다.

"엘리사는 예뻤으니까 처음 말을 건 건 그 때문이었겠지만, 솔직히 클레어 이야기로 화제가 터졌을걸요."

자신이 황태자라 해도, 에리히가 관심 갖는 클레어의 여동생이라고 하면 궁금해서 이것저것 물어봤을 것이다. 애초에 아카데미에 왔던 것부터 클레어가 궁금해서 찾아왔던 게 아니었을까?

에리히가 어이없다는 얼굴을 했다가, 손바닥으로 눈가를 덮었다.

"원망 들을 이유가 하나 늘었군."

"뭐, 어쩌겠습니까? 재채기와 사랑은 숨길 수 없는 거라지 않습니까?"

윌리엄이 놀리듯이 말했다. 에리히가 그를 노려보았으나 절대 굴하지 않았다.

"그러고 보니 거참, 두 분은 얼굴만 닮은 게 아니라 취향도 닮으셨군요."

"뭐?"

"직접 보셨으면 꽤 마음에 들어 하셨을 겁니다. 엘리사가 겁이 없었거든요."

엘리사는 클레어의 영향을 많이 받고 자랐다. 윌리엄은 황태자와 엘리사가 함께 있는 모습을 본 적이 없었으나, 그녀가 상대의 신분을 알고도 전혀 놀라지도, 겁먹지도 않았으리라는 것은 용이하게 짐작할 수 있었다.

"오히려 그건 좀 이해가 가는군."

에리히는 클레어가 자신의 여동생을 깃털로 만든 천사 인형처럼 달콤하고 연약하게 묘사하는 것을 여러 차례 들었다.

하지만 진짜로 그런 소녀였다면, 대담하게 제러드의 손을 잡았을 리 있겠는가. 그 어린 연인이 하려던 일은 솔직히 그 나이에 직접 시도하기에는 지나치게 무모한 일이었다.

'클레어가 좀, 자기 식구 상대로는 판단력이 흐려지는 편이긴 하지.'

엘리엇은 확실히 천사지만. 본인도 고슴도치인 줄은 모르고 에리히가 그렇게 생각했다.

"내게 오기라도 했었으면 좋았을 텐데."

긴 의자에 누워 지친 듯 쉬고 있던 공왕이 탄식했다.

"내 탓이네. 내가 제대로 울타리가 되어 주었더라면, 내게 왔을 텐데……."

"그런 말씀 마십시오. 엘리사 델포드는 그날 막 사교계에 데뷔했습니다. 결혼 허락을 받고자 해도, 그 뒤의 일로 계획하고 있었을 겁니다."

그때 엘레나 부인이 프란츠와 함께 선룸에 들어섰다. 에리히가 자리에서 일어서서 물 흐르듯 부드러운 동작으로 엘레나의 손등에 키스했다.

"레이디 엘레나, 오랜만에 뵙습니다. 제가 마땅히 종종 찾아뵈었어야 했는데, 그러지 못했군요."

"바쁜 분에게 그런 기대까지는 하지 않는답니다."

엘레나 부인이 주름진 입매에 미소를 머금었다. 에리히도 약간 웃었다. 옛날 같으면, 그는 그 말을 좀 더 있는 그대로 받아들였을 것이다. 그러나 이제는 자신이 그만큼 무정했다는 의미인 것을 이해하겠다.

"제가 그다지 다정한 사람은 못 되지요. 그래도 수도에 계셨다면 간혹 찾아뵙긴 했을 겁니다."

"아닙니다. 나이 든 사람을 잊지 않고 찾아주셨다는 것만으로도 기쁠 따름입니다."

엘레나가 프란츠의 손을 꽉 잡고 말했다. 그녀의 눈시울이 붉었다. 프란츠의 얼굴도 온통 벌겋게 부어 있었다.

"프란츠도, 이렇게 데려와 주셨고."

"제가 한 일은 아무것도 없습니다."

에리히는 겸양하고, 이번에는 프란츠에게 물었다.

"모친께서는 괜찮으신가?"

"놀라서 까무러치신 것뿐이니까요. 정신이 드셨습니다."

"가족 간에도 할 이야기가 많을 텐데. 급할 것은 없어. 공왕 전하께 드려야 할 말씀은 다 드렸네."

"부모님께서 진정하시는 데 시간이 필요할 것 같습니다. 어머니는 좀 주무셔야 하고, 아버지에게도 그러시라고 권했습니다. 그간의 이야기는 한두 시간 사이에 할 수 있는 것도 아니고요."

프란츠가 갈라져 터진 것 같은 성대로 겨우 말했다. 그는 살아 있었고, 이제 얼마든지 가족과 이야기할 수 있었다.

에리히가 고개를 끄덕였다. 그리고 손수 엘레나의 의자를 빼 주었다. 아렌 공왕이 눈가에 얹고 있던 손을 내리고 일어나 앉았다. 시종이 그에게 따뜻한 물수건을 가져다주었다. 그는 그 물수건으로 얼굴을 한번 닦은 후에 엘레나에게 물었다.

"내 그대에게 묻고 싶은 게 아주 많아."

"프란츠에게서 대강 사정은 전해 들었습니다. 황태자 전하께서 서명을 부탁하셔서 해 드린 적이 있긴 합니다. 그게 언약서인 줄은 몰랐지만."

"내용을 모르고 서명하신 겁니까?"

"소중한 사람에게 보내는 편지라는 말은 들었지만, 유언장 같은 것이리라고 생각했습니다. 그러면 내용을 알리지 않고 서명을 부탁하는 경우가 많으니까요."

엘레나는 그렇게 대답했다.

"황태자 전하께서도 성인이 되셨으니까요. 상황을 생각하면, 갑작스러운 죽음에 대비해서 가까운 이들에게 글을 남겨 두고자 하셨어도 이해할 수 있었고요."

별다른 내용이 없어도, 진짜 자신이 쓴 편지라는 것을 확실하게 하기 위해서라도 증인이 필요한 상황이었으니까.

"그렇군……."

공왕이 힘없이 중얼거리고는 입을 다물었다. 프란츠가 긴한숨을 내쉬었다.

"엘리사 님에 대해서, 황제 폐하께만 말씀 올렸던 것으로 알고 있습니다. 처음에는 크게 반대하시다가, 정 그러면 무어 공작님의 양녀로 하여 결혼하면 어떻겠느냐고 말씀하셨지요."

"제러드가 그걸 거절했나?"

"예. 두 분 다."

"어려운 길을 택했군. 그걸로는 계승법의 확장이라는 목적을 달성하기 어려웠기 때문이겠지만."

에리히가 중얼거렸다. 클레어가 알았다면, 정말로 크게 반대했을 법하다. 그녀는 일개인의 힘으로 세상이 바뀐다고 믿지도 않았겠지만, 설령 그렇다 하더라도 자신의 가족을 희생시키고 싶어 하지는 않았을 테니까.

아마 여동생이 진전이 생기기 전에는 말할 수 없다고 말했던 것도 그 때문이리라고 에리히는 생각했다.

'원망을 사겠군.'

그녀가 화내는 것은 좋지만, 미움받는 것은 그리 즐겁지 않은데. 하지만 제러드가 엘리사와 대화를 나누게 된 원인이 자신이라면, 그녀는 분명히 원망할 것이다.

그때였다. 엘리엇을 돌보라고 보낸 보좌관이 다급한 발소리를 내며 달려왔다. 혼자였다.

"각하, 공작 각하!"

"무슨 일인가? 엘리엇은?"

"황제 폐하께서······!"

보좌관이 부르짖었다.

"황제 폐하께서 도련님을 데려가셨습니다!"

"뭐?!"

에리히는 경악하여 벌떡 일어섰다.

"그게 무슨 소린가? 황제 폐하가 왜 여기에 계신다는 건가? 호위는?"

"여기 계셨습니다!"

보좌관이 억울한 듯이 말했다.

아렌 공왕의 호위가 빈틈없이 별채에 배치되어 있었다. 클라우제너의 호위가 알트마이어 저택 전체의 보안 계획을 잡을 때, 별채만 예외로 한 것은 그 때문이었다. 별채의 정원 전체에 호위가 있었을 터이다.

에리히는 아렌 공왕과 엘레나를 돌아보았다. 아렌 공왕의 얼굴이 창백해졌다.

"내가 모셨네. 황궁에서 벗어나는 게 병세에 도움이 될 테고, 엘리엇을 보여 드리고 싶어서."

그저 닮았을 뿐, 에리히의 친자라고 생각했을 때 결정한 일이다. 바람도 쐬고, 상태가 좋으면 다정한 친척 아이를 만나 잠깐의 기쁨도 누리면 좋다. 에리히가 거절한다면 먼발치에서 잠깐 보게 할 작정이었다. 자신에게 엘리엇이 위안이 되었으니 황제에게도 틀림없이 그럴 테니까.

에리히가 벌떡 일어섰다.

"레이디 엘레나, 폐하의 거처는 어디입니까?"

물론 그도 황제에게 엘리엇을 데려가 알현시킬 작정이었다. 하지만 이렇게는 아니다. 철저하게 통제된 상황에서 자신이 동석한 채 해야만 한다.

황제가 온정신을 잃은 것은 이미 수년 전의 일이다. 그는 극도의 무기력증을 앓고 있으며, 하루 중 대부분을 아편이 섞인 향을 피워 놓고 가만히 누워 있었다. 발작을 일으키고 착란 상태에 빠지는 것도 최근의 일이 아니다.

그런 사람을 아이 혼자 만나게 할 수 있겠는가. 클라우제너의 이름으로 막지 못할 사람이 들어올 가능성이 있는 줄 알았다면, 후원에 나가 놀게 하지 않았을 것이다.

공왕이 사과했다. 들은 이야기가 너무 충격이라, 잊고 있었다.

"이건 내 실수군. 폐하께서 정원으로 나오실 줄 몰랐어."

"이해합니다. 폐하께서는 지난 몇 년 동안 방 밖으로 나오는 일 자체가 드무셨으니."

에리히는 그렇게 대답했으나 다급히 선룸을 나섰다. 엘레나가 서둘러서 앞장서고, 공왕이 그의 뒤를 따랐다.

별일 없을 것이다. 황제가 아이를 데리고 떠나려 하기라도 했으면, 밖에서 지키고 있는 클라우제너의 호위와 충돌하여 벌써 소란이 일어났을 테니까.

그러나 어린아이를 어른이 해치는 데는 한순간이면 충분하며 소란조차도 필요 없다. 살면서 이렇게 마음이 급한 일은 처음이었다.

"아직도 마차 준비가 끝나지 않았느냐?"

황제의 신경질적인 물음에 근위대장 로건은 묵묵히 고개만 숙였다.

"준비 중입니다."

황제는 초조해졌다. 이러다가 암살자가 오면 모든 게 무산된다. 또다시 아이를 지키지 못할지도 몰랐다.

제러드는 쫓기다가 죽었다. 목숨을 빼앗은 상처는 대부분 등 뒤에 있었다.

'제러드가 죽었어?'

황제는 약간 멍해진 채 허공을 바라보았다. 그는 자신이 아이를 안고 달아나다 총에 맞은 것 같았다. 하지만 그것은 착각에 불과하다. 보라. 지금 앞에 아이가 앉아 있었다.

"할아버지, 왜 그래요?"

"왜, 그러느냐니?"

"아파요?"

내려놓은 소파에 그대로 얌전히 앉아 있던 엘리엇이 고개를 갸웃거리며 올려다보았다.

황제는 털썩 안락의자에 앉았다. 자신의 손이 벌벌 떨리고 있는 것을 알았다. 별것 아니다. 사실 그는 좋은 상태인 날보다 이런 날이 더 많았다. 머리도 아팠지만, 그것도 늘 있는 일이었다.

"약손 해 줄까요?"

"약손?"

"우리 엄마는 내가 이거 해 주면 하나도 안 아파진대요. 공왕 할아버지도 그렇댔어요."

엘리엇이 소파에서 뛰어내려 총총 그에게 달려와서는, 태연하게 무릎 위로 기어올라 왔다. 황제는 잠시 혼란에 빠졌다. 제러드가 헨리에타의 무릎 위에 앉았던 적이 있었던가?

그는 곧 그런 모든 생각을 잠시 잊었다.

아이의 보드라운 무게가 무릎 위로 실려 왔다. 그는 행여나 자신이 잘못 움직였다가 아이를 다치게 할까 봐, 숨도 쉬지 않고 가만히 의자에 몸을 파묻었다.

엘리엇이 말랑말랑한 손으로 토닥토닥 황제의 머리를 만졌다.

"아기 손은 약손. 나아라, 나아라, 나아라."

"하하."

황제는 어금니를 문 채 웃었다. 불현듯 정신이 돌아왔다.

그의 병은 이런 것으로 낫지 않고, 통증이 실제로 사라졌을 리도 없다.

그런데 이상하게 숨 쉬는 게 조금 나아진 기분이었다. 뒤늦게 시종이 그림자처럼 다가와 뒤에서부터 그에게 약통을 내밀었다.

이런 약 따위를 먹어서 무슨 소용이냐 싶어서 그는 좀처럼 약을 제때 챙기지 않았다. 어차피 한순간 고통을 덜어 주는 것뿐인데, 효과가 향합보다 약했다.

하지만 지금은 순순히 그것을 받아먹었다.

그런다고 즉각적으로 상태가 좋아지지는 않았다. 황제는 뒤죽박죽이 된 머릿속을 정돈하려고 애쓰며 아이의 얼굴을 내려다보았다.

이상한 일이다. 제러드는 등에 총을 맞고 죽었는데, 왜 여기에 있을까? 자신은 또 환각을 보는 중인 건가?

"내 아이가 아니야."

그는 중얼거리면서 고통스럽게 팔걸이를 쥐어뜯었다. 자신이 무슨 말을 하는 건지 몽롱하여 어지러웠다. 머릿속 깊은 곳에 있는 생각과 뇌의 표면을 스쳐 가는 이성이 서로 다른 것 같았다.

그는 수천 번을 과거로 되돌아가는 망상을 했다. 다시 사는 것을 꿈꾸었다.

다시 살 수 있다면, 아내와 결혼하지 않을 것이다.

다시 살 수 있다면, 아이라도 갖지 않을 것이다.

다시 살 수 있다면, 아내가 임신한 후에 모든 음식을 스스로 기미하고, 그녀의 몸에 닿는 것을 전부 혀로 핥아 독이 있는지 아닌지 확인할 것이다.

그리고 직접 의술을 배우는 게 좋겠다.

헨리에타가 살해당했다는 증거는 없었다. 그녀는 임신 직후부터 이미 건강이 악화되기 시작했고, 아기를 낳고 반년도 채우지 못하고 죽었다. 원인은 불명이었다. 의사들은 출산 후유증으로 몸이 쇠약해져서일 거라고들 말했다.

하지만 그는 도무지 그 말을 믿을 수가 없었다. 생각하는 동안 잠들 수 없었고, 밤에 잠들지 못하니 낮에 두어 시간쯤 의식이 꺼지듯이 잠드는 일이 반복되었다.

그것이 십 년 넘자 상실감이 어느 만큼 사그라진 뒤에도 제

정신일 수 없었다.

하지만 아내의 목소리를 환청으로 듣곤 한다는 것을 그는 한 번도 겉으로 드러낸 적이 없었다. 아이가 있는 동안에는 정신을 놓을 수 없었으니까.

복수를 미뤘다. 누구에게 복수해야 하는지 정확히 알지 못하는데, 아이를 안은 채 증오를 불태울 수 없었다. 아내는 아이가 온통 피에 젖은 황궁에서 자라기를 바라지 않았으리라.

그는 버티기만 할 작정이었다. 그자들이 원한 것이 권력이라면 넘기지 않을 것이다. 아이가 다 자라 저 자신을 스스로 지킬 수 있을 때까지 황제의 관을 움켜쥐고 있어야 했다.

아니, 그것도 뒤늦게야 했던 생각이다. 아니면, 너무 일렀거나.

그는 천 번을 넘게 했던 생각에 또다시 잠겨 들었다.

다시 살고 싶었다. 아내가 죽은 뒤라도 좋다. 그날의 전날이기만 해도 좋다. 혹은 전전날이기만 해도 좋다. 사흘 전이기만 해도, 나흘 전이기만 해도 좋다.

하루가 지날 때마다 그렇게 숫자를 늘려 가며 그 전날로 되돌아가는 것을 꿈꾸었다. 그러면 그 모든 일을 막을 수 있었을 것처럼.

그리하여 언제부터인가는 어린 아들을 안고 달아나는 꿈을 꾸었다. 제러드가 죽은 그 숲에서. 제러드는 이미 다 자라 있는데도 그는 알지 못했다.

'제 행복을 먼저 생각하라는 아버지의 말씀은 틀렸습니다. 저는 이미 행복합니다. 저를 진심으로 이해하고, 제 손을 잡아 줄 수 있는 사람을 만났으니까요. 문을 닫고 들어간 공간에서 이 삶의 치열함을 잊고 다정한 말을 나눌 사람을 만났기 때문이 아니라.'

'너희는 너무 어려.'

'아버지는 영원히 제가 어리다며 반대하실 겁니다. 진짜로 원하시는 건 제가 타협하여 로멜인의 황제가 되는 것일 테니까요.'

아들은 그가 한 번도 생각해 본 적 없는 예리한 눈과 강한 얼굴로 말했다.

'그렇게 해야 제가 안전하고, 또 제국 따위는 생각하지 않고 가족만 끌어안은 채 살 수 있다고 생각하시겠지요. 아버지가 행복이라고 여기시는 삶은 그런 것이었으니까.'

'뭐?'

'하지만 저는 그럴 수 없습니다. 어머니의 피를 대가로 받지 않아도 마찬가지일 겁니다.'

'제러드!'

'이대로라면 제가 아렌식 이름을 가진 마지막 황태자일 가능성이 큽니다, 아버지. 제가 제 이름에 합당한 의무를 다하지 않으면, 이제 황실에서 아렌의 이름은 완전히 사라질 겁니다.'

아내와 얼굴도 모르는 소녀가 그의 양쪽 귀에 원망을 속삭였다. 당신이 믿고 도와주었어야 하지 않느냐고. 그랬다면 제러드는 살았을 수도 있다고.

그 때문에 꿈속에서 이렇게 늘 어린 모습으로 나타나는 것일지도 모른다. 그 아이가 아무것도 모르고 사탕 한 알에 행복해하던 때는, 진짜로 자신이 지키고 있었으니까.

눈을 깜박거리는 그에게 엘리엇이 말을 걸었다.

"할아버지 많이 아픈가 보다."

"그래."

"아빠는 언제 와요? 아빠 오면 제가 아빠한테 할아버지를 고쳐 주라고 할게요."

아빠는 무엇이든 할 수 있을 거라는 아이의 순진한 믿음이 귀여웠다.

제러드도 그랬던 때가 있었다.

황제는 낮은 목소리로 아이에게 말했다.

"글쎄다. 나는 병이 난 게 아니라서."

"그럼 아픈 게 아닌 거예요?"

엘리엇이 고사리손으로 열심히 그의 팔을 주물러 주며 물었다. 보들보들한 아이 손으로 눌러 봐야 자극조차도 되지 않았지만, 그것이 실제로 통증을 경감시켜서 황제는 헛웃음을 머금었다.

어째서 아렌 공왕이 이 아이를 만나고 기쁨을 얻었는지는 알겠다. 하지만 그는 그렇지 못했다. 오히려 잃은 것이 떠올라,

폐부를 쑤시는 듯 고통만 더 심해졌을 따름이다.

"나는 이제 괜찮다. 네 이야기를 해 보렴. 초콜릿은 좋아
하니?"

"초코!"

엘리엇이 신나서 소리쳤다.

"진짜 진짜 좋은데 엄마가 맨날 못 먹게 해요."

"그러면 내가 주어도 안 되겠구나."

"할아버지가 주는 건 괜찮은데."

엘리엇이 갈등하며 웅얼거렸다. 그건 사실 거짓말이었다.
누가 주더라도 유모나 엄마의 허락 없이 먹어서는 안 된다. 그
것 때문에 아빠가 혼나는 것도 본 적이 있었다.

황제가 시종에게 손짓했다. 아이를 데려왔을 때부터 준비된
것이 있었기에, 시종은 곧 초콜릿 케이크와 우유를 내왔다. 황
제의 다과상에는 언제나 초콜릿 케이크나 쿠키가 한 가지 나왔
다. 착란 상태일 때 종종, 어린 아들을 달래기 위한 간식을 찾
았기 때문이다.

진짜로 초콜릿 크림이 잔뜩 발린 케이크가 나오자 엘리엇이
헉 숨을 들이켰다. 몰래 하나 입에 쏙 넣고 잊을 수 있는 사이
즈가 아니라 죄책감이 들었기 때문이다.

"웅…….. 내가 허락 없이 케이크 먹으면 아빠가 혼나는데."

엄마도 마사도 같이 오지 않았으니까, 허락해 줄 사람이 없
다. 엄마가 분명히 아빠한테 화를 낼 것 같았다. 그건 너무 미
안한 것 같아서 엘리엇은 망설였다.

황제가 미소를 머금었다.

"그러면 비밀로 하면 되지."

"비밀?"

엘리엇이 눈을 동그랗게 떴다. 비밀이라는 말에는 언제나 달콤한 울림이 있었다. 엘리엇과 비밀을 함께해 주는 사람은 정말로 드물었기 때문이다.

엄마랑 아빠는 맨날 자기들끼리만 비밀을 만들었다. 아빠는 자기랑 친구라고 해 놓고, 맨날 윌 아저씨나 후크 선장 아저씨랑 비밀 이야기를 하면서 자신만 끼워 주지 않기도 했다.

그러니 나도 비밀을 만들어야지. 게다가 그 비밀에서 달콤한 냄새까지 나니까 얼마나 좋은가.

"좋아요. 그러면 할아버지랑 저만의 비밀인 거예요."

엘리엇이 신나서 말하자 황제가 묘한 웃음을 머금었다. 그는 아내에게 아이 교육에 좋지 않다고 혼나 본 적이 없었다.

"그래, 우리 둘만의 비밀로 하자."

"네!"

엘리엇이 힘차게 고개를 끄덕이고 포크를 들었다.

에리히가 도착한 것은 이때의 일이다.

평소에 쓰이지 않았던 저택 동관은 그때도 고요했다. 근위대는 일부밖에 보이지 않았다. 호위는 대부분 몸을 감추고 있을 것이다. 근위대장 로건이 현관에 나와 있었다.

"로건 경."

에리히는 인사를 나눌 시간도 없다는 듯이 그의 이름만 불렀다. 로건이 기다렸다는 듯이 길을 열어 주었다. 황제가 데려온 것이 누구의 아들인지 이미 짐작했던 데다가, 함께 온 아렌 공왕은 언제나 알현이 허락되어 있는 몸이었다.

"고맙네."

에리히는 짧게 답하고 성큼성큼 안으로 들어갔다.

"그래서요! 엄마가 그때 이따만 한 연을 만들어 줘서요!"

거실에서 엘리엇이 외치는 소리가 들려왔다. 에리히는 형식적인 노크만 하고 문을 열었다.

"앗, 아빠 왔다!"

다행히 엘리엇에게는 별일이 없었다. 별일 없는 정도가 아니라 아주 신나서, 얼굴에 온통 초콜릿 크림을 묻히고 포크를 휘두르고 있었다.

에리히는 안도의 한숨을 속으로 삼켰다.

"아빠!"

포크를 쥔 채 달려오던 엘리엇이 갑자기 생각난 듯 얼른 손을 뒤로 숨겼다. 제 얼굴에 묻은 것이나 테이블에 놓인 것은 생각하지도 않고, 손에 든 포크만 걱정되는 모양이었다.

에리히는 아이 손에서 포크를 빼앗아 시종에게 넘겨주고, 손수건을 꺼내 입가를 닦아 주었다. 엘리엇이 깜짝 놀라 소리쳤다.

"초코 케이크 안 먹었어!"

"……."

"진짜예요!"

에리히는 한숨을 내쉬었다. 엘리엇이 편들어 달라는 듯 아렌 공왕 쪽을 휙 돌아보았다.

"공왕 할아버지!"

아렌 공왕이 걱정스러운 얼굴로 엘리엇을 바라보았다. 에리히가 바동거리는 작은 몸을 제 쪽으로 누르듯이 붙들었으나, 엘리엇은 기어이 그 손에서 빠져나가 아렌 공왕의 품에 뛰어들었다.

"헤헤."

아렌 공왕은 조그마한 몸을 끌어안았으나, 걱정을 불러일으킨 원인이 자신인 것 같아 염치가 없었다. 에리히가 냉정한 얼굴로 말했다.

"무조건 편들어 주신다고 다가 아닙니다."

"알지. 나도 아네."

공왕이 난처한 얼굴로 말했다. 낯선 사람이 준 걸 함부로 입에 넣지 말라는 교육은 다시 해야겠다. 하지만 지금은 그럴 때가 아니었다.

안락의자에 몸을 묻은 황제가 지친 얼굴로 그들을 바라보고 있었다. 에리히는 정중하게 인사를 건넸다.

"오랜만에 뵙습니다. 황제 폐하."

"……오랜만이구나. 결혼식에 참석해야 했는데 내가 그러지 못했지."

핏기 없는 손이 허공을 저었다. 발작과 섬망 뒤에는 으레 무기력이 찾아오곤 했다. 아이를 상대로는 아무렇지도 않게 웃을 수 있었으나, 옛일을 떠올리게 하는 사람 앞에서는 그저 시선을 마주하는 데만도 온 힘을 다해야 했다.

"미안하구나."

결국 황제는 비탄에 잠긴 얼굴로 눈을 감아 버렸다. 제러드를 닮았지만 너무 다른 그 얼굴을 똑바로 보는 것은 늘 너무나도 고통스러운 일이었다.

"몸이 편치 않으신 것은 잘 알고 있습니다. 그런 일로 서운해하지 않으니 염려 마십시오."

"네 아내와 아이를 한번 보아야겠다고 생각했는데."

아이를 보러 가자는 아렌 공왕의 권유를 받아들인 것은 그 때문이었다.

고통스러운 기억밖에 남지 않은 황궁에서 만나는 것보다는 밖이 나을 것 같았다. 비록 그는 모든 일을 내팽개쳤으나 가족에 대한 기억까지 버린 것은 아니었다. 에리히는 제러드와 친했고, 요절한 누이를 생각해서라도 조카에게는 마음을 써야 했다.

만나기로 약속한 곳이 알트마이어라는 것도 그가 움직인 이유였다. 알트마이어는 언제나 충실했으며, 제러드를 위해 목숨을 던진 장남을 생각하면 거듭 위로와 치사를 건네도 부족했다. 이 기회에 한 번 더 만나도 좋을 것 같았다.

하지만 그는 그것도 제대로 해내지 못했다. 출발할 때는 계획이 많았으나 정작 이곳에 당도해서는 아무것도 할 수 없게 되었다.

황궁에서 나오지 않는 쪽이 나았으리라. 공왕은 위로가 되리라고 했지만, 오히려 그릇된 원망이 솟아올랐다.

한때는 형제처럼 닮은 아이들이었는데, 에리히는 사랑하는 여자와 결혼하여 저를 닮은 아들을 얻었다. 하지만 제러드의 삶에는 아무것도 남지 않았다.

그게 에리히를 원망할 일이 아닌 줄은 안다. 그저 모든 게 다 원망스러웠다. 자기 자신부터, 제국과 세상까지.

"아이가, 무척 너를 닮았구나."

"그렇습니까?"

"그래. 널 닮은 거지."

황제가 되풀이해서 말했다. 에리히는 물끄러미 황제를 쳐다보았다.

황제의 돌발 행동은 엘리엇을 위험하게 할 뿐만 아니라 클레어의 계획에 지장이 될지도 몰랐다. 감당할 수 없다면 차라리 배제하는 쪽이 더 나을 수도 있다.

황제가 손을 내밀었다. 에리히는 시종이 향합을 든 채 머뭇거리는 것을 흘끗 보았다. 눈이 마주치자 시종이 죄인처럼 고개를 숙였다. 그것을 깨달은 황제가 웃음기 하나 없는 얼굴로 허탈하게 물었다.

"날 경멸하느냐?"

"옳은 선택을 하셨다고는 할 수 없지요."

에리히는 냉담하게 들리지 않도록 애썼다.

혈통은 자질을 담보하지 못한다. 황제가 슬픔에 잡아먹힌 것은 그가 심약하기 때문이다. 제러드가 살아 있는 동안에는 애써 버텨 온 것 같지만, 실은 에리히는 그때도 이미 그를 신뢰하지 않았다. 그 암살 사건 이후에 아무런 행동도 취하지 않고, 에른스트를 비롯한 귀족원의 주요 세력과 타협하여 내각으로 정권을 이양하는 것에 동의한 것도 그 때문이었다.

황제는 위정자로서 자격이 없다. 하지만 아내와 아이가 생긴 지금, 이해까지는 할 수 없어도 비난하고 싶은 마음은 들지 않았다.

에리히는 작게 한숨을 내쉬었다. 그리고 시종의 손에서 향합을 빼앗아 테이블에 내려놓고, 이렇게 말했다.

"폐하께서 이것을 끊고 온전한 상태가 되지 않으신다면, 저는 보호자로서 폐하와 엘리엇을 만나게 할 수 없습니다."

황제는 그게 무슨 뜻인지 이해하지 못하고 멍한 눈으로 에리히를 바라보았다. 물론 아이는 귀여웠다. 그러나 그것이 제게 무슨 구속력을 가질 수 있단 말인가.

에리히가 아렌 공왕을 돌아보았다.

"나머지 이야기는 공왕 전하께서 맡아 주십시오."

이 사실을 전달하는 것은 자신이 아니라, 슬픔과 비탄을 함께 나눌 사람이어야 한다. 공왕이 고개를 끄덕였다. 에리히는 엘리엇을 안아 들고는 몸을 돌려 밖으로 나갔다.

이제 자신이 나서야 할 차례라는 걸 깨달은 프란츠가 한 걸음 앞으로 나왔다. 황제는 그를 알아보지 못했다. 무의미하게 얼굴을 훑는 초점 흐린 시선을 받으며 프란츠가 고개를 숙였다. 그리고 한쪽 무릎을 꿇었다.

"폐하, 저를 기억하십니까? 알트마이어의 프란츠입니다."

"알트마이어 경."

황제가 앵무새처럼 반복했다가 눈을 크게 떴다.

"황태자 전하의 마지막 명령을 들은 사람으로서, 또한 황태자 전하의 결혼 서약을 증명할 수 있는 사람으로서 반드시 올려야만 하는 말씀이 있습니다."

"결혼, 서약?"

황제가 갈라진 목소리로 되물었다.

에리히는 그 목소리를 뒤로하고 밖으로 나왔다. 미처 현관 밖으로 나서기 전에 안에서 비명을 지르는 듯한 황제의 울음소리가 들려왔다. 엘리엇이 깜짝 놀라 에리히의 어깨를 껴안으며 그쪽을 바라보았다.

"어떡해요, 아빠. 저 할아버지 진짜 많이 아픈가 봐."

"괜찮으실 거다."

설령 괜찮지 않더라도, 본인이 감당해야만 하는 몫이다.

"그나저나 엘리엇, 모르는 사람을 따라가면 안 된다고 했을 텐데."

"모르는 사람 아냐. 아빠의 외삼촌이라고 그랬는데?"

"거짓말이었으면 어떻게 하려고?"

"앗. 거짓말이에요?"

에리히는 곤란해졌다.

"아니, 외삼촌인 것은 맞다만……."

"에이."

그것 보라는 듯이 엘리엇이 고개를 끄덕였다. 에리히는 또다시 이걸 어떻게 가르쳐야 할지 고민에 빠지고 말았다.

"무서운 일은 없었고?"

"쪼끔 무서웠는데……. 막 자꾸 이렇게 몸 흔들고, 날 이상한 이름으로 부르고. 근데 아픈 건 불쌍하게 여겨야지 무서워하면 안 된다구 했으니까."

"그랬었나?"

"그래서 약손 해 줬는데 웃었어요. 제임스 할아버지가 혼내는 것보다는 안 무서웠는걸."

경계심을 가르쳐야 할지, 용감했다고 칭찬해 주어야 할지 헷갈려서 에리히는 잠깐 망설였다.

"아빠가 고쳐 주면 안 돼요?"

"폐하를?"

"응. 의사 선생님을 불러서!"

"글쎄다. 어떤 병은 의사도 못 고치거든."

"옹……."

엘리엇이 슬픈 얼굴을 했다가 깜짝 놀라 고개를 들었다.

"아 참, 나 공왕 할아버지가 준 개구리 잃어버렸어요!"

"그건 찾아 두었다."

"진짜요?"

엘리엇이 기쁜 듯이 웃었다. 그러더니 생각난 듯이 손목을 자랑스럽게 내밀었다.

"그리고 파란 돌도 안 잃어버렸……. 앗!"

여밈이 풀린 셔츠 소매가 펄럭거렸다. 에리히는 작게 한숨을 내쉬었다.

"케이크 먹다가 신나서 팔 흔들었지?"

"아, 안 먹었는데……."

엘리엇이 윗니에 아직도 거뭇거뭇한 크림을 묻힌 채 터무니없는 거짓말을 했다. 하지만 에리히가 속지 않았다는 걸 금방 깨달았다.

"한 입밖에 안 먹었는데……."

"케이크는 괜찮아. 하지만 낯선 사람이 주는 걸 먹으면 안 돼."

"그치만."

엘리엇이 투덜거렸다. 그때 근위대장 로건이 다가왔다.

"클라우제너 공작 각하."

"기다려 주어서 고맙네."

"아닙니다. 폐하께서 내리셨던 황명을 따른 것뿐이니까요."

이제 근위대는 완전한 문서로 작성되어 인장이 찍힌 것이 아니면 황제의 명령이라 해도 따르지 않는다.

황제가 그 규칙을 만든 것은 4년 전의 일이다. 착란 상태에 빠진 자신의 명령 때문에 오히려 안전에 해가 될까 봐 우려한 것이다.

'무의미한 시간 벌이에 불과하다고 생각했지만, 이제는 무의미한 일이 아니게 되었군.'

에리히가 생각했을 때, 비서 하나가 다급한 걸음으로 다가왔다.

"무슨 일인가?"

"조금 전에 전령이 가져온 소식입니다. 하원 감찰청이 공작 부인을 고발했습니다."

로건이 깜짝 놀라 에리히를 쳐다보았다. 하지만 에리히는 눈썹 하나 까닥하지 않았다.

계획된 일은 문제라고 할 수 없다.

그렇다고 해서 불쾌감이 가시는 것은 아니다.

감히 클라우제너를, 나아가 자신의 아내를 공격하려는 것을 두고 볼 수 있을 리 없다. 설령 그게 클레어의 계획이라고 해도 말이다.

사실 그녀의 방식이야말로 가장 마음에 들지 않는 부분이었다.

'논리는 이해하지만.'

목표에 닿기 위해서는 그 방법이 효율적이라는 사실에 자신도 동의하고 있다.

문제는 그 때문에, 수도 밖으로 멀리 나가서 아무 일도 하지 말라는 말을 들었다는 점에 있었다.

'당신이 있으면, 싸움이 링 위에 올려지지도 않을 거잖아요. 나는 밀실 협상으로 에머슨 공단 일을 보상받으려는 게 아니라고요.'

클레어는 단호하게 말했다.

'그리고 우습게 보이는 쪽이 저쪽의 판단을 흐리게 할 수 있 겠죠. 그러니 당신은 엘리엇이나 잘 데리고 있어요. 육아는 전 쟁 아닌 줄 아나.'

비서가 조심스럽게 그의 눈치를 살폈다. 에리히의 얼굴은 평소와 똑같이 냉담했으나, 노하지 않았을 리 없다.

"바로 출발하실 겁니까? 기차를 시간 맞춰 대기시켜 두었습 니다."

"아니, 그럴 필요 없네."

비서가 숨을 들이마셨다. 당연히 가장 빠른 교통편으로 수 도로 돌아가리라고 생각해서 모두 준비해 두었다.

"클레어가 하는 일에 굳이 관여하지 마. 좋은 일이든, 나쁜 일이든."

클레어의 말이 옳다. 자신이 개입을 망설이고 있다고 여겨 지는 쪽이 사건의 진행을 더 빠르게 당길 것이다.

그리고 이쪽도 이쪽대로 전쟁이긴 했다. 그 전쟁의 교전 상 대이자 보호 대상이 케이크의 당분이 남은 손으로 그의 뺨을 타박타박 만졌다.

"엄마한테 안 가요?"

"천천히 갈 거야. 공왕 전하와도, 황제 폐하와도 이야기가 끝나지 않았으니까."

"엄마 보고 싶어."

엘리엇이 문득 생각난 것처럼 울먹거리기 시작했다. 에리히의 신경이 아직 시작되지도 않은 울음소리에 반응했으나, 지금은 울음을 뚝 그치게 할 마법 같은 말이 있었다.

"엄마한테, 남이 준 초콜릿 케이크 허락 없이 먹은 거 말하려고?"

"앗."

엘리엇이 제 입을 두 손으로 막았다. 그러더니 고개를 도리도리 저었다.

여론

그 시점에 나온 기사는 이런 것이었다.

《공작 부인, 고발되다!》
《반역 혐의? 설마!》

이미 에머슨 공단의 화재에 대한 기사가 한창 휩쓸고 간 뒤의 일이었다.

선거권을 가질 정도로 부유한 시민의 다수가 직접 에머슨 공단에 투자했거나 주위에 투자자가 있었으나 그 관심은 오래가지 못했다. 공단 전체가 불탄 것도 아니고, 공장 몇 개가 타들어간 화재만 가지고는 몇 주나 계속 이슈를 끌고 갈 수 없다.

그 화재 소식이 사그라질 무렵 두 번째 이야기가 나왔다.

《반군의 수장, 공작 부인에게 집착하다.》

《질투인가? 원한인가? 혹은 사랑인가?》

이 헤드라인에는 클레어조차 입을 벌리고 감탄하지 않을 수 없었다. 완벽했다. 어그로를 끈다는 측면에서도, 화제의 지속성을 유지한다는 측면에서도. 경제니 정치니 하는 것에는 일말의 관심도 없는 사람조차도 신문을 사서 내용을 읽어 보게 만들었다. 역시 펜대로 사람을 사냥하는 기자들은 클래스가 달랐다.

전혀 기대하지 않은 효과였으나, 클레어가 사들인 신문사는 판매량에 비례해서 주기로 한 인센티브 이상의 흑자를 내고 있다. 짤랑짤랑 돈 떨어지는 소리가 시시각각 들리는 착각이 일어날 지경이었다. 왜 클릭 수 장사를 하는지 한순간 납득하지 않을 수 없었다.

"치정 문제로 가십을 만들라고 한 적은 없어요."

황당해하는 그녀에게, 레비 순보의 편집장은 뒷머리를 긁적이며 대답했다.

"하지만 그게 제일 잘 먹힙니다. 부인께서 몇 달 전에 공작님과 세기의 결혼을 하신 덕에 호기심을 가진 사람도 많고요."

그를 데려온 케이시 모리스의 얼굴이 납빛이 되었으나, 편집장은 수줍게 말했다.

"부인께서 효율 좋은 방법은 무엇이든 쓰라고 하셨다고 들어서……."

"아니, 내가 그러긴 했죠."

확실히 목적 달성에는 이보다 더 확실한 수단이 없을 정도였다. 사교계부터 시장통까지, 모든 사람이 이 일에 관심을 갖고 떠들어 댈 정도였으니까.

이왕 버린 몸, 혼자 죽을 수는 없었다. 하는 김에 클레어는 최근 새로 개발되었다는 사진 기술을 시험하기로 했다. 뉴먼의 머그샷과 에리히의 초상화를 한꺼번에 레비 순보에 내준 것이다.

클레어를 대신해 이 일을 맡고 있던 케이시는 새파랗게 질렸다. 전자는 이러나저러나 상관없지만, 후자는 곤란하지 않은가.

"공작님께서 불쾌해하지 않으시겠습니까? 범죄자와 나란히 얼굴을 싣는 것도 그렇지만, 이런 노출을 내키지 않아 하는 분일 것 같은데요. 그것도 심지어 레비 순보에."

"본인의 업보지. 자기가 나한테 청혼한다고 그 난리를 안 쳤으면 레비 순보가 내 손에 들어올 일도 없었고, 그러면 이렇게 타블로이드지에 초상화가 공개될 일도 없었잖아?"

"그건 그렇습니다만……."

"삽화 뿌려진 건 내가 먼저야."

말하다 보니 울분이 차올라 클레어는 그때 에리히가 보도 지침을 내린 모든 신문사에 그의 초상화와 사진을 종류별로 골라 보냈다.

그러고 나니 오히려 분한 느낌이 들었다. 조악한 인쇄 질로 봐도 미남이라, 오히려 평판이 올라가는 게 아닐까 싶었다. 클레어는 잠시나마 본 목적을 잊고 이를 갈았다.

"이걸론 모자란데. 그때 내가 골치 아팠던 거에 비하면. 굴욕 샷을 보내야 되는데."

사진을 남기려면 몇 시간 동안 가만히 있어야 하는 시대니, 아무래도 무리였다. 역시 신문 삽화를 그리는 초상화가를 찾는 게 빠를 것이다.

그렇게 풍자화에까지 손댈 생각을 하고 있는데, 케이시가 조심스럽게 물었다.

"그런데, 이런 기사를 내는 게 효과가 있겠습니까? 하원 의원은 대부분 '친로멜파'입니다."

실제로 혈통이 아렌계인지 로멜계인지는 중요하지 않다. 중요한 것은 누구의 이익을 대변하느냐 하는 것이다. 현재 하원 의원 대부분이 황후의 편에 기울어져 있다. 왕당파가 소수 있긴 하지만, 세력은 미미한 수준이었다.

'황후파와 왕당파가 분리되어 있는 것도 좀 웃기긴 한데……. 왕당파가 더 진보적인 상태인 건 더 웃기고.'

하지만 그것이 현실이었고, 다른 이들이 염려하는 부분이었다.

"공작님께서 직접 나서셔야 하지 않을까요? 친로멜파 의원은 대부분 클라우제너와도 연이 깊습니다. 셔우드 씨 이야기를 들어 보니, 그렇게 하면 적어도 절반 이상이 최소 중립으로 돌아설 거라고 하던데요."

"그러니까 부르지 않은 거야."

"예?"

"에리히가 영향력을 행사할 수 있다는 건, 의원들이 황후에게 충성하고 있는 게 아니라는 의미니까."

"예?"

"황후의 돈과 영향력에 충성하고 있는 거지."

알트마이어가 황실에 바치는 것 같은 충성이 아니다. 그러니 오래가지도 않고, 배신이라는 생각도 없을 것이다.

황후는 정치 자금을 대고, 로멜 우월주의를 통해 선거권자에 대한 영향력을 확보했다. 클레어는 친로멜파 의원들이 진심으로 거기에 경도되었으리라고는 생각지 않았다. 돈에는 국적이 없고, 로멜 우월주의는 정치사상으로 기능할 만큼 충분히 가공되지 못했다.

"하원 의원 중에 작위를 가진 세습 귀족은 없어. 그러니 자기들의 힘이 의원이라는 사실에서 나온다는 걸 잘 알고 있을 거야."

"대부분 전통 있는 명문 출신이거나, 자산가 계급이거나, 아카데미에서 학맥으로 연결된 엘리트들입니다."

"그것만으로는 권력을 얻을 수 없잖아. 영지를 가진 귀족은 무조건 상원에 적을 둘 수 있지만, 저들은 그러지 못해. 돈과 영향력을 왜 필요로 할까? 선거에서 이겨야 정치판에 남을 수 있으니까."

명문 출신으로, 학력과 업적이 있고, 심지어 고위 귀족의 지지를 받더라도 하원에 입성하지 못하면 정치판에 들어갔다고 할 수 없다.

권력에는 중독성이 있다고 한다. 둘만 있어도 권력관계가 생기는 게 인간이다. 일단 맛본 힘을 내려놓을 수 있는 사람이 몇 퍼센트나 될까?

"나는 하원 의원들이 표 무서운 줄 모를 거라고는 생각 안 해."

그러니 여론은 충분히 힘을 행사할 수 있다.

물론 그들이 황후에게 진짜로 충성할 수도 있었다.

'그러면 희망 없는 나라라는 걸 겸허히 인정하고, 에리히에게 떠넘기면 될 일이지.'

밀실에서 고위 귀족끼리 악수를 나누며 이것저것 갈라 먹든 말든. 언젠가 감옥 부서지는 날을 생각하면서 팝콘이나 튀길 것이다. 남편이 지배 가문의 가주인데, 설마 세 식구가 죽기야 하겠는가. 그냥 돈이나 쓰면서 귀하신 안주인으로 살면 된다.

그러니 이것은 이제 황후가 에리히를 시험하는 일이 아니라, 그녀가 하원을 시험하는 일이다.

감찰청이 그녀를 고발한 것은 이때의 일이었다.

이 상황에서 가장 난처해진 것은 황후였다.

"이게 전부 처음부터 계획에 있었던 건가? 기가 막히는군."

황후의 주위에는 지난 몇 주 동안 발간된 신문이 시간 순서대로 쌓여 있었다. 표제와 내용을 큰 종이 한 장에 요약 정리한 보고서가 앞에 놓여 있다. 막내 시녀가 조심스럽게 말했다.

"이게 그렇게 심각한 문제인가요? 제 눈에는 신문을 팔아 보려고 허튼소리를 늘어놓은 것으로 보이는데."

"율리아, 황후 폐하께서 까닭 없이 고심하시겠느냐?"

레나테가 그녀를 꾸짖었다. 율리아가 거북이처럼 목을 움츠리고도 반박했다.

"황후 폐하께서 처음에 내리셨던 명에서 많이 어긋난 상황인 것은 알고 있어요. 황금 새싹단의 수장이 치정 문제 때문에 일방적으로 클라우제너 공작 부인 주위를 맴돌았다는 이야기가 되니까요."

문제의 초점을 그렇게 만들면, 델포드 남작의 후원을 받고 있노라고 했던 것도 전부 거짓말로 일축할 수 있다. 클레어 델포드가 반로멜 사상을 가지고 황금 새싹단을 지원했다고 말해도 이제 믿는 사람은 없을 것이다.

클라우제너 공작 부인이 뭐가 아쉬워서 테러 조직을 후원한단 말인가. 그녀는 엄연히 귀족이었고, 막대한 재산을 쥔 사업가였다. 그리고 이제는 로멜에서 가장 고귀한 숙녀 중 하나다. 어떻게 생각해도 불만분자가 될 이유가 없는 사람이다.

뉴먼의 머그샷과 함께 신문에 나란히 박힌 에리히의 초상화가 설득력을 더했다. 공작 부인이 이 남자를 두고 저놈의 손을 잡는다? 시각적으로 말이 안 됐다.

"하지만, 이게 치정 문제가 되어도 어차피 그냥 그게 끝이 아닌가요? 황후 폐하께서도 에머슨 공단의 일을 중단하기로 하셨었고요."

"그것부터 문제였지. 황후 폐하께서 그만두시기 전에, 감찰청이 그럴 수밖에 없는 상황으로 만들었으니까."

황후의 명을 받은 감사관이 에머슨 공단에 당도하기 전에 다른 감사관이 먼저 당도해 있었다. 이렇게 되면, 황후파의 감사관은 에머슨 공단 일을 맡을 수가 없었다.

감찰청 내부에도 경쟁이 있다. 권력이 강한 기관인 만큼 감사관끼리의 신경전도 어마어마했다. 이미 다른 자가 맡았는데, 그 일을 일방적으로 빼앗을 수는 없지 않은가. 내부자끼리의 문제이기에 더 그랬다.

황후가 직접적으로 명령을 내릴 수도 없었다. 그러면 클라우제너에 직접적으로 싸움을 거는 일이 된다. 황후는 그런 식으로 움직이는 사람이 아니었다.

그녀는 절대 직접적으로 권력을 행사하지 않는다. 황후의 이름으로 직접 행정부를 움직이려고 해 봤자 반발을 살 뿐이다. 게다가 움직인 감사관은 체펠린 후작의 입김을 쐰 자였다. 체펠린 후작까지 이 일에 개입하게 되면, 하려던 일이 까발려지게 된다.

아니, 궁극적으로 문제는 그것이다. 지금 벌어지고 있는 일도 바로 그것이었다.

"이게 단순히 에머슨 공단에 뿌려 놓은 씨앗을 없애기 위해하는 일일 리가 없어. 그게 목적이라면, 감사관을 매수하는 것으로 충분해."

고발할 내용이 아니라는 것으로 마무리 짓게 하면 끝난다. 그 정도라면 에리히의 힘을 빌릴 필요조차 없다.

하지만 클레어 델포드는 사람의 시선을 모으고 있다. 매수

된 감사관이 오히려 물주를 고발했다. 거기에 본인의 의사가 들어가 있지 않을 리 없다. 그것은 일을 무마하여 끝내려는 사람의 행동이 아니었다.

"연단 위에 선 사람을 암살하는 건 오히려 일을 부풀릴 뿐이지."

황후는 혼잣말처럼 중얼거렸다.

황후라고 해서 그동안 언론을 무시했을 리가 없었다. 믿음직한 심복을 통해 신문사를 여러 개 소유하고 있기도 했다. 그러나 그녀가 소유한 것은 모두 정론지였다. 화력을 모으는 부분에서 전혀 비교 대상이 되지 않았다.

황후는 지금까지 의제를 선점하는 방식으로 영향력을 행사해 왔다.

그녀가 남에게 알리고 싶지 않은 일은 숨겨졌다. 늘 자신에게 유리한 반응이 나올 수 있는 것만 의제로 올린 것은 아니다. 그러나 찬반이 있더라도 그 이야기를 할 기회를 주느냐 마느냐 하는 것은 황후의 결정에 달려 있었다.

요컨대, 루덴도르프 항구를 증축할 것인가 말 것인가, 증축한다면 예산을 얼마나 줄 것인가를 의회가 결정할 수 있었다. 그들은 얼마든지 반대할 수 있었다.

그러나 아렌에 국책 사업을 줄 것인가는 아예 의제로 오르지 않았으므로 찬성할 기회 자체가 없다. 이것을 인지하는 자는 오로지 일부뿐이다. 대부분의 사람들은 그저 주어진 화제에 대해 이야기하는 것으로 만족했다.

그러나 지금 이 순간, 그녀가 전혀 원하지 않는 화제가 의회까지 얽은 채 수도 전체를 끓어오르게 했다. 델포드 남작은 모든 것을 엉망진창으로 만들어 진흙탕의 소용돌이 속으로 의회를 끌어들이려는 것 같았다.

그렇게 해서 얻은 주목을 정치적으로 이용하리라는 것은 분명했으나, 무엇을 하려는 건지 황후는 아직 파악하지 못했다. 주도권을 빼앗긴 것만은 분명했다. 결과와 상관없이 이건 아주 중요한 문제였다.

황후는 가만히 눈을 감은 채 생각을 다듬어 정리했다.

"이해가 안 되는군. 대체 무엇을 하려는 걸까?"

그녀는 아우구스타의 눈을 신뢰했다. 에리히가 아내를 향한 열정에 빠져 있는 것은 사실이리라. 하지만 그렇다면, 이렇게 추잡한 일로 이름을 더럽히는 것을 더더욱 이해할 수 없다.

애초부터 에리히가 개입하면 이 일은 성공할 수가 없었다. 그것을 확인하려던 것이기도 했으니, 아우구스타의 평가를 들은 시점에서 더 시험해 볼 이유가 없었다.

불효자식 놈의 기가 찬 거래 요구가 아니었더라도 그녀는 공격을 중단했을 것이다. 클라우제너의 대리인이 찾아오면, 보상으로 무엇을 내줄지까지 생각해 둔 상황이었다.

'하지만 정작 에리히는 아이를 데리고 알트마이어에 머무르고 있지. 제러드의 아들과 알트마이어……. 슈나이더 백작가에 있었던 것처럼, 알트마이어에도 뭔가 남아 있었던 건가.'

아렌 공왕이 알트마이어를 방문했다는 스테판의 연락도 받았다. 황제도 거기 있을지도 모른다. 그가 사라지듯이 조용히 황궁을 나선 지 벌써 보름이 넘었다. 황궁에 들어와서 20년 넘는 세월을 보냈는데도 그녀는 아직도 황제의 신변을 확보하지 못했다.

제러드가 죽고 황제가 넋을 놓았을 때, 이 진절머리 나는 짓이 끝날 줄 알았다. 황제와 국새를 확보하기만 한다면, 공식적인 통치 권한을 획득할 수 있었을 테니까. 하지만 그녀는 아직도 그러지 못하고 물밑에서 움직일 수밖에 없었다.

'그때 그냥 같이 죽이는 게 나았을까?'

아니, 찬찬히 복기해 봐도 그때는 어쩔 수 없었다.

황태자를 암살한 것도 무리수를 둔 것이었다. 황제가 비탄에 빠져 현실 도피를 위해 향합에 손을 댄 그 순간이라면 약의 농도를 조절하여 죽일 수 있었겠지만, 그때 그랬다면 두 대공과 귀족원의 반발을 감당하지 못했을 것이다.

그냥 두어도 오래 버티지 못할 줄 알았다. 퇴위를 하든, 아편과 수면제 과용으로 목숨이 끊어지든. 하지만 황제는 아직도 살아 있다. 마치 거북이가 팔다리와 목을 움츠리듯 황궁 깊은 곳에 숨었고, 그녀는 때를 놓쳤다.

이제 근위대와 궁의부를 뚫고 황제를 암살하는 것은 불가능하다. 그 두 기관은 황명조차 듣지 않는다.

내버려 두어도 그 껍데기 속에서 황제는 느릿하게 제 발로 죽음을 향해 걸어가고 있었으니, 굳이 무리한 수를 두지 않을 작정이었다.

'조금 더 적극적으로 처리했어야 했을까?'

황후는 이제 와 그렇게 생각했다.

혈통은 자질을 담보하지 못한다. 황후는 그 사실을 너무나 잘 알고 있었다. 황제에게 황제의 관은 너무 무겁다.

하지만 수십 년 세월 동안 배운 것은 있는 모양이었다. 완전히 망가지기 전에 그가 자신의 왕관을 지키기 위해서 쌓은 성벽은 쉽사리 손댈 수 있는 것이 아니었다.

그녀가 펜대를 쥔 채 멀거니 생각에 잠겨 있을 때였다.

"황후 폐하, 전령이 왔습니다."

"아."

황후의 펜 끝에서 잉크가 떨어져 손끝을 검게 물들였다.

"어머."

율리아가 얼른 손수건을 꺼내서 물에 적신 다음, 황후의 곁에 무릎을 꿇고 앉아 공손히 잉크 얼룩을 닦았다.

전령이 공손히 인사를 올렸다.

"아우구스타 님께서 보내셨습니다."

"어찌 되었느냐?"

지금 하원에서 감찰청의 고발로 에머슨 공단에 대한 청문회가 열리고 있었다. 황후는 서둘러 전령이 내민 편지 봉투를 열었다.

『황금 새싹단의 간부가 클라우제너 공작 부인이 동포를 노예로 삼아 부렸기에 용납할 수 없어서 불을 질렀다고 증언했습니다. 감

216

사관이 에머슨 공단에 아렌인 노예계가 있었다는 증거를 제출했습니다.』

아우구스타가 황급히 갈겨 쓴 쪽지가 들어 있었다.

황후는 이 증언이 의미하는 바를 정확히 이해했다. 지금까지 그녀가 결코 의제에 올리지 않았던 것, 곧 아렌인 노예계가 의회에서 공식적으로 발언되었으며, 그 존재가 기록으로 남았다는 뜻이다.

황후는 끼고 있던 안경을 벗고 전령을 노려보았다.

"클라우제너 공작 부인은?"

"제가 출발할 무렵에 막 청문회장에 도착했었습니다."

전령이 송구스러운 얼굴로 고개를 숙였다.

"입구를 통과하기 위해서 경시청이 동원되었습니다. 기자의 숫자만으로도 인파를 이루고 있습니다."

황후의 안색에서 핏기가 빠졌다.

휴정 중에도 방청자가 점점 늘어났다. 의회가 이렇게까지 관심을 모은 것은 노이만 의장이 기억하는 한 20년도 넘은 일이었다. 아니, 어쩌면 그 이전에도 없었을지도 모른다.

'가십지가 일을 이렇게까지 키울 수 있다니.'

하원 감찰청이 움직이기 직전에 몇몇 의원이 황후의 시녀로부터 미리 언질을 받았으나, 일이 이렇게 되리라고는 아무도 생각하지 못했다. 청문회를 가십거리라고 생각하고 구경하러 오는 사람이 이렇게 많을 줄도 몰랐고, 그런 주목이 이렇게 빠르게 분노로 전환될 줄도 몰랐다.

"체펠린 후작은 대체 무슨 생각이랍니까?"

하원 의원 하나가 툭 내뱉듯이 말했다. 감사관이 체펠린 후작의 피후원자라고 해서 그를 입 밖에 내어 지목하는 것은 도를 넘는 일이다. 그러나 의원이 실제로 말하고 싶은 게 누구인지 알고 있었기 때문에, 아무도 그 사실을 지적하지 않았다.

클라우제너 공작은 무슨 생각인가.

하원 감찰청에서 가장 먼저 움직인 감사관이 황후파가 아니라는 것을 알았을 때, 이 일을 먼저 안 자들은 그것으로 사건이 끝날 줄 알았다. 공작이 체펠린 후작에게 부탁하여 일을 무마하려는 거라고 생각했던 것이다.

하지만 그는 아내가 반정부 단체와 엮이는 것을 방관했다. 그렇다면, 감사관을 움직인 것은 공작 부인 본인이라는 뜻이 된다. 그런데 감사관은 그녀를 고발했다.

'조금 전에 들으신 황금 새싹단 간부의 증언은 사실입니다. 에머슨 공단에 고용된 자 중 약 200여 명이 특정 종류의 '계'에 소속되어 있으며, 급료는 지급되지 않았고, 계주 한 사람이 거래처로서 대금을 지급받았습니다.'

'계주는 대부분 계원의 신체 포기 각서나 매매 계약서를 가지고 있습니다.'

'이중 상당수가 8세 미만 아이도 취급합니다. 에머슨 공단에

서는 17세 미만을 고용하지 않으니, 이 아이들은 그 외의 용도로 사용된 것으로 보입니다.'

'델포드 남작은 거룩한 의무를 팽개치고 금전적 이득을 위해 시민권자를 노예화하고 있습니다.'

'이미 확보된 계주와 계원의 명단을 제출합니다.'

그 뒤로 방청석에 불온한 분위기가 감돌기 시작했다.

대뜸 이 문제부터 제시되었다면 틀림없이 별거 아닌 문제로 치부되었으리라. 계약의 자유보다 중요하다고 여겨지는 일은 많지 않다.

그러나 이미 황금 새싹단으로부터, '로멜인이 아렌인을 노예로 삼아 부리고 있는데, 거기에 공작 부인이 동조하고 있다'라는 발언이 먼저 있었다.

누군가가 명단을 공개할 것을 소리 질러 요구했다. 노이만 의장은 휴정을 선포했으나, 소란은 계속되고 있었다.

다른 하원 의원이 말했다.

"의사당이 시장통 바닥 같군요."

"의사 진행을 방해당한 것이 아니라면, 하원은 방청자를 거부할 권한이 없소."

노이만 의장이 말했다. 이미 방청석은 꽉 찬 지 오래였다. 마치 인기 있는 연극 공연 때처럼 좌석 사이사이 빈 공간까지 서 있는 자들로 가득했다. 그러고도 점점 늘어나서, 이제 복도를 꽉 메우고 창문에도 달라붙어 있었다.

선거권자는 언제든 방청이 허락되었다. 오늘 같은 상황이 있을 거라고 생각하고 만들어진 법은 아닐 테지만, 지금 저 와중에 선거권 없는 자만 골라 쫓아낸다는 것은 불가능하다.

"황금 새싹단이 제멋대로 공작 부인의 이름을 이용했다는 것으로 결론짓고 끝내지요."

"명단을 공개하지 않고 그렇게 하면, 방청자들이 납득하겠습니까?"

그때 노이만 의장의 보좌관이 문을 두드렸다.

"또 무슨 일인가?"

"송구합니다, 의장님. 무어 공작 각하께서 오셨는데, 방청석을 따로 만들어 드려야 할 것 같습니다."

"당연히 그렇게 해야지."

"귀족원에서 열네 분이 함께 오셨습니다. 모두 아렌의 영주이십니다."

노이만 의장이 숨을 들이켰다.

증인석

클레어의 삶은 늘 계획적이었다. 일을 저지르기 전까지만.

욱하여 지나치게 일을 벌이는 것이 그녀의 결점이었다. 그렇다고 자기 입으로 뱉은 말을 팽개치고 달아나지도 못하여, 결국 눈물 콧물 쏟고 후회하면서 수습하는 것이 그녀의 인생을 관통하는 삶의 형상이었다.

"내가 또 왜 굳이 일을 이렇게까지 저질렀나 몰라……."

클레어는 한숨을 내쉬며 혼잣말로 중얼거렸다. 세상만사 중간만 가는 게 가장 편안한 삶일 텐데, 어쩌다가 이렇게 되었나. 고효율로 단시간만 일하고, 나머지 시간에는 들키지 않게 농땡이 치며 월급 도둑질을 하자는 것이 좌우명이었건만. 사업주가 되다 못해 정치판에 뛰어들다니.

하지만 일을 저질렀으면 책임을 져야 하는 법이다. 무덤을 팠으니, 누구라도 하나 걷어차 넣고 도로 덮어야 한다. 안 그러면 그 무덤에 자신이 들어가야 할 테니까.

'그래도 청문회라니! 회장님 휠체어를 밀고 들어가는 것도 아니고, 내가 청문회라니!'

에리히가 좋아서 하는 일이 아니냐고 대꾸하는 소리가 귀에 선했다. 좋아하긴 누가 좋아한다는 건지.

그레이는 그러지 않았다. 그는 부드럽고 차분한 태도로 말했다.

"지금이라도 마음 바꾸셔도 괜찮습니다. 제가 대리인으로 출석하겠습니다."

"아니야, 그럴 순 없지. 여기까지 떡밥을 뿌려 놓고 아무것도 안 하면, 오히려 내가 분노의 대상이 되어서 잡아먹힐걸."

두 번의 기회는 없을 것이다. 솔직히 희생하고 싶은 마음까지는 들지 않았으나, 알아 버린 이상 외면할 수도 없지 않은가.

인파를 뚫은 마차가 의사당 앞에 멈춰 섰다. 막시밀리안이 밖에서 마차 문을 한 번 두드리고 열었다.

그레이와 요안나가 먼저 내렸다.

"와……!"

플래시 대신 함성이 몸을 때렸다. 정말 적응이 안 된다. 하지만 딱히 이번 일이 아니라도, 에리히와 결혼한 이상 어차피 레드 카펫과 포토라인은 떠안아야 하는 업보였다.

클레어는 숨을 한 번 크게 들이마시고는 가슴을 쭉 폈다. 그런 후 막시밀리안의 손을 잡고 내렸다.

'정말로 늙은이들이란 어쩔 수가 없군.'

서른 살의 하원 의원 울리히는 그렇게 생각했다.

지금이야말로 기회가 아닌가. 본회의장 안에 좌석을 차지한 방청자는 모두 선거권자인 게 확실하고, 단을 높여 한쪽에 마련한 자리에는 무어 공작과 그녀를 따라온 귀족들이 앉아 있었다. 꼭 무어 공작과 함께 온 사람만 있는 것도 아니었다. 아렌 귀족만이 아니라 로멜 귀족도 다수 자리했다.

여기서 눈에 띄면, 일약 스타 정치인으로 부상할 수도 있었다. 거기까지 성공하지 못하더라도, 후원자를 갈아탈 수 있으리라.

이왕이면 클라우제너 공작이나 에른스트 공작이라면 더 바랄 게 없고, 체펠린 후작이나 기지 백작같이 귀족원에서 영향력이 있는 가문이라면 어디라도 좋다.

신문 기자도 한가득이었다. 정론지에서 이 사건을 무게감 있게 다루리라는 보장은 없다. 어쩌면 늘 그러는 것처럼 적당히 뭉개 없앨 가능성이 높았다.

하지만 지금 이곳에는 타블로이드지 기자도 잔뜩 있지 않은가. 물론 가십지가 주로 다루는 것은 염문과 추문이지만, 그들이 무슨 신념 같은 것을 가지고 화제를 선정하는 것은 아니다. 사람들이 관심을 갖는 화제는 무엇이든 다루니, 자신의 이름이 단독으로 호외에 오를 수도 있다.

그는 인지도와 정치적 영향력이 비례한다는 것을 잘 알고 있었다.

"클라우제너 공작 부인께서 당도하셨습니다."

노이만 의장이 몇 번이나 나무망치를 내리쳐도 술렁임이 멈추지 않았던 본회의장이 일시에 조용해졌다. 경비원들이 본회의장의 문을 양쪽 모두 활짝 열었다.

공작 부인이 들어섰다. 사람들의 시선이 쭉 그쪽으로 빨려 들어갔다.

기대한 것보다 미인이었다. 목 끝까지 올라오는 장식 없는 검은 드레스에 다이아몬드 목걸이만 하나 걸고 있었는데, 키가 크고 늘씬한 탓인지 조금도 소박해 보이지 않았다. 단정하게 틀어 올린 머리가 이목구비를 선명하게 보이게 했다.

노이만 의장이 일어서서 그녀를 손수 에스코트했다.

"어서 오십시오, 클라우제너 공작 부인. 불미스러운 일로 모셨는데, 이렇게 참석해 주셔서 감사합니다."

"별말씀을요. 증인으로 부르셔도 당연히 협조해야 하는데, 지금 저는 고발당한 몸인걸요."

의원들이 불편한 기색을 띠었다.

울리히는 그러지 않았다. 그는 공작 부인이 법전에 손을 얹고 선서를 끝내자마자 가장 먼저 포문을 열었다.

"이렇게 뵙게 되어 영광입니다, 클라우제너 공작 부인. 울리히 하비흐라 합니다."

클레어가 살짝 그에게 고개를 끄덕여 보였다.

"위빙 상단이 거두고 있는 놀라운 성공에 대해서 늘 감탄과 존경의 마음을 품고 있습니다. 그런데, 조금 전 감사관의 말을 들으면서 이런 생각이 들더군요."

울리히는 빠르게 말했다.

"위빙 상단의 충격적인 성공 이유 중 하나가 노예상을 이용한 극단적으로 저렴한 인건비 때문이 아닐까 하는, 그런 생각 말입니다."

클레어가 그를 똑바로 바라보며 빙긋 웃었다. 그 표정에서 당황이라고는 전혀 느껴지지 않았다. 공작 부인의 눈동자는 노란색이라기보다는 달구어진 금이나 해를 연상시켰다. 울리히는 약간 아랫배에 힘이 들어가는 듯한 긴장과 흥분을 느꼈다.

울리히는 자신이 열렬한 시선을 받고 있다고 생각했지만, 사실 클레어는 기가 차서 쳐다본 것이었다.

'별 미친놈이. 증거도 없이 막 던지네.'

위빙 상단이 인건비를 후려쳤는지 아닌지는 장부만 까 봐도 확인 가능한 일이다. 조목조목 반박해 주고 싶은 마음이 굴뚝같았다.

그러나 그녀는 꾹 참았다. 지금은 그럴 때가 아니었다. 위빙 상단이 화제의 초점이 되어서는 안 된다. 그러면 사람들은 위빙 상단의 도덕성을 판결하느라 정작 중요한 사건은 잊어버릴 것이다.

그래서 그녀는 미소 짓는 얼굴을 유지한 채 회장님들이 쓰시는 전가의 보도 중 첫 번째 것을 꺼냈다.

"모르는 일입니다."

"모르신다고요?"

울리히가 어처구니없다는 듯이 되물었다.

"물경 80명에 해당하는 제국 시민이 임금 한 푼 받지 못한 채 고작해야 하루에 두 끼를 제공받는 조건만으로 에머슨 공단에서 1년도 넘게 일하고 있었습니다."

클레어가 잠시 뜸을 들였다가 대답했다.

"그런 일에 대해서는 보고받은 적이 없습니다."

"하! 정말이지 당황스럽군요. 부인께서는 단순히 위빙 상단의 로저 카슨에게 투자금을 내주신 것이 아니라 실질적인 주인으로서 경영에 주도적으로 관여하고 계실 텐데요. 게다가 부인께서는 아렌의 영주이기도 하시지 않습니까? 게다가 이제는 모든 아렌인 중 가장 고귀한 귀부인이기도 하시지요."

울리히가 열정적으로 말했다. 몸짓은 연극적이었고, 목소리는 점점 높아졌다.

"수호와 통치의 의무는 어디로 사라졌습니까? 선량함과 자비로움의 덕목은 잊으셨습니까? 부인께서는 오로지 자기 영지민의 삶만 다스리고 계십니까? 상단의 직원들은 부인께서 돌보실 사람에 속하지 않습니까? 돈 때문에 이 모든 것을 팽개쳤다면 사악하고, 진짜로 알지 못했다면 무능합니다."

"……."

"수많은 소녀들이 부인을 동경하고 사랑합니다. 부인이 입은 옷, 목에 걸고 계신 목걸이, 모자, 장갑을 따라 하기 위해 신문을 사지요. 그녀들이 그렇게 하는 것이 부인께서 넘치는 매력으로 제국 제일의 신랑감을 사로잡았기 때문만은 아닐 터인데, 부인께서 그녀들에게 가르치고 싶은 것은 오로지 호화롭게 돈 쓰는 법과 세련되게 옷 입는 법뿐입니까?"

"어흠."

"큼."

회의장 여기저기에서 헛기침 소리가 터졌다. 여러 의원들이 그에게 눈총을 주었다. 지금 클라우제너 공작 부인의 명예를 손상시킨 게 문제가 아니었다. 하지만 울리히는 자신의 명연설에 도취되어 그 분위기를 알아채지 못했다.

클레어는 미소를 지었다. 꼭 하고 싶었던 말 중 마지막 하나를 입 밖에 낼 기회가 없어서 애석한 마음이 들었다.

'기억이 나지 않습니다를 꼭 해 봐야 했는데.'

뭐, 그게 중요한 건 아니었으니까.

그래서 클레어는 다정한 말씨로, 그의 발언에서 감정과 비난을 빼고 핵심 내용을 또박또박 요약해 주었다.

"의원님은 어떤 경우에라도 일을 하면 반드시 그에 합당한 임금을 받아야 한다고 말씀하시는 것이로군요. 그렇지 못한 계약서는 제국 시민의 권리를 빼앗는 노예 계약서이니, 비록 스스로 자유의사에 따라 계약서에 서명했더라도 무효라고요."

"누가 자유의사로 자신의 몸을 포기한다는 계약서에 서명한다는 겁니까?"

"자유의사가 아니라면, 제가 무슨 수를 써서 스스로 노예 계약서에 서명하게 만들었다는 건가요?"

클레어가 고개를 갸웃거리며 되물었다.

"그리고 제게 그런 수단이 있다면, 왜 고작해야 80명만 노예로 삼았겠어요? 그 정도로는 인건비 절약이 되지도 않는데."

하지 말았어야 했는데, 기어이 한마디 하고 말았다. 클레어는 말하자마자 후회했다.

울리히가 대꾸하려고 입을 벌렸다가 움찔했다. 아편을 먹여 정신을 흐리게 한 다음 서명을 시키지 않았겠는가. 80명의 노예계원이 모두 아편 중독자라는 것은 감사관의 보고서 속에 있는 내용이다. 하지만 여기서 말해서는 안 되었다.

아편은 의회에서 금기시되는 화제였다. 울리히는 황후가 그것을 퍼뜨리고 있다는 사실까지는 알지 못했으나, 굳이 누구도 언급하고자 하지 않는 일을 제 입으로 말할 생각은 한 적 없었다.

"울리히 경."

누군가가 그를 불렀다. 그것은 경고였다.

그의 입술이 파들파들 떨렸다.

멈출 수 없었다. 이 많은 방청객과 귀족들, 기자들을 앞에 두고 기세등등하게 시작했다. 여기에서 그만두면 그야말로 멍청하게 입을 열어 허튼소리를 하다가 끝난 자가 될 뿐이다.

"아편을 먹이지 않았습니까?"

그는 위험한 다리를 건넜다.

"중독시켜, 빚을 지우고, 정신을 흐리게 하여 서명을 받아

냈을 테지요."

그 순간 두 사람이 자리에서 벌떡 일어섰다. 한 명은 의원석에 앉아 있던 디트마어 람스베르크였고, 다른 한 명은 무어 공작 곁에 앉아 있던 애빙던 백작 대부인이었다.

무어 공작이 애빙던 백작 대부인의 소맷자락을 잡았다. 좌중이 쥐 죽은 듯 고요해졌다. 지금 울리히는 아편의 해악에 대해 처음으로 공개적인 장소에서 말한 사람이 되었다.

게다가 아편을 먹고 서명한 계약서가 무효라면, 에머슨 공단의 노예 계약서가 문제가 아니게 되어 버린다. 대체 얼마나 많은 사람이 연잎 궐련을 문 채 계약서에 서명하고, 진통제를 먹은 채 유언장을 쓰던가.

클레어가 말했다.

"의원님께서는 믿으실지 모르겠지만, 사람들에게 아편을 먹인 건 제가 아니랍니다."

"부인께서 직접 그런 일을 하셨다고 주장하려는 게 아닙니다. 그러나 사들인 것이라 해도 죄인입니다."

"백성을 위하시는 의원님의 마음 씀씀이에 감동하지 않을 수 없군요."

울리히가 얼굴을 구겼다. 클레어는 여유롭게 웃으며 말했다.

"80명이나 되는 아편 중독자가 노예로 팔려 왔는데도 알지 못했던 것은 전적으로 저의 잘못입니다. 넉넉한 보상책을 마련하겠습니다."

"클라우제너 공작 부인."

"하지만 제가 노예상이 아니며, 그런 일이 벌어지고 있다는 것을 몰랐다는 사실을 증명하기 위해서는 다른 분의 도움을 빌릴 수밖에 없겠군요."

또박또박한 클레어의 목소리가 선명하게 회의장을 가로질렀다.

"에른스트 소공작을 증인으로 청하겠습니다."

"예?"

"에른스트 공작님은 수도에 안 계시니까요. 소공작이라도 증언해 줄 수 있겠지요."

클레어는 의원석을 한 바퀴 둘러보고, 그다음에는 방청석 쪽으로 시선을 던졌다.

"에른스트 공작령에 있는 제철 산업 단지에 투입된 80개의 계에 8천 명의 노예가 소속되어 있었지만, 저는 에른스트 공작가에서도 틀림없이 아무것도 모르고 있으리라고 확신한답니다."

그녀가 에른스트라는 이름을 발언했을 때부터 술렁거리던 실내에 경악이 가득 찼다. 방청석의 누군가가 언성을 높였다.

"에른스트 공작가?!"

일단 누군가가 말문을 열자 순식간에 아우성이 번져 나갔다.

"공작 부인, 추가적인 설명이 필요합니다!"

"에른스트 공작가라니요? 에른스트 공작가가 노예상과 관련 있다는 말씀입니까?"

"공작 부인!"

"어이, 호외다! 너 빨리 가서 이대로 윤전기 돌려!"

땅! 땅!

"정숙, 정숙하시오!"

노이만 의장이 나무망치를 두드리며 소리쳤지만, 방청석의 야단은 멈추지 않았다. 의원석에서도 일부 소란이 일어났다.

"휴회, 휴회하고 내일 다시 시작합시다!"

"휴회라니! 지금 그게 무슨 소리요! 에른스트 소공작을 소환해야 합니다!"

"절차도 없이 귀족을 소환하겠단 말이오, 지금?!"

"일단 휴회합시다! 의장님, 이 소란 속에서는 아무것도 안 됩니다!"

대다수가 중단하라고 외쳤다. 노이만 의장이 난감하다는 듯 주위를 둘러보았다.

클레어는 그에게 살짝 고개를 끄덕여 보였다. 어차피 진짜로 지금 당장 에른스트를 증인석으로 부를 생각은 없었다. 그게 좋지도 않고.

애초부터 에른스트의 이름을 꺼내서 아편, 노예계와 엮는 게 목적이었다. 일단 나란히 나온 이름은 잊히지 않는다. 이제부터 불을 붙여 판을 키우려면, 에른스트 소공작이 당장 나와 수습하는 것보다 시간을 두고 뜸을 들이는 게 훨씬 나았다.

노이만 의장이 나무망치를 들고 휴회를 말하려는 찰나였다.

무어 공작의 손에 끌려 앉았던 애빙던 백작 대부인이 다시 벌떡 일어섰다. 그리고 그녀만이 아니라 동행한 아렌 귀족들이 모조리 자리에서 일어섰다. 마지막으로 무어 공작이 느릿하게 몸을 일으켰다.

숫자는 적었으나, 방청석에 귀족이 집단으로 모여 있는 일 자체가 희귀하기에 이 모습은 몹시 눈에 띄었다. 당황한 의원들이 입을 다물고, 방청석에서도 무어 공작이 무슨 발언을 하는지 들어 보기 위해 숨을 죽였다.

입을 연 것은 애빙턴 백작 대부인이었다.

"에른스트, 하츠펠트, 올덴부르크."

노부인의 까랑까랑한 목소리가 본회의장에 울렸다.

"슈나이더, 에티호넨, 베른하르트, 팔츠."

그것은 모두 로멜의 귀족 가문 이름이다. 왜 여기에서 그녀가 그 이름을 언급하는지, 말하지 않아도 모두가 짐작할 수 있었다.

애빙턴 백작 대부인은 그 이상은 말하지 않았다. 표정만으로 저주를 뱉어 냈을 뿐이다. 무어 공작이 표정 없이 서 있었다.

그로부터 입을 여는 자가 없었다. 모든 일이 온전히 처리될 때까지 그들이 의회를 노려보고 있으리라는 것을 모두 알아챘기 때문이다.

땅!

"오늘은 이만 휴회하겠습니다."

노이만 의장이 망치를 두드렸다.

인파가 의사당 주위를 메우고 있었기 때문에 빠져나오는 것에는 시간이 꽤 걸렸다. 클레어가 공작저에 도착했을 무렵에는 이미 호외가 떠 있었다.

집사가 따끈따끈한 신문을 가져다주어, 클레어는 우선 신발을 벗고 소파에 양반다리를 하고 앉아 그것을 읽었다. 에리히라면 자세 때문에 한 소리 했을 테지만, 지금은 잔소리할 사람이 없었다.

"엄청난 상황이 됐네. 에른스트의 이름이 효과가 있을 줄 알았지."

"폭탄을 던지시고서 무슨 말씀이십니까?"

그레이의 말에 클레어는 고개를 저었다.

"뭐, 가능한 한 증인석에서 에른스트까지는 말하고 내려오려고 했지만, 실패할 수도 있다고 생각했어. 아무도 말을 시키지 않을까 봐 걱정이었거든."

의원들이 작당하여 모든 일을 별것 아닌 것으로 치부하고, 증인석에 나와 준 것으로 충분하다며 형식적인 질문만 하고 돌려보내려 했을 수도 있다.

그러면 여러모로 애매해졌을 것이다. 아무것도 묻지 않고 위협하지도 않는데, 그녀가 먼저 나서서 아편의 해악을 설파하거나 에른스트 공작가를 끼워서 떠들 수는 없지 않은가.

기자들을 이용해서 사태를 키우려고 해도, 타블로이드라고 무시하고 뭉갤 수도 있다. 그것이야말로 가장 답이 없는 경우가 되었을 것이다.

그렇게 생각하면, 울리히라고 하는 그놈이 오늘의 공로자였다.

'후원금이라도 좀 낼까?'

그가 아니었어도 결국 어떻게든 하긴 했을 것이다. 하지만 이왕이면 자연스럽게 이야기가 나오는 쪽이 좋았으니까.

"무어 공작 각하와는 사전 교감이 있으셨습니까?"

"에른스트까지 이야기가 닿지 않아도, 적어도 아편 이야기 정도는 하려고 했었어. 로멜이 아렌인을 노예화하고 있다는 이야기만으로는 반쪽에 불과하니까."

오늘 무어 공작과 함께 나온 사람은 모두 연잎 궐련 중독으로 크게 고통받거나 그 가족인 사람들이었다. 그들은 기꺼이 의회에서 그 분노를 표출하리라 예상했다. 생각보다 더 과격했지만 말이다. 요한이 말했다.

"실은 애빙던 백작이 2주 전에 죽었습니다."

"그래?"

클레어는 놀라서 되물었다. 아직 수도의 자잘한 사교계 소식까지는 듣지 못했다.

"백작가에서는 급환 때문이라고 했지만, 자살이라는 말이 있습니다. 전염병인 것도 아닌데 장례식장에서 관 뚜껑을 닫고 아무도 보지 못하게 했다더군요."

"약을 구하지 못한 것은 아닐 테니, 발작을 일으키거나 환각 상태에서 사고를 당했거나 그랬겠군."

애빙던 백작 대부인의 씹어뱉듯 증오스러운 어조를 떠올리며 클레어는 안타까운 한숨을 내쉬었다.

실은 그녀의 마음속에도 여전히 마약은 결국 하는 놈 잘못 아니냐는 생각이 남아 있었다. 진통제로 쓰다가 중독된 것과 경우가 다르지 않은가.

그래도 역시 죽었다는 말을 들으면 마음이 썩 좋지 않았다. 당사자에게 책임이 있다고 해서 벌받아 죽었다고 말할 만한 일은 아니었다.

그때 집사가 말을 전했다.

"마님, 접견 신청이 있습니다."

"오늘은 웬만하면 거절해."

피곤하기도 하지만, 사태가 진전되려면 시간도 좀 더 필요했다. 사건이 궁금하거나 이 일에 한마디 얹고 싶어서 찾아온 사람이라면 굳이 만날 생각이 없었다. 위빙 상단의 투자자는 본점 쪽에서 로저가 대응하기로 되어 있었다.

집사가 편지 봉투를 클레어에게 건네주었다.

"노이만 의장님이 소개장을 주셨다고 합니다. 디트마어 람스베르크 하원 의원입니다."

클레어는 봉투를 열었다. 안에는 급히 쓴 듯 간략하게 몇 줄만 적은 소개장과 명함이 있었다.

"노이만 의장님의 소개라면 맞이해야지."

"울리히 하비흐 경이 동행하셨습니다만, 통과시킬까요?"

"무슨 염치로."

요한이 눈살을 찌푸렸다. 그레이는 입을 열지는 않으나 유쾌하게 생각하지 않는 기색이 역력했다.

"용건이 있겠지."

클레어는 그렇게 말하고 집사에게 손님들을 들이라고 손짓했다.

디트마어 람스베르크는 우울한 인상의 젊은 남자였다. 워낙 마르고 볼이 홀쭉한 탓에 초췌해 보였지만, 그 탓인지 검은 눈동자가 더 부리부리해 보였다.

나이는 올해 서른둘. 하원 의원으로서는 아주 젊은 편이라고 할 수 있다. 그러나 그는 벌써 6년 차 의원이었다. 처음 의사당에 발을 들인 것은 스물여섯 때였고, 단어 그대로 최연소 기록이었다.

"접견을 허락해 주셔서 감사합니다, 클라우제너 공작 부인."

그가 정중하게 고개를 숙였다. 그 곁에서 울리히가 말없이 따라 고개 숙여 인사했다.

"만나서 반갑습니다, 람스베르크 의원님. 안 그래도 한번 만나 보고 싶다고 생각했는데, 이렇게 먼저 찾아와 주시니 고맙습니다."

"저를 알고 계십니까?"

"의원님의 경력은 꽤 특이한 편이니까요. 귀족으로서 정치를 하기 위해 상속과 신분을 포기한 예도 흔치 않지만, 그 결정이 집안 사정에 의한 것이 아닌 경우는 더욱 드물지요."

그는 람스베르크 백작가와 완전히 절연하고 빈민가를 위한 활동에 뛰어들었다. 설령 그렇다고 해도, 그가 최연소 하원 의원이 될 수 있었던 것은 람스베르크 가문 덕분이었다는 것을 부정할 수는 없다.

가문이 그를 지지해 주었다는 뜻이 아니다. 그러나 람스베르크 가문의 아들로서 받은 교육, 쌓은 인맥, 그 무엇보다도 '백작의 아들이 빈민가를 위해서 가문과 절연했다'라는 사실이 그의 기반을 탄탄하게 만들었다.

그리고 그 후로 6년. 그는 친로멜파가 되어 동료를 늘리거나 타협하여 입지를 굳히는 대신, 아직도 초심을 유지하고 있다.

"높은 곳에서 밑을 향해 자선을 베풀기는 쉽지만, 직접 밑으로 내려가 대변하고자 결심하는 것은 어려운 일이죠."

"무능한 사람에 불과합니다. 지난 6년 동안 해낸 일이, 오늘 부인께서 몇 마디로 일으킨 파문보다도 적으니까요."

디트마어가 민망해하며 말했다. 클레어는 고개를 기울이며 짐짓 모르겠다는 듯이 대답했다.

"제가 무슨 일을 했다는 건가요? 전 그냥 억울한 일이 있어서 사실 관계를 이야기했을 뿐인걸요."

"저는 지난 6년 내내 아편의 해악에 대해서 말해 왔습니다. 사실, 모르는 사람이 거의 없지요."

디트마어가 우울한 목소리로 말했다.

"자기 선택으로 시작한 일이니 자기 의지대로 끊으면 된다는 게 여러 사람의 주장이지만, 실제로는 안 그렇지 않습니까? 하지만 모두 눈을 감고 있습니다."

"정치적인 이유 때문인가요?"

디트마어가 어디까지 알고 있는지 몰랐기에, 황후 탓이냐는 질문을 직접 할 수는 없어서 클레어는 돌려서 말했다. 하지만 디트마어는 고개를 저었다.

"경제적 이득 때문입니다. 환경이 나쁜 작업장에서 아편을 보급하는 것이, 안전 대책을 세우거나 휴식 시간을 주는 것보다 싸게 먹히니까요. 중독으로 못쓰게 되면 해고하면 그만이죠."

빈민가의 자선 치료소에서도 무조건 모르핀을 처방하고 있다. 그게 제일 싸고 간편한 처방이니까.

"이 때문에 어린아이들조차 중독되고 있습니다."

클레어는 그 말에 잠깐 입을 다물고 앉아 있었다. 그러다가 어렵게 대답했다.

"의원님이 절 부끄럽게 하시는군요. 오늘 주워섬긴 말은 그저 저 자신을 보호하기 위해서 한 것일 뿐이었어요."

"그럴 리가요. 부인께서 이 일을 정말로 외면하셨다면, 오늘 증인석에서 에른스트의 이름을 말씀하시는 대신 클라우제너의 힘으로 모든 것을 조용히 무마하셨을 겁니다."

디트마어가 처음 인사했을 때보다 더 깊이 고개를 숙였다.

"기자들이 움직인 것도, 무어 공작 각하께서 방청하신 것도 모두 부인의 힘이 아닙니까?"

애초부터 그녀가 허락하지 않았다면, 감찰청 감사관이 감히 클라우제너 공작 부인을 증인석에 세우는 일도 없었을 것이다. 애빙던 백작 대부인이 방청석에서 몇몇 가혹한 로멜 귀족 가문의 이름을 입에 올리지도 않았으리라.

신문에 직접 기고하고, 영향력 있는 사람에게 편지를 쓰고 접견 신청을 하며 살아왔기에, 디트마어는 그것을 아주 잘 알고 있었다.

"고개를 드세요, 의원님. 의원님이야말로 감사와 존경을 받으셔야 마땅한 분입니다."

일을 꾸미기 위해 하원 의원의 프로필을 읽는 것만으로는 알 수 없었던 진의와 가치를 비로소 깨달은 기분으로 클레어는 말했다. 디트마어가 약간 난처한 듯한 미소를 지었다. 그러자 뺨에 드리워졌던 수심 대신 보드라운 홍조가 어렸다.

"디트마어라고 편히 불러 주십시오, 부인. 저는 이 자리에 존경과 감사를 표하기 위해 왔을 뿐이니까요."

"제 생각은 좀 달라요. 겸손하게 상대의 얼굴에 금칠하는 것보다 좀 더 유의미한 대화를 할 수 있을 것 같군요."

클레어가 말했다.

이 정도까지 일을 부풀려 놨으니, 의회에서 자기주장을 펼치는 것은 그리 어렵지 않을 것이다. 사실 노이만 의장을 비롯해 클라우제너의 영향을 받는 의원들을 써도 된다.

하지만 디트마어는 단순히 클레어의 의견을 의회에 옮길 사람이 아니다. 그는 그 자신의 신념을 위해서 움직일 것이다. 그가 그리는 미래는, 클레어가 알기 때문에 옳다고 믿는 세상의 형태보다 더 가치 있을 것이 틀림없었다.

"그건 그렇고."

클레어는 이번에는 울리히를 돌아보며 말했다.

"경은 무슨 일로 저를 방문하셨나요."

"용서를 청하러 왔습니다."

울리히가 잿빛이 된 안색으로 고개를 깊이 숙였다. 클레어
는 어이없는 웃음을 머금었다. 낯짝이 두꺼우리라는 것은 알고
있었지만, 이렇게 오늘 바로 찾아올 줄은 몰랐다. 중재자 하나
끼지 않고 말이다.

아무리 봐도 디트마어는 중간 다리 역할을 할 만한 성격은
아닌 데다, 지금도 떨떠름한 얼굴을 하고 있었다. 그러니 보나
마나 디트마어가 소개장을 받았다는 것을 알고 억지로 따라붙
었으리라.

"그러실 필요 없습니다, 하비흐 의원님. 옳은 일이라고 생각
해서 말씀하신 것일 텐데요. 설마 신중하게 생각하지 않고, 그
저 눈에 띌 생각으로 일단 아무 말이나 하신 것은 아니겠지요."

할 말이 없어진 울리히가 손수건을 꺼내, 식은땀도 제대로
나지 못한 이마를 닦았다.

"송구스럽습니다. 제가 그런 것은 아니고……."

옳은 일이라고 하면 클레어를 공격한 것이 옳은 일이 되고,
신중하지 않았다고 하면 무능한 사람이 되고 만다. 진퇴양난이
었다.

울리히가 고개를 숙였다. 역시 납작 엎드리는 쪽이 낫겠다
고 생각했기 때문이다.

"공작 부인이시라면 당연히 모두의 앞에서 해명하실 수 있
으리라고 믿었습니다."

클레어가 피식 웃었다.

"뭐, 좋아요. 일이 좋은 방향으로 움직인 것은 사실이니까요."

"감사합니다."

클레어가 한 말이 진짜 칭찬도 아닌데, 울리히는 마치 그녀에게 자신을 인정받은 양 대답했다. 그래서 그 말은 사실이 되고 말았다.

그녀는 헛웃음을 머금었다. 돌려서 비꼬는 것은 당사자가 수치스러워할 때나 통하는 일이다. 이 정도로 뻔뻔하다니, 조금 감탄스러울 지경이었다. 태세를 전환하는 솜씨도 일종의 재능이다.

클레어는 그가 쓸 만하다는 결론을 내리고 웃음기 없는 얼굴로 쳐다보았다.

"의원님께서는 신중함의 미덕을 조금 더 배우시는 게 좋을 것 같군요. 상대를 호화 사치밖에 모르는 여자라고 비난하고, 가르치려 들고서, 그 여자에게서 쉽게 용서받을 수 있다고 생각하면 착각이에요."

"부인께서는 제 말로 인해 수치를 입지 않으셨으니까요. 부인은 사업가이십니다. 그리고 이제 정치가가 되셨지요. 제가 무슨 모욕을 가했든, 부인은 오늘 증인석에서 승리를 거두셨으니 그 가치를 평가하고 계실 겁니다."

"그렇게 보이나요?"

"지옥의 조각상은 언제나 악마를 짓밟고 있는 법입니다. 그게 위엄을 드러내기에 더 나으니까요."

"악마라는 말을 들으려면 노력을 좀 더 하셔야 할 것 같군요."

클레어는 평연하게 대답했다. 그러자 울리히가 빙긋 미소를 지었다. 여유가 돌아온 것을 보니 그녀의 내심이 꽤 움직였다는 것을 알아챈 모양이었다.

결정은 어떻든, 상대가 속내를 알아챘다는 것이 언짢아서 클레어는 떫은 얼굴로 그를 바라보았다.

"의원님이 디트마어 경과 함께 방문하셨다는 것은, 뜻을 함께하기로 마음먹으셨다는 것으로 받아들여도 될까요?"

"저는 승부사입니다, 부인."

울리히가 말했다. 본디 배당률은 위험도가 높을 때 상승하는 법이다. 그리고 지금이 가장 자신의 몸값이 높은 순간이기도 했다. 비록 클레어를 공격하는 방식으로 발언하기는 했으나 그는 결과적으로 의회에서 혼자 노예화를 강력하게 비난한 의원이 되었다.

지금 신문사에서 나오는 모든 호외에 비록 조연이기는 하지만 그의 이름이 실리고 있다. 아마 지난 6년 동안 디트마어의 이름이 언급된 것보다 이번에 그의 이름이 불린 횟수가 더 많을 것이다.

클레어가 그를 뚫어져라 쳐다보았다. 울리히는 저도 모르게 조금 얼굴을 붉혔다. 왜 그렇게 보시느냐는 말이 목구멍까지 올라왔지만 애써 참았다.

"도박사가 돈을 들고 집에 돌아가고 싶다면, 빠질 때를 잘 알아야 하는 법이에요."

"디트마어 경이 아주 신중한 사람입니다."

울리히는 그러니까 그가 자신의 고삐를 잡을 것이라는 의미를 담아 말했다. 클레어는 깍지 낀 손을 다리 위에 내려놓고 쭉 편 몸을 편안히 등받이에 기대었다. 그리고 말했다.

"자신의 한계를 안다면, 보충할 법도 알고 계시겠지요. 의원님의 모욕을 굳이 오래 기억하지는 않겠습니다."

울리히의 얼굴이 밝아졌다. 클레어가 말했다.

"제 비서 후보로 골라 놓은 사람이 몇 명 있는데, 전원 능력도 출중하고 의욕도 있는데, 전부 채용할 수 있는 상황은 아니라서 아깝다고 생각하고 있었답니다. 두 분께 보내 드릴 테니, 긍정적으로 고려해 주세요."

"아, 제 사무실이."

좁고 사람을 쓸 여력이 없다는 말을 하려는 디트마어의 팔을 울리히가 무례할 정도로 급하게 잡고 고개를 숙였다.

"감사합니다. 급히 사람을 구하는 것도 쉬운 일이 아닌데, 공작 부인의 배려에 감사드립니다."

"하비흐 경."

"진짜로 능력 있는 사람은 제 자리를 가지고 오는 법이라오, 람스베르크 경."

좀 더 엄밀하게는, 그 비서가 클레어의 지원을 가지고 올 것이라는 뜻이다. 디트마어가 당황한 얼굴을 했다.

못 알아들었기 때문에 그런 게 아니라, 지원을 받아서는 안된다고 생각했기 때문에 거절하려던 것이다. 그다지 친한 사이도 아닌 울리히가 이렇게 가로막는 게 황당했다. 그러나 울리히는 그가 다시 거절의 말을 뱉기 전에 인사했다.

"그러면 저희는 이만 물러가겠습니다. 안 그래도 람스베르크 경과 의논할 일이 많았습니다."

"그렇게 하세요. 사람은 곧 명함의 주소로 보내겠습니다."

"공작 부인."

클레어는 딱히 읽을 생각도 없으면서 테이블의 신문을 집어 들었다. 이만 나가라는 뜻이었다.

숙녀의 거절은 받아들여야만 하는 법이다. 디트마어는 난처해하면서도 고개를 숙여 인사하고, 울리히에게 팔을 잡힌 채밖으로 나갔다.

'아니, 근데 진짜로 괜찮은데. 계약의 자유를 침해하는 것보다 무임금 노동이 더 나쁘다고 주장했잖아.'

지금은 호명된 로멜 귀족 가문의 이름과 노예 문제 때문에 뒤로 밀렸지만, 울리히의 명성이 높아지면, 당연히 그 주장도 힘을 얻을 것이다. 그런 주장이 통용될 리는 없다고 생각하지만.

'혹시 모르니, 끌어올려 두는 것이 좋을지도 몰라.'

울리히는 체면과 명예욕 때문에 없던 일로 만들지는 못할 것이다.

어찌 보면 저질러 놓고 수습하려는 인생에서 공감대가 느껴졌다. 울리히는 자발적으로 일을 더 크게 벌이려는 타입처럼 보이지도 않았지만. 에리히가 들으면 누가 누굴 지적하느냐고 할 것 같긴 했다.

클레어는 그런 생각을 하다가 문득 그레이가 자신을 가만히 바라보고 있다는 사실을 깨달았다.

"왜?"

"아무것도 아닙니다."

그녀는 자신의 몸짓이 전과 퍽 다르다는 것을 깨닫고 있을까. 그레이는 그런 것을 생각하고 있었다.

가치관이 변한 것은 아니지만, 사고방식의 일부도 달라졌다. 그녀는 예전에는 비판적이었으나 이제는 좀 더 실용적인 의미에서 평가자가 되었고, 내심을 읽히지 않으려고 애쓰게 되었다.

그것이 지위가 달라졌기 때문인지, 사람을 닮아 간 것인지 그레이는 의문을 떠올렸지만, 알고 싶지는 않았다. 그래서 고개를 내젓고 그 화제를 끝냈다.

화제 점령

청문회에서 있었던 일이 수도를 가득 채우고도 넘쳐 그 밖으로 퍼지는 데 사흘이면 충분했다.

신문은 기사를 재생산하면서 갈수록 자극적인 단어를 썼다. 후발 주자인 만큼 판매고를 올리려면 더 눈에 띄어야 하기 때문이다. 에른스트를 비롯해 로멜 유수의 가문이 쉬지 않고 호명되었다.

하루에도 몇 번씩 호외가 나왔다. 주간지이니, 순보라는 이름이 무색했다. 우편업체들은 하루에도 몇 번씩 신문을 다른 지역으로 실어 날랐고, 지역 신문은 그 신문들을 베꼈다.

아편의 해악에 대해 주장하는 디트마어 랍스베르크의 예전 기고문들이 재발굴되었다. 울리히 하비흐는 매일 의사당과 수도의 중앙 광장에서 두 차례씩 연설회를 열었다. 사람들이 뭉게구름처럼 인파를 이루어 그에게 환호를 보냈다.

지금까지 무슨 일이 벌어지고 있는지 명확하게 정리되지 않았을 뿐이지, 아렌인들이 진짜로 모르고 있었던 것이 아니다.

순회 공연단을 따라다니는 약장수의 만병통치약, 연잎 궐련, 아편 덩어리, 도시에서 왔다는 고리대금업자, 로멜의 공단에서 일할 사람을 찾는다는 중개인. 비록 그게 하나로 이어져 있다는 사실을 알아채지 못했을지라도, 머리 위를 짓누르는 그 물망이 있다는 것을 느끼고 있었을 터이다. 자신들이 어망의 고기 같은 존재라는 것도.

신문이 그것을 '노예상'이라고 이름 지음으로써 비로소 실체화되었다. 마치 휴화산 깊은 곳을 쑤시기라도 한 것처럼 한꺼번에 분노가 폭발했다.

사람들은 그래도 먼저 익숙한 방식으로 움직였다. 가장 먼저 시작된 것은 탄원이었다. 자식을 데려간 중개인을 찾아 달라는 탄원부터 약을 먹고 몸을 쓰지 못하게 되었다거나 마을 하나를 통째로 망친 외지의 상인에 대해서까지.

수도에 보낼 탄원서를 쓰려는 사람이 대서소에 끝도 없는 줄을 만들었다. 그럴 여유가 없는 사람은 관청과 영주관의 문 앞에 모여들었다. 의회와 내각이 모두 편지로 뒤덮였다. 황궁조차도 예외는 아니었다.

"미친 자들 아닌가?"

황후의 자비를 청하는 편지의 산을 보며 아우구스타의 시녀 파울라는 분통을 터뜨렸다.

"제 놈들이 절제력이 없어서 싸구려 아편 따위를 처먹고 정신 나간 계약서에 도장을 찍어 놓고는 누구에게 책임져 달라는 거야, 대체!"

"화를 낸다고 무슨 소용이 있겠어요, 파울라 양. 그냥 정리나 해요."

황후의 시녀인 율리아가 그렇게 말하면서 편지 봉투를 뜯었다. 마음 같아서는 그냥 이대로 쓸어다가 화로에 집어넣고 싶었다. 순전히 실용적인 이유로 말이다. 어차피 읽어 봤자 답신하거나 대처해야 할 내용은 하나도 없었다.

그러나 탄원서를 뜯어보지도 않고 불태웠다는 소문이 나게할 수는 없었다. 막내 시녀들은 편지 칼로 봉투를 모두 뜯어 편지를 꺼내 대강 훑어본 다음, 차곡차곡 정리하여 큰 봉투에 넣었다. 결과적으로는 화로에 들어가긴 할 것이다. 만약을 대비해서 반년에서 1년 정도 보관한 다음에 말이다.

파울라가 뾰로통하게 입술을 내밀었다.

"레비 순보인가 하는 곳은 소설을 쓰고 있던데요. 보셨어요? 딸을 잃은 A 씨의 고백인가 뭔가."

"파울라 님도 보셨군요. 전 진짜 그거 보다가 얼마나 울었던지, 아침에 눈에 부기 빼고 나오느라 고생했어요."

하츠펠트 후작의 손녀인 카를라가 눈치 없이 말했다. 파울라는 그녀에게 눈을 흘겼지만, 율리아는 미소만 지었다. 멍청한 동료를 미워할 필요가 어디 있겠는가. 경쟁자가 한 사람이라도 줄어들면 좋은 일이다.

그렇게 생각하면서도 율리아는 한마디 했다.

"무척 인상적인 기사였나 봐요. 파울라 양도 기억하는 걸 보면."

"아니, 저는!"

레비 순보를 보고 있다는 걸 부정하지 못하고 파울라의 얼굴이 새빨갛게 변했다.

"요즘 기사가 하도 난리니까 확인차……!"

"그럼요. 이해해요."

카를라가 끼어들었다.

"기사가 지나치긴 해요. 사연 있는 사람이 있다는 건 알겠지만, 설마 에른스트 공작가에서 그런 일을 할 리 없잖아요?"

"내 말이 그 말이에요. 그러니까 그런 신문사 같은 건 아예 폐쇄해 버려야 해요!"

파울라가 레비 순보를 향해 과장된 적개심을 보이며 말했다. 그때 문이 열리며 황후가 치맛자락을 끌고 들어왔다.

율리아는 황급히 무릎을 구부리며 인사를 올렸다. 황후가 상석에 자리를 잡고, 레나테가 한쪽 무릎을 꿇고 앉아 그녀의 드레스 자락을 모양 좋게 정리했다.

"차를 부탁한다."

아우구스타가 말했다. 그녀의 시녀인 파울라와 카를라는 황후의 허락 없이 한자리에 있을 수 없는 신분이기에 뒷걸음으로 물러 나갔다.

율리아는 그녀들이 남겨 놓은 일 더미를 대충 한쪽에 몰아 밀어 두었다. 그리고 방 한쪽 난로에서 달구어지고 있던 주전자에서 뜨거운 물을 도자기에 옮겨 담아 왔다.

"밖에까지 목소리가 들리던데."

"파울라 양과 카를라 양이 레비 순보를 아주 재미있게 보고 있는 것 같더라고요."

"하."

"기사를 흥미롭게 쓰는 능력이 있긴 하지."

아우구스타가 나직하게 말했다.

추상적인 정치 문제와 복잡한 분석 기사는 비극적인 가정사를 보여 주는 것에 비해 공감을 얻기 어렵기 마련이다. 레비 순보가 시작하고 다른 신문사들이 따라 하게 된, 그 익명의 개인을 주인공으로 삼은 기사들이 아니라면, 청문회의 반향은 지금보다 약했을 것이다.

레나테가 말했다.

"철이 없네요. 카를라 양이나 파울라 양이나. 그 부모는 지금 머리를 싸매고 있는데."

"하츠펠트 후작가도 입장이 난처한가요?"

율리아가 묻자, 레나테가 대답했다.

"그렇지. 아무래도 두 가문 다 애빙던 백작 대부인이 직접 호명했으니까. 우리가 받는 건 탄원서이니까 그나마 다행이지, 그날 언급된 가문들은 상당히 골치 아픈 문제에 휘말렸더라고."

의혹 기사가 제기되거나 담벼락에 페인트로 비난의 말이 적히는 것은 그나마 작은 문제였다. 문제는 가문의 사업이었다. 상당수 사업장에서 공인 길드가 집단행동에 나섰다. 제대로 된 치료소를 세우고, 노예계를 쓰지 않겠다고 약속하라는 것이다. 이 기회를 틈타 지금까지 감히 하지도 못했던 요구들까지 거기에 더했다.

"본인들은 제대로 급료를 받고 있는 주제에 왜 난리인가 몰라."

"해고하지 않으시려나 보지요? 하츠펠트 후작님은 마음이 여리신 편이니까."

"지금 당장 전원을 해고하면 공장을 멈춰야 하잖니."

한 곳만의 문제도 아니었지만, 한 곳만 멈춰도 여파가 다른 곳까지 미칠 게 분명했다.

"그만하거라. 그런 건 지엽적인 문제다."

황후가 손을 내저었다.

상황을 수습할 수 있는 방법은 거의 없었다. 하원은 휴회 상태로 회의장을 다시 열지 못했다. 에른스트 소공작을 증인석에 부르라는 소리가 계속되고 있었으며, 여기에 무어 공작이 이끄는 귀족원의 절반이 참여했기 때문이다.

황후는 에른스트에게 서류 제출을 늦추면서 시간이 지나가기를 기다리라고 지시했다. 그러면서 물밑에서 아렌 귀족과 하나씩 접촉했다. 귀족원이 조용해지고, 하원에서 이 일을 흘려버리면, 여론 따위가 아무리 난리를 쳐 봐야 어쩔 수 없다.

군중은 금방 지친다. 선거권자들은 제 금고에 금화를 채워

주는 것이 누구인지 깨달을 테고, 선거권도 없는 평민들은 정치인의 연설회에서 함성을 지르는 대신 성실하게 일해야 내일의 빵을 살 수 있다는 것을 기억해 내리라.

늘 그래 왔듯이.

디트마어 람스베르크가 연단에 올라도 6년 내내 광장의 절반조차 채우지 못했던 것은 괜한 일이 아니다.

"그러면, 그냥 두실 작정이신가요? 클라우제너 공작 부인이 지원하는 이상, 람스베르크 의원은 멈추지 않을 거예요."

율리아가 말했다. 황후는 냉한 눈으로 그녀를 바라보았다.

"그래서? 뭔가 좋은 생각이라도 있느냐?"

사실 황후는 그게 중요한 일이라고 생각하지 않았지만, 좋은 아이디어가 있다면 거절할 이유도 없었다.

레나테의 눈총이 율리아에게 날아들었다. 선배인 자신을 앞질러서 두각을 드러내려 하는 것이 마음에 들지 않았기 때문이다. 그러나 율리아는 이 기회를 놓칠 생각이 없었다. 난처한 일이 생겼을 때야말로 윗사람의 눈에 들 수 있는 기회가 있는 법이다.

"공작 부인의 추문을 만들 방법을 생각해 보았습니다. 이 사건의 화제가 공작 부인에게서 시작되었으니, 그녀가 얽힌 스캔들보다 효과적인 시선 돌리기는 없을 겁니다."

"유감이지만, 공작 부인의 추문 중에는 쓸 만한 게 없단다."

아우구스타가 대신 대답했다.

"변호사도, 상단주도, 모두 김이 다 빠진 소재야. 게다가 공작이 부인과 별거하고 있다는 건 헛소문이다."

"그러니 사건을 진짜로 만들어야지요."

"진짜로? 실제로 공작 부인을 유혹해서 불륜으로 유도할 작정이야? 성공한다고 해도, 딱히 대단한 성과는 거둘 수 없을 것 같은데. 어차피 또 상대 남자 얼굴이 공작의 초상화랑 나란히 실리면서 비웃음이나 살 테지."

레나테가 빈정거렸다. 율리아는 그녀에게 일부러 빙긋 웃어 보였다.

"상대가 스테판 하인즈여도요?"

"……."

레나테의 안색이 굳어졌다. 율리아는 약간의 승리감을 느꼈다.

"염려 마세요. 타블로이드지를 공작 부인에게서 사들일 방법도 없는데, 그런 시도를 해 봤자 의미가 없으니까요."

"그러면, 어떻게 할 작정이냐?"

황후가 처음으로 관심을 보였다. 율리아는 대담하게 말했다.

"람스베르크 의원과 공작 부인을 추문으로 엮은 다음, 정사를 시키는 게 어떨까요?"

"동반 자살 말이냐?"

"네. 결국 지금 여론을 이끄는 구심점은 람스베르크 의원이에요. 그가 없으면 의회에서 발언할 사람이 없고, 공작 부인이 없으면 언론이 그를 밀어주지 않을 거예요."

율리아가 말했다.

"게다가 지금 이런저런 핑계로 연설회를 해산하고 싶어도, 하원 의원의 연설회는 법으로 강제 해산이 금지되어 있으니까요. 람스베르크 의원만 없으면, 전부 뭉갤 수 있어요."

하지만 그냥 암살하면, 그 자체가 기폭제가 될 수 있다. 그건 너무 위험한 일이었다. 아우구스타가 중얼거렸다.

"확실히. 울리히 하비흐는 매수 가능한 사람이니 혼자 남기면 없는 것이나 다름없지."

"잠깐만요. 클라우제너 공작이 가만있지 않을 텐데요?"

레나테가 황급히 끼어들었다. 율리아가 턱을 들고 말했다.

"공작이 미쳐 날뛴다면 더 좋죠. 아내가 다른 남자와 동반 자살 했다는 확실한 증거처럼 보일 테니까."

"과격하구나."

황후가 그렇게 말하면서도 아랫입술을 쓰다듬으며 생각에 잠겼다. 율리아의 의견을 심사숙고하는 것처럼 보였다.

"하지만 나쁘지 않아. 추진해 보려무나. 레나테, 네가 도와주도록 해."

"……네."

자신이 아니라 율리아가 주가 된다는 사실에 레나테가 굴욕적인 얼굴을 했다.

황후가 이만 물러가라고 고갯짓했다. 두 젊은 시녀 사이에 여전히 불꽃이 튀었으나, 그녀가 신경 쓸 만한 일은 아니었다.

시녀들이 물러가고, 혼자 남은 아우구스타가 염려스러운 얼굴로 황후를 바라보았다. 황후는 몸을 젖혀 등받이에 기댄 채 피로한 얼굴로 손수 차를 따랐다.

"진짜로 저 애들에게 그런 일을 맡길 작정이십니까?"

"잘 해낸다면 좋고, 그러지 못해도 상관없어. 눈가림 정도는 될 테지."

그녀의 말뜻을 알아듣고 아우구스타가 긴장했다.

"다른 일을 할 생각이시군요."

"율리아의 말을 들으니, 내가 정신이 번쩍 나는군. 그동안 타성에 젖은 것처럼 안이하게 굴긴 했지."

황후가 미지근한 찻잔을 만지며 말했다.

"진짜로 제거해야 할 것은 지엽적인 문제가 아니라 기반인데 말이야."

그녀는 흥얼거리듯 말했다.

클레어 델포드가 쥐고 있는 가장 강력한 힘은 본래 공작의 것이며, 내각이 가진 통치 권한의 본 주인은 황제다.

수도에서 가장 넓은 공간인 중앙 광장에 사람이 가득 차 넘쳐 흐르다 못해 인근 도로까지 꽉 메우고 있었다. 연단 위에서 울리히가 주먹을 불끈 쥐었다. 그러자 함성이 울려 퍼졌다.

와아아아……!

그 함성은 연단 주위에서 시작해서 마치 파도를 타듯 광장 끝까지 번지고, 이내 길 쪽으로도 퍼졌다. 아마 끝에서는 연사의 목소리가 잘 들리지도 않을 것이다. 그런데도 사람들은 여기 나와서 머릿수를 보탰다.

그 바깥으로 경시청에서 나온 경찰들이 불안한 얼굴로 서성거리고 있었다.

클레어는 그 광경을 중앙 광장에서 가장 높은 건물의 최상층에서 내려다보았다. 물론 이것도 클라우제너 공작가의 부동산이었다.

"명당이네, 명당."

"명당……이요?"

"아, 좋은 자리라는 뜻이야."

고개를 갸웃거리며 묻는 요안나에게 클레어는 그렇게 말했다.

한 번쯤 와 보긴 해야겠다고 생각했지만, 인파 때문에 엄두가 나지 않았다. 마차를 가지고 나온다고 해도, 광장에 들어서는 순간 앗 하고 휩쓸릴 것이다. 그렇다고 걸어서 올 수는 없었다.

그녀는 이제 안전 문제에 있어서는 막시밀리안의 말을 절대로 어기지 않았다. 그가 요구하는 수의 호위를 거느리고 가면 클라우제너 공작 부인이 행차했다는 것을 숨길 수가 없다.

그것도 힘을 보태 주는 일이기는 할 것이다. 하지만 디트마어는 그러지 않기를 바랐다.

'에른스트를 클라우제너로 바꾸는 게 부인의 바람은 아니시리라고 믿습니다.'

선 잘 긋는 게 참 마음에 들고 섭섭했다. 하지만 좋은 일이다.

"자리가 좋긴 하군. 건물을 망치면서까지 기계를 설치해서 높은 곳에 오르내릴 필요가 있나 싶었는데."

무어 공작이 말했다. 클레어가 방긋 웃었다.

"사람 구경을 하는 것도 좋지만, 자신이 무슨 일을 하고 있는지 아는 것도 좋으니까요."

"남작은 내가 그것도 모르고 있으리라고 생각하는가?"

"하원 의원에게 힘을 보태 주시는 것도 좋고요. 아무래도 저 혼자만으로는 이래저래 말이 나올 가능성도 있어서요."

"말이 나올 가능성?"

"타블로이드지에서 줄곧 제 스캔들로 장난을 쳤으니까요. 저는 뭐, 이미 버린 몸이지만 디트마어 경한테 흠을 만들기는 좀 그래요."

그 말에 무어 공작이 엷은 웃음을 띠고 짧게 말했다.

"자업자득이지."

"로멜 귀족다운 게 뭐 어떻다 저떻다 해도, 제가 보기엔 솔직히 다 똑같아요."

"무슨 뜻인가?"

"방금 같은 이야기를 하면, 제 남편도 분명히 똑같이 말했을 것 같거든요."

물론 무어 공작이 가볍게 농담으로 말한 것과 달리 에리히는 본심을 숨기고 했을 것이다. 밤에 좀 여러 의미로 싸울 거고.

무어 공작이 찻잔을 들었다.

"사실 혈통으로 따졌을 때 그리 차이 나지 않는 게 사실이기도 하지. 남작도 그럴 텐데."

"네. 저희 증조모님도 로멜 귀족 출신이긴 하시죠."

귀족 계급은 그 숫자가 많지 않다. 과거에는 그 안에서도 가문의 작위와 세력을 따져 계급을 나누었으니, 근친혼을 피하려면 필연적으로 지역적 거리가 있는 가문과 피를 섞을 수밖에 없다. 통혼 가능한 가문이 제한적이었던 왕가와 지배 가문들은 더욱 그러했다.

그러니 로멜 우월주의는 우스운 것이다. 로멜 귀족과 아렌 귀족의 차이보다 그냥 귀족과 평민의 차이가 더 크다. 그리고 이제는 그것보다 글을 읽고 쓸 만큼 교육을 받았느냐 아니냐의 차이가 더 클 게 틀림없었다.

클레어는 그걸 생각하며 짧게 한숨을 내쉬었다.

"증인이 되어 주셨으면 좋겠다는 생각도 하고요."

"증인? 람스베르크 의원을 만나는 것 말고도 또 다른 일이 있는 모양이지?"

마침 말이 끝나기도 전에 비서가 방문객이 있음을 알렸다. 리나였다. 클레어는 자리에서 일어서서 그녀에게 다가갔다.

"어서 와요, 리나 양."

"클레어 님!"

리나가 환한 얼굴로 달려와 클레어를 포옹했다.

"그동안 잘 지냈어요? 어디 봐요. 그냥 봐도 잘 지낸 것처럼 보이네. 오늘도 예쁘고."

"제가 잘 지내지 못할 이유가 어디 있겠어요? 클레어 님이야말로 그사이에 큰일을 겪으셔서……."

리나는 연분홍색 데이 드레스를 입고, 귀와 목, 손에 모두 큼직한 나비 모양 다이아몬드를 달고 있었다. 꽃 위에 나비가 앉은 듯했다.

예쁘기도 예뻤지만, 모델로서의 역할에도 충실한 모습이었다. 클레어는 쉽게 접근 가능한 가격대의 나비 모양 귀걸이가 있는지를 생각하다가, 일단 자신도 하나 장만해야겠다는 생각을 했다.

"우선 인사부터 드려요. 무어 공작 각하, 이쪽은 리나 슈나이더 양이에요."

"만나 뵙게 되어 영광입니다. 슈나이더 가문의 리나입니다."

리나가 무릎을 구부리며 인사를 올렸다. 무어 공작은 살짝 미간에 힘을 준 채 그 인사를 받았다.

"만나서 반갑군."

지금 슈나이더 백작가에 대한 감정이 좋을 리 없었다.

리나에 대한 사연은 이미 들어서 알고 있다. 리나가 최근 몇 달 사이에야 진짜 부모를 찾아 백작가에 들어갔으며, 그녀도 피해자인 것. 슈나이더 백작도 피해자에 가깝다. 적어도 그는 에른스트나 하츠펠트처럼 뻔뻔스럽게 굴지 않았다. 그럼에도 불구하고 슈나이더 백작가의 살롱에서 시작된 일이 너무 많았다.

무어 공작의 태도는 무뚝뚝했지만, 리나는 그리 신경 쓰지 않았다. 이리스의 일을 겪고, 부친인 백작을 만나면서 오히려 그녀 안에서 귀족에 대한 경외는 싹 씻겨 내려갔다. 클레어가 특별한 것은 그녀가 클레어이기 때문이지, 남작이기 때문도, 공작 부인이기 때문도 아니다.

클레어가 그녀의 손을 잡아 곁에 앉혔다.

"그사이에 벌써 활약하게 되었더라고요."

"활약이라니요. 대성당의 소프라노 자리는 클레어 님이 만들어 주신 것인데요."

"지난달에 드디어 주역으로 무대에 섰다고 들었어요. 강변에 새로 개장한 오페라 하우스라면서요?"

"화제성 노리고 그런 거예요. 사실 기쁘긴 했지만요. 클레어 님이야말로 여행은 잘 다녀오셨어요? 엘리엇 님도 뵙고 싶었는데."

"조만간 돌아올 테니까요. 난 청문회 때문에 급하게 온 거라."

가벼운 대화를 나누고 있는데, 세 번째 손님이 왔다. 디트마어 람스베르크였다. 피곤할 텐데도 전에 만났을 때보다 안색이 나았다. 헌칠한 키에 비해 구부정했던 어깨가 쫙 펴진 것 같았다.

"안녕하십니까, 클라우제너 공작 부인?"

그가 먼저 클레어에게 인사했다. 그는 이런 점에서 로멜 귀족스러운 물을 다 빼지는 못했다. 무어 공작을 모를 리가 없는데, 소개가 없기 때문에 인사하지 않은 것이다.

클레어는 우선 무어 공작과 리나를 그에게 소개했다. 슈나이더 백작 영애라는 말에 디트마어는 놀라는 것 같았다.

"그러시군요. 제가 그런 쪽에는 문외한이라, 영애의 소문은 자주 들었지만 용모를 알지는 못했습니다."

"이거 좀 실망인데요? 음악에는 관심 없어도, 제가 광고를 얼마나 뿌렸는데."

클레어가 생글거리며 말하자 디트마어가 민망한 듯 약간 얼굴을 붉혔다. 무어 공작이 말했다.

"이제 뜸은 그만 들이고, 이야기를 하지, 남작. 나에게 증인이 되어 달라고 할 정도의 일이라면, 가벼운 문제가 아닐 것 같은데."

"리나 양."

클레어가 리나에게 눈짓했다. 리나가 옆에 내려놓았던 가죽 가방을 테이블 위로 올렸다.

"이건 슈나이더 백작저에서 나온 장부예요. 카탸 슈나이더가 남겨 놓은 것이지요."

"아."

"실은 안주인의 침실을 이번에 뜯었거든요. 아버지가 정리하기 괴롭다고 방치하고 계셨어요."

이번 사건이 터진 뒤에, 정말로 외면할 수가 없게 된 슈나이더 백작은 자기 눈앞에서 침실의 가구를 모두 들어내어 뜯게 했다.

약장에 있던 병을 조사한 결과, 강도별로 분류된 진정제가 그냥 거기에 있었다. 장부는 옷장과 서랍장, 침대로 나뉘어 비밀 공간에 들어 있었다.

"아예 이 장부를 넣고 못질을 해서 꺼내지 못하게 만들었더라고요. 실은 그사이에 도둑이 몇 번이나 들었는데, 그래서 찾지 못한 모양이에요. 가구 자체를 박살 냈더니 나온 거거든요."

리나가 가방을 열어 보여 주었다. 몇 년간 쌓인 장부는 몇 권이나 되었다.

"대충 훑어봤는데, 공급처에 대한 이야기는 없어요. 하지만 물건을 받아 온 날짜와 금액으로 추정되는 건 있어요."

"구매자도 확인할 수 있습니까?"

"네. 특히…… '진정제'를 확인할 수 있어요."

리나가 대답하면서 클레어를 바라보았다.

"클레어 님의 약혼 파티 날에 대한 기록은 없어요. 이건 모두 반년 이상 전의 장부거든요."

"최신 장부는 직접 쓰고 있었을 테니까, 벌써 도둑이 훔쳐 가든가 했겠지요."

클레어가 엄지와 검지를 맞대 문지르며 말했다.

"하지만 내가 갖고 있는 토마스 보르얀스의 장부와 합치면 꽤 재미있는 결과가 나올 것 같군요."

"아버지는 이걸 귀족원에 제출하려고 했어요. 하지만 저는 이걸 클레어 님에게 드리는 게 옳다고 생각해서요."

"귀족원에서는 묵살당할 가능성이 높습니다. 여러 가문의 치부가 들어 있을 테니까요."

디트마어가 무겁게 대답했다. 무어 공작은 그 말을 부정할 수 없었다. 클레어가 말했다.

"디트마어 경이 가져가세요."

"제가, 말입니까?"

디트마어가 놀란 얼굴로 되물었다. 이 장부에 황후의 '진정
제'에 대한 기록이 들어 있다면, 그것은 단순히 약 문제가 아니
다. 요컨대, 카탸 슈나이더가 직접 행했거나 암살범에게 도구
를 공급한 것에 대한 기록을 확인할 수 있다.

황후 자신이 직접 손을 더럽힌 것에 대한 증거는 아닐 것이
다. 하지만 그래도, 수많은 귀족에게 치명적일 것이다. 어쩌면
클라우제너나 델포드에도 연관된 자가 있을 수 있다. 공작은
이런 일에 전혀 손을 담그지 않았다기에는 너무 고위 귀족이었
다. 클레어 자신은 결백할지라도, 친인척과 가신까지 모두 그
러리라는 법은 없었다.

그런데 그것을 이렇게 아무렇지도 않게 자신에게 내주다니.

클레어가 말했다.

"나는 찔리는 게 없어요. 내 남편도 그럴 거고요. 이 안에 만
일에 그 사람의 약점이 될 만한 게 적혀 있더라도 나는 덮을 생
각 없어요."

"부인의 약점이 거기에 실려 있지 않더라도, 남에게 주실 만
한 물건은 아닙니다. 가문을 위해 아주 유용하게 쓰실 수 있을
겁니다."

클레어가 만일에 그 장부를 숨겨 가지고 있었다면 디트마어
는 굳이 이렇게 말하지 않았을 것이다. 오히려 그 장부를 공개
해야 한다고 그녀를 공격했으리라. 하지만 클레어는 망설임 없

이 말했다.

"그러니까 내 손을 거치지 않고 바로 경에게 주는 거예요. 나는 아마 내 이득 때문에 그걸 쓰고 싶어질 테니까요."

디트마어가 조금 당황한 얼굴로 클레어를 바라보았다. 클레어는 약간 얼굴을 붉게 물들이고 말했다.

"악용될 소지는 아예 차단하는 게 낫잖아요. 그게 그렇게 이상한가요?"

"아닙니다. 부인처럼 생각하시는 분은 별로 없으니까요. 감사합니다. 신뢰에 꼭 보답하도록 하겠습니다."

그가 뭔가를 삼키듯 목을 한 번 울렸다. 그리고 장부를 끌어당기며 퍽 부드러워진 얼굴로 말했다.

"리나 양은 이 장부의 출처에 대해서 증언해 주실 수 있으십니까?"

"클레어 님이 그걸 원하신다면요. 의원님이 부르신다면, 아버지도 언제든 의회에 출석하실 거고요. 슈나이더는 슈나이더의 이름으로 저질러진 일에 책임질 작정입니다."

"알겠습니다. 필요한 일이 생기면 백작님 쪽으로 연락드리겠습니다."

디트마어가 말했다. 클레어는 뒤를 돌아보았다.

"막시밀리안, 디트마어 경에게 호위를 붙여 주세요."

"아니, 저는……."

"필요하다고 생각해요. 꼭 그 장부만이 아니더라도, 이제는 경을 죽여서라도 상황을 무마하고 싶은 사람이 생겼을 테니까."

디트마어는 이번에도 난처한 얼굴을 했다. 클레어는 전에도 그에게 호위를 붙여 주겠다는 제안을 했고, 디트마어는 거절했었다.

하지만 이 정도의 신뢰를 받고서도 거절할 수는 없었다. 게다가 장부 문제를 생각하면 위험성은 훨씬 늘어났다. 그는 말없이 고개를 숙여 클레어의 뜻을 받아들였다. 그리고 먼저 자리에서 일어섰다.

디트마어가 나가고 나자 무어 공작이 말했다.

"결국 남작의 뜻을 관철시켰군."

클레어는 의아하게 무어 공작을 바라보았다. 무어 공작은 적절한 무표정을 유지한 채 말했다.

"호위를 붙여 준다는 건 반대로 언제든 강제력을 행사할 수 있다는 뜻이 아닌가. 람스베르크 의원 같은 사람은 행동이 제약될 가능성을 늘 우려하고 있을 텐데."

"하지만 진짜로 필요하니까요. 디트마어 경이 암살이라도 당하면, 진짜로 물리적 충돌이 일어날지도 모르잖아요."

클레어는 한층 여유로워진 기분으로 차를 한 모금 마셨다. 얼음이 없는 게 아쉬웠다.

리나와 함께 공작저에 돌아오자 편지가 기다리고 있었다. 봉투를 건네주는 요안나의 입가에 웃음이 걸려 있었다.

고개를 갸웃거리며 그 봉투를 받아 든 클레어는 요안나와 똑같이 웃지 않을 수 없었다. 봉투에 적힌 '에리히'라는 서명 아래 삐뚤빼뚤 써 놓은 '엘리엇'이라는 글자가 있었다. 그것을 옆에서 들여다보고 리나도 웃었다.

"엘리엇 님이 이제 철자 쓰기를 배우고 계신가 봐요."

"자기 이름자 정도만요. 읽는 법은 꽤 익힌 것처럼 보이는데……. 좋아하는 책은 아예 외운 것 같기도 하고요."

"동화책을 좋아하시니까요."

클레어는 편지 칼을 가져다가 봉투를 뜯었다. 어쩐지 얇더라니, 안에는 편지지가 딱 두 장 들어 있었다. 한 장에는 에리히의 필체로.

『자업자득.』

딱 그것만 적혀 있었다. 글씨체가 아름다워서 더 열 받았다. 클레어는 대체 지난번에 자신이 편지에 무슨 내용을 적었는지 다시 생각해 봐야 했다.

그러고 보니 불평불만만 적었던 것 같기도 했다. 좀 더 냉정하게 생각해 보면, 그 불만 중에 대부분이 자기가 벌인 일의 결과인 것도 사실이었다.

"와, 그래도 이렇게?"

"뭐, 안 좋은 소식이라도 있으세요?"

리나가 염려스럽게 물었다. 클레어는 투덜거렸다.

"그런 건 아니고요. 기어이 꼭 이런 걸로 시비를 건다니까요, 이 사람은. 어차피 내일 다시 오겠죠."

별 쓰잘 데 없는, 시시콜콜한 소리가 적힌 두툼한 편지가 다시 올 게 분명했다. 에리히와 자신 중에 누가 말이 많으냐면, 확실히 에리히 쪽이라고 클레어는 생각하고 있었다.

"보통은 하루 이틀 사이를 두고 보낸 편지는 같이 도착하지 않나요? 아, 우편 업체를 이용하시는 게 아니라서 그런가요?"

"심부름꾼에게 하루 간격으로 갖다 주라고 말하는 것 같아요."

설마 매일 전령을 출발시키지는 않을 테니 말이다. 아니, 그럴지도 모르는 일이긴 했다.

리나가 입가에 손을 대고 웃었다. 화를 내는 클레어의 얼굴이 퍽 사랑스러워 보여서, 그 마음속에 있는 것이 짐작되었기 때문이다.

"다른 한 장은 뭔가요?"

"아, 이거."

클레어가 두 번째 편지를 펼쳤다. 그것은 엘리엇이 쓴 것이었다.

「ㄴ·ㅏ, 보고 싶·ㅓ요」

그것도 삐뚤어진 글씨였다. 그래도 봉투에 쓰여 있는 이름은 썼다고 할 만한 것이었는데, 이것은 누가 써 준 것을 보고 따라 그린 게 분명했다.

밑에는 개구리와 파란 단추가 그려져 있었다. 엘리엇 자신을 그린 듯한 아이의 한 손을 갈고리 손의 선장님이 잡고 있는 그림도 있었다.

"어머. 귀여우셔라."

옆에서 들여다본 리나가 함박웃음을 머금었다.

"그런데 손을 잡고 있는 게 공작님이 아니네요?"

"서운해서 몰래 운 거 아닌가 몰라."

클레어는 웃음을 터뜨릴 뻔했다. 리나가 그녀를 따라 웃었다.

"잠깐 이것 좀 갖다 놓고 올게요. 요안나, 차 좀 부탁해."

"네."

"아, 제가."

"둘이서 인사하고 있어요."

클레어는 그렇게 말하고 편지를 들고 잠시 서재 쪽으로 갔다. 그리고 서랍을 열어, 기념할 만한 엘리엇의 편지를 잘 보관했다. 이게 세 장째였다.

에리히 것은 잠깐 고민했다.

'화로에 넣을까?'

본 용건도 아니고 속 긁자고 보낸 소린데.

아니. 분명히 나중에 싸울 때 보탬이 될 것 같으니 차곡차곡 접어 그의 편지를 쌓아 두는 편지함에 던져 넣었다. 그리고 오늘 리나를 만난 가장 중요한 용건을 찾아서 다시 거실로 나갔다.

요안나와 리나는 미묘한 신경전을 하고 있다가 클레어를 보고 자리에서 일어섰다. 클레어는 의아하게 두 사람을 바라보았다.

"왜 그래요?"

"블룸 남작가에 관한 이야기를 듣고 있었어요. 블룸 남작님은 대단한 분이신 것 같아서요."

리나가 사르르 웃으며 말했다. 요안나가 그녀와 똑같이 웃는 얼굴로 말했다.

"슈나이더 백작 영애야말로, 오페라 극장에서 클레어 님을 구해 주셨다면서요. 대단하세요."

클레어는 공평하게 양쪽에게 웃어 주었다.

클레어는 서재에서 가지고 나온 서류 봉투를 리나에게 건네주며 말했다.

"사실 부탁하고 싶은 게 하나 있어요."

"클레어 님이 원하시는 일이라면 무엇이든 도와드려야지요. 그런데 이건⋯⋯ 극본이네요? 극작가를 후원하시게 되었나요?"

리나는 안에 들어 있는 원고 뭉치를 보고 의외라는 표정을 지었다.

"그건 아니고, 좀 필요한 일이 있어서 케이시 쪽으로 건너 건너 의뢰한 초고예요. 원래 극작가였던 분이 아니라고 들어서, 진짜로 무대에 올리려면 손이 좀 갈 거예요."

"오페라 하우스에 올릴까요?"

리나는 원고를 훑어 읽으며 물었다. 극본은 통속적이라기보다는 고전적이었다. 암행을 나간 왕자가 평민 소녀와 사랑에 빠졌지만, 왕의 반대에 부딪혔다는 내용이다. 엔딩은 세 갈래로 나뉘어 있었으며, 그중 하나는 비극이었다.

클레어는 손사래를 쳤다.

"오페라 하우스라뇨. 그럴 정도의 작품이 아니죠."

"클레어 님이 원하시면 당연히 해야죠. 할 수 있어요. 슈나이더가 영향력을 발휘할 수 있는 유일한 분야니까."

"너무 눈에 띄는 것도 곤란하고요. 내가 원하는 건, 나중을 대비해서 사람들 마음에 동정심을 심는 것이거든요."

이게 실제로 효과가 있을지 어떨지 클레어로서도 확신할 수 없었다. 미디어가 여론에 미치는 영향은 의심할 게 없지만, 이 시대의 연극과 악극도 과연 그럴까.

하지만 해 둬서 나쁠 것도 없다.

"극작가가 노출되는 걸 원하는 사람도 아니고, 길거리 공연이나 천막 극단에서 시작했으면 좋겠어요. 끝부분은 각자 원하는 대로 해서……. 그게 오페라 하우스까지 올라올 수 있다면 더할 나위 없겠죠."

"아하, 그렇다면 이건 진짜로 제가 적임이네요. 오페라 극장이 망하면서 아는 사람들이 여기저기로 흩어졌거든요."

"출처 모를 극본으로 만들 수 있겠어요?"

"염려 마세요. 극본에 손대고 싶은 사람도 많이 있을 것 같으니까요."

리나가 눈을 반짝거렸다.

그녀가 놓친 것들

클레어는 자신이 에리히를 참아 주고 있다고 생각했지만, 에리히 입장에서 보자면 그가 참고 있는 것이었다.

아무리 그래도 그렇지. 신혼여행 중에 급한 일로 돌아간 여자의 편지에 자기 이야기는 한마디도 없고, 일 아니면 온통 다른 남자에 대한 이야기뿐이었다.

아니, 일이 중요하긴 했다. 게다가 정치든 사업이든 일이 커질수록 관련자가 대부분 남자일 수밖에 없는 게 현실이었다. 차라리 혈통에 따른 상속이 우선인 귀족원이라면 모를까, 하원에 여자가 입성하려면 아직도 멀었다.

그는 특별히 세상의 대세에 저항할 이유도 없고, 그럴 마음도 없는 사람이었으나 복잡한 생각이 들었다.

결국에는 올 미래라지만, 아직 보통 선거조차…….

'……?'

얼핏 떠올린 단어들에 그는 의문을 느끼고 고개를 들었다.

평범한 오후였다. 호텔에 간단히 꾸며 놓은 서재는 익숙한 형태였고, 그는 편지를 네 장째 쓰고 있었다.

비서가 자리를 비웠기에 혼자 있었다. 아이가 낮잠을 자는 시간인 덕인지 정적이 흘렀다. 에리히는 문득 햇살 사이로 아름답게 조각된 목재 창틀이 만드는 그림자를 느꼈다.

위화감이 들었다.

하지만 그는 곧 그것을 잊었다. 다른 곳에서 들은 적 없는 낯선 단어들은 아마도 클레어가 마음대로 만들어 쓰는 말이 기억에 남은 것이리라. 그녀가 쓰는 단어는 종종 이상했고, 물어봐도 제대로 설명하는 법이 없기 때문에 에리히는 그냥 흘려 넘기는 습관이 들었다. 마구잡이로 만드는 말이라기에는 그중 여러 가지가 납득할 만한 조어였기에, 뜻을 짐작하기 어려운 경우는 거의 없었기도 하고.

그는 쓰던 흐름이 멈춘 편지를 잠시 내려다보았다. 그리고 표정을 구겼다. 쓸 만한 자를 찾은 것도 다행이고, 신뢰할 만한 자를 찾은 것은 더 다행이었다. 그러나.

'존경할 만한 상대란 말이지.'

에리히는 속으로 혼자서 중얼거렸다. 이 정도의 존중은 틀림없이 자신도 받지 못하고 있을 게 분명했다.

클레어가 듣는다면, 그가 며칠 전에 써 보낸 것과 똑같은 내용을 한 줄 적어 보냈으리라.

『차업자득.』

　젠장. 그는 자신이 좀스럽게 굴고 있다는 사실을 자각하고 있었다.

　하지만 비슷한 내용의 편지가 두 통째였다. 수도의 정치 상황에 대해서, 지금으로서는 디트마어와 올리히 이야기를 빼놓고 말할 수 없다는 것은 잘 알고 있다. 다른 루트로 쏟아지는 정보도 온통 그 둘이 점령하고 있었다.

　그래도 신경 쓰이는 건 신경 쓰이는 거였다. 클레어가 언제 누군가를 존경하는 마음으로 본 적이 있단 말인가? 스승인 밀러 교수에 대한 인평조차도 '존경할 만한 분이죠'라고 하긴 하겠지만, 그 앞에는 '학식이'라는 말이 괄호와 함께 들어갈 게 분명했다.

　자신더러 거만하다고 그러지만, 사실 진짜 거만한 것은 클레어 쪽이다.

　냉정을 되찾고 다시 읽어 보자 써 놓은 편지가 점입가경이었다. 어제저녁에 엘리엇이 철자를 전부 외우는 데 성공했다거나, 또 배 그림을 다섯 장이나 그렸다거나, 지금 커프스 링크를 짝짝이로 달고 있다는 이야기 같은 것밖에 없었다. 커프스 링크 한쪽은 엘리엇이 갖고 가 버렸기 때문이다.

　그런 내용이 벌써 네 장이나 되는 것은 자신의 탓이 아니다. 얄미운 아내는 개인적인 이야기는 모두 시시하다고 생각하는 사람처럼 굴었으나, 그는 아이를 데리고 있지 않은가. 하루의 중심이 아이가 되어, 모든 말이 시시콜콜한 것처럼 보이는 것은 필연이었다.

무표정을 유지한 채 그는 뺨을 한 번 쓸어내렸다. 그냥 버리고 짧게 안부만 전하는 것으로 할까 생각했을 때였다.

비서가 문을 두드렸다.

"각하. 람스베르크 백작이 도착했습니다."

"응접실로 안내해."

에리히는 대답하고 나서, 쓰다 만 편지를 접어 문서철에 끼워 놓았다. 이걸 보낼지 말지는 좀 생각해 봐야겠다.

하인 하나만 거느리고 온 람스베르크 백작은 호텔의 작은 응접실에서 긴장을 전부 풀지 못한 채 주먹을 쥐었다 폈다 했다.

람스베르크는 로멜의 백작가 중에서도 꽤 입지가 좋은 편이었다. 전통이 있었고, 본래부터 좋은 토지를 갖고 있었다. 황후가 로멜 전역에서 사업을 일으킨 덕에 반사 이익을 얻어, 아무것도 하지 않아도 지리적 이점으로 수입이 상승하고 있었다.

하지만 백작은 자신이 범용한 사람이라는 사실을 알고 있었다. 그의 삶에서 가장 굴곡진 일은 아들이었다.

한때는 영특한 아들을 둔 것이 백작의 자랑거리였다. 지배 가문에 가신으로 들어가거나, 상속받을 것이 없는 하급 귀족의 아들들처럼 제 앞길을 제가 뚫어야 하는 것도 아닌데 교육에 정성을 들인 것은 그 때문이었다.

그 결과, 오히려 아들은 점점 그가 인정할 수 없는 말을 하더니 결국 가문과 절연해 버렸다.

'그냥 하원 의원 노릇을 하겠다면 그것까지는 그냥 두고 보려고 했는데.'

람스베르크 백작은 피를 토하는 심정으로 그렇게 생각했다.

거기까지는 괜찮다. 하원 의원도, 내각의 구성원도. 그것은 귀족들조차도 충분히 존중하는 명예로운 자리다.

처음 절연장을 받았을 때는 불효자식 놈이라고 길길이 날뛰며 유언장을 고쳐 쓰고, 가계도에서 이름을 빼 버리라고 고래고래 고함을 질렀다. 그러나 진짜로 제힘으로 하원 의원이 되었을 때는 남몰래 기뻐하며 혼자서 축배를 들기도 했다.

하지만 지금은 도를 지나쳤다. 람스베르크 백작은 청문회에서 디트마어가 일어섰다는 이야기를 들었을 때부터 불편한 기분이었는데, 이제는 결국 클라우제너 공작의 호출까지 받고 말았다.

오래 기다리지 않아 공작이 나왔다. 람스베르크 백작은 자리에서 일어섰다.

"오랜만에 뵙습니다, 클라우제너 공작 각하."

"그렇게 오래되지 않았네. 결혼식에 참석해 주었던 것으로 기억하는데."

"아, 절 보셨군요. 따로 인사를 드리지 않았고, 피로연에도 참석하지 않았는데 감사합니다."

"인사는 내가 해야지. 먼 길에, 썩 화려한 장소도 아닌데 초대에 응해 주어서 고맙네."

"그것도 제가 감사드려야 할 일입니다. 알트마이어 백작 대부인께서 십수 년 만에 사교 모임을 여시는데, 당연히 기회가 있다면 참석해야지요."

람스베르크 백작은 정치적인 이야기가 되지 않도록 조심스럽게 말했다.

"백작에게 보낸 편지에 착오가 있었던 것 같군. 연회는 내가 여는 것이라네. 레이디 엘레나가 내 아들을 맡아 주기로 하셨거든."

"아, 그러셨군요."

"작고 가족적인 모임이지만, 인사할 만한 사람이 모자라지는 않을 거야. 아렌 공왕께서도 여기에 계신다네."

람스베르크 백작은 난처해졌다. 전 같으면 만날 기회가 흔치 않은 사람을 사귀게 된 것이 기뻤을 터이다. 그러나 지금은, 언급되는 모든 사람이 다 아들이 저지르는 일에 얽혀 있는 것만 같았다.

어찌 보면 틀린 말도 아니었다. 아렌 공왕은 아렌의 상징이었고, 알트마이어는 아마도 에른스트와 적일 것이며, 클라우제너는 공작 부인이 청문회에 섰다.

사실 클라우제너와 에른스트 같은 거대한 가문이 얽힌 이상, 로멜 귀족이라면 그 누구도 이 일에서 완전히 발을 뺄 수가 없다. 심지어 슈나이더처럼 오로지 예술 쪽에만 관심을 갖고 있던 가문조차 연루된 상태다.

람스베르크 자신은 아들 문제만 제외하면 결백하다고 생각했으나, 제 아들이 따지는 방식대로라면 하인은 물론 소작농까지 전부 조사해서 확인하기 전까지는 이 일에 아무런 연관도 없다고 말할 수가 없었다.

람스베르크 백작은 무표정한 공작의 심경을 짚어 낼 길이 없었다. 공작 부인과 아렌, 알트마이어를 이어서 생각해 보면 이 자리는 에른스트와 황후를 적대하는 사람들만 모인 것 같기도 하다.

이게 진짜 사적인 자리라면, 그렇게 가까운 사이가 아닌 자신을 불러 줄 이유가 없다. 그러나 공작은 공작 부인을 방치하고 있고, 아렌 공왕은 오랫동안 칩거한 상태였으며, 알트마이어 백작 대부인은 아이를 맡기 위해 나선 것뿐이다. 그렇게 생각하면, 진짜로 사적인 모임이다.

그때였다. 금발 머리에 사랑스러운 소년이 문을 쾅 열고 안으로 우다다 달려 들어왔다.

"아빠! 아빠! 아빠아빠아빠아!"

에리히의 얼굴이 찌푸려졌다.

"엘리엇, 예의는?"

"어."

"함부로 소리를 지르면서 복도를 달리고, 응접실로 뛰어드는 것은 어떤 사람이지?"

"우……."

무릎에 매달렸는데 안아 주기는커녕 엘리엇이 들어 본 적도 없는 차가운 목소리였다. 엘리엇은 금세 울상이 되었다. 람스베르크 백작이 당황하며 말했다.

"아니, 저는 괜찮습니다."

"백작이 괜찮은지 아닌지는 문제가 아니오."

에리히가 말했다.

"대답은?"

"우…… 응……. 쓰레기요."

엘리엇이 커다란 눈동자에 눈물을 그렁그렁 담고 대답했다.

에리히는 말을 잃었다. 예의 없는 사람이라거나 신사가 아니라거나 착한 어린이가 아니라는 대답을 할 줄 알았는데.

'클레어!!'

그는 마음속으로 버럭 소리를 질렀다. 엘리엇이 이 말버릇을 누구에게서 배웠는지는 명백했다. 아이가 배우니까 말조심하라고 몇 번이나 주의를 주었던가. 그래 가지고 여태까지 착하게 키워 온 게 놀라웠다.

클레어가 들으면 또 한판 싸울 것이다. 에리히와 같이 살기 전에는 자신의 언어생활도 훨씬 고상했을 거라면서 말이다.

단둘이 있을 때 입이 느슨하고 가벼워지는 것은 어쩔 수 없었다. 싸우는 것도 그렇고, 엘리엇이 그 모습을 보지 못하도록 신경을 썼지만, 노력이 충분하지 못했던 모양이다.

도대체 왜 가르치려고 애쓴 것보다 가르치지 않은 것을 더 빨리 배우는 것인가.

"후."

에리히는 한숨을 내쉬었다. 람스베르크 백작이 몸 둘 바를 몰라 했다.

엘리엇은 에리히가 왜 한숨을 내쉬는지도 모르면서 그의 소맷자락을 잡고 무작정 용서를 구했다. 아빠한테 혼나는 일은 정말로 드물어서 서러웠다.

"잘못했어요."

그 얼굴을 보니 또 안쓰러웠다. 클레어가 없다고 불쌍해서 너무 어리광을 받아 준 것 같아서, 엄하게 하자니 또 자신이 지나친 건가 싶었다. 클레어가 없는 자리를 채워야 한다고 생각하니 더 어깨가 무거웠다.

처음에 엘레나를 초빙하기로 했을 때는 좋은 교육자와, 만약의 경우 영향력 있는 보호자가 필요할 거라는 생각으로 결정했으나, 이제 에리히는 진짜로 그녀만 믿고 있었다. 교육을 먼저 받아야 할 것은 아무래도 자신 쪽인 것 같기도 하고 말이다.

에리히는 엘리엇의 머리에 가볍게 손을 내려놓았다. 괜찮다고 말하지는 않았지만 대신 다정하게 쓰다듬어 주면서 그는 말했다.

"사람에게 그런 단어를 함부로 써서는 안 된다."

"그러면, 뭐라고 해요?"

"그냥 예의 없는 사람이라고 하면 돼. 물론, 너는 예의를 잘 지키는 신사가 되어야 하고."

엘리엇이 고개를 끄덕거렸다. 이해를 했는지 어떤지는 모를 일이다.

그는 이번에는 응접실 앞에 서 있는 경호원들을 노려보았다. 엘리엇의 호위는 교육 담당이 아니니 그렇다 치더라도, 응접실 경호원은 손님이 있는 응접실 문을 마구 열게 놔두어서는 안 되었다. 가신과 고용인들이 아이에게 무르다 못해 녹은 푸딩처럼 굴고 있다는 것은 알고 있지만, 이러다가는 진짜로 경호에까지 문제가 생기게 된다.

경호원들이 몸 둘 바를 모르고 고개를 푹 숙였다. 손님 앞이었으므로 에리히는 그 이상 조치를 취하지는 않았다.

"자, 아빠는 접견을 마쳐야 하니, 예의에 관한 이야기는 나중에 하도록 하자. 유모에게 가 봐라."

"네. 아 참! 제임스 할아버지가 왔어요."

엘리엇은 조금 시무룩했지만, 잊지 않고 용건을 말했다. 에리히는 고개를 끄덕였다.

"알았다. 전해 줘서 고맙다. 엘리엇!"

그의 언성이 올라가자 막 뛰어나가려던 엘리엇이 깜짝 놀라 다리를 얌전히 놀렸다. 에리히가 다시 한숨을 내쉬었다. 그리고 람스베르크 백작에게 말했다.

"미안하군. 아직 예의범절을 가르치기 전이라."

"아직 어리시지 않습니까? 영특하고 아름다운 아드님이니, 알트마이어 백작 대부인의 가르침을 받으면 금세 훌륭한 후계자로 자리 잡으실 겁니다."

람스베르크 백작이 미소를 지었다. 다섯 살 아이가 부모의 여행에 따라와 손님에게 얼굴을 내보인다는 것은 그의 상식으로는 있을 수 없는 일이었으나, 그런 것을 따질 마음이 들지 않을 만큼 귀여운 아이였다.

그의 아들도 제 나이에 결혼을 했으면, 그도 지금쯤 그만 한 손자가 있을 것이다. 그런 생각을 하는데, 에리히가 말했다.

"훌륭한 아들을 둔 이가 그렇게 말해 주니, 안심이 되는군."

저도 모르게 람스베르크 백작은 몸을 굳혔다. 그리고 에리히의 눈치를 살짝 살폈다.

에리히의 표정에서는 아무것도 읽을 수 없었다. 아이가 있을 때는 껍질이 깨진 듯 내심을 드러냈던 얼굴이 금세 매끄럽게 구워진 자기처럼 우아한 귀족의 것으로 변했다.

람스베르크 백작은 긴장으로 침을 한 번 삼켰다. 사실 클라우제너 공작에게서 편지를 받았을 때부터 이 문제를 염려하고 있었다. 공작이 설령 부인과 별거하는 게 사실이라고 해도, 자기 아내가 젊은 남자와 함께 이름이 오르내리는 것을 기꺼워할 사람은 세상에 없다.

"못난 놈입니다."

그는 짤막하게 내뱉었다. 버린 놈이라고 소리를 지르면서 다녔지만, 진짜로 아들에게 흠이 생기길 바라는 건 아니었다. 하물며 공작에게 미움받는 일은 더더욱 안 된다.

에리히가 말했다.

"사람이 큰일을 하려다 보면 뒤를 잊기 쉽지. 그래서 이래저래 고민은 있었지만 결국 백작을 부르는 게 옳다는 결론을 내렸네."

"예."

대답은 했지만, 무슨 말을 하려는 건지 이해할 수 없어서 백작은 조심스럽게 그를 바라보았다.

"수도가 몹시 시끄러우니까 말이야. 백작만이 아니라 델포드 경과 그 외에도 몇 사람을 초청했다네. 내 아내도 세심하지 못한 사람이라서."

"아."

"백작이 괜찮다면, 당분간 여기 머무르는 것은 어떤가? 불편하지 않다면, 백작 부인에게도 다시 초대장을 보내도록 하지."

에리히가 말을 이었다.

"물론 백작이 황후 폐하의 초대를 이미 받아들였다면, 내가 강요할 순 없겠지. 백작 부인은 에른스트의 방계이기도 하고."

람스베르크 백작은 그가 말하는 의미를 깨달았다. 만일의 경우를 대비해서 에리히가 그를 보호하고자 불렀다는 사실을 깨달았기 때문이다.

"아내에게 곧 연락을 넣겠습니다. 에른스트와 혈연이 있다고 해도 황후 폐하께서 봄 소풍에 초대할 만한 신분도 아니고, 늘 알트마이어 백작 대부인을 존경해 왔으니, 뵐 기회를 놓치지 않을 겁니다."

"버릇없는 아이가 끼어 있는 봄 소풍이니, 부디 잘 이해시켜 주게."

"버릇이 없다뇨. 저는 아무것도 보지 못했습니다."

그 대화는 실제로는 아이 이야기가 아니다. 에리히가 말해서는 안 될 것에 대해 말했으니, 람스베르크 백작도 그의 뜻이 자신에게서 새어 나가는 일은 없으리라고 대답한 것이다.

에리히는 집사에게 람스베르크 백작 부부의 방을 준비하라고 지시하고 일어섰다.

신경 써야 할 곳이 많았다. 자신이 할 수 있는 일은 황후도 할 수 있다. 그렇게 생각하고 클레어의 주위를 돌아보면 온통 흘린 일투성이였다.

가족 문제까지는 생각이 미치지 못한 모양이니 자신이 챙겨야 했다. 람스베르크만이 아니라 델포드도 마찬가지였다. 가족보다 손쉬운 인질은 없다.

'큰일을 하려면 잔인해야 한다는 말도 있으니까.'

지금까지 황후는 디트마어 따위는 상대도 하지 않았다. 오히려 그런 자가 몇 명 있어 줘야 불만이 임계점에 달해 폭발하는 것을 막을 수 있다며 방치했다. 황금 새싹단 같은 조직을 만들어 반정부 조직을 적당히 자율적으로 활동하게 한 것도, 클레어를 내버려 둔 것도 비슷한 이유다.

하지만 이제 황후는 제대로 공격을 당했다. 그녀가 아직도 우아하게 여유를 부릴 것이라고 에리히는 생각지 않았다.

울리히 하비흐나 로저 카슨은 자기 가족과 집을 지킬 수 있겠지만, 그래도 힘이 모자랄 때를 대비해 미리 연락을 보내 두었다.

슈나이더 백작가도 신경 써 줘야 할 곳이다. 이미 백작에게서 자신의 책임을 다하겠다는 연락을 받았기에, 저택 경비와 백작의 경호에만 도움을 주는 쪽으로 일단락 지었다. 리나는 클레어가 보호할 것이다.

무방비인 델포드에도 사람을 보냈다. 델포드를 관할에 넣고 있는 지방관이 대놓고 치안을 망가뜨릴 거라고는 생각지 않았다. 그리고 아렌 공왕이나 무어 공작의 영향력 아래 있는 곳이기도 하지만 그래도 주의는 기울여야 한다.

황후는 이미 생각도 못 할 만큼 과격한 수단을 쓴 일이 있다.

'정세가 어지러우니, 델포드를 공격하는 건 더 쉬울 거야. 황금 새싹단 같은 단체가 하나만 있으리라고 나는 생각하지 않아.'

'그러고 보니 델포드와 사우스랜드 곡물상은 거리가 가깝군요. 델포드에서 폭동이 일어나면, 에머슨 공단에 이어 두 번째가 됩니다. 이러면, 클레어가 불신의 대상이 될 수도 있겠어요.'

'배후에 황후가 있는 것처럼 보이는 게 아니라, 오히려 람스베르크 의원의 발언에서 촉발된 것처럼 보일 테지.'

윌리엄은 그 말에 고개를 저었다.

'델포드만 생각하면 그렇긴 합니다만, 황후 입장에서 너무 위험한 짓 아닙니까? 남부 아렌에서 폭동이 일어나면, 그건 중부로도 번질 겁니다. 운이 나쁘면 북부 로멜까지도요. 진짜가 됩니다.'

'황후는 이미 어디까지 물러날지 결정했을 거야.'

에리히는 마치 이미 아는 사실을 말하듯이 단호했다.

'일이 이렇게 된 이상 뭐라도 하나 내주지 않으면 안 돼. 그 자
체는 이미 확정된 거야.'
'예.'
'하지만 그렇다고 진짜로 패전한 것처럼 전부 내줄 수는 없지
않겠나? 황후 입장에서는 협상이 진행되기 전에 상대의 구심점
을 제거해야 해. 그래야 그녀가 내주는 이득이 시야에 들어오는
순간 사분오열할 테니.'

가장 중요한 것은, 그 승리를 통해 강력한 정적을 키우지 않
는 것이다.
부수적인 효과도 있다. 관련자를 잔인하게 해치울수록 해치울
수록, 의원들은 몸을 사리고 그녀의 우산 아래 머물러 있으리
라. 그러니 일시적으로 문제를 키우는 것쯤은 아무렇지도 않게
여길 것이다.
'하지만 그것도 생각보다 중요한 문제는 아니지.'
황후의 가장 큰 리스크는 황제다.
에른스트가 아무리 영향력을 확대하고, 클라우제너의 재력
이 거대하다고 해도, 그들이 국가 자체를 압도할 수는 없다.
에리히도 보안부니 경호팀이니 하는 이름으로 상당한 규모의

정보 조직을 운용하고 있지만, 지금은 가장 중요한 사람만 골라 지키는 것으로도 한계였다. 돈이 아무리 많아도, 믿을 만한 사람을 단숨에 수만 명씩 뽑아서 편성할 수는 없기 때문이다.

황후가 에른스트 공작가의 실세이자 막후 권력자가 되는 것에 만족하지 않고 황후가 되고자 한 것도 결국 그 때문이다. 그녀는 내각을 조종할 뿐만 아니라 '황실의 뜻'이라는 이름으로 간접적인 명령을 내리고 있다.

그러나 황제는 그 모습을 드러내는 것만으로도 모든 걸 뒤집을 수 있었다. 황후는 합법적인 권력을 쥐고 있지 않다.

아렌 공왕이 황제를 설득해 함께 알트마이어 백작가를 방문한 것은 감상적인 이유였으나, 생각지 못한 결과를 낳았다. 가장 강력하고 위험한 카드가 이쪽으로 넘어온 셈이었다.

황제가 칩거를 깨면 황후는 어떻게 할 것인가.

'에른스트의 재력으로 내전을 일으키는 건 무리지. 황후는 결국 리누스를 즉위시키는 수밖에 없어. 클레어의 의견이 궁금한데, 편지로 쓰기에는 위험한 문제이고…….'

윌리엄의 손에 편지를 들려 보내는 것이 좋겠다. 그렇게 생각하고 그가 펜을 들었을 때였다.

쿵!

어디에선가 폭죽 소리 같은 것이 들려왔다. 에리히는 처음에는 자신이 잘못 들었다고 생각했다.

"각하!"

노크도 없이 보좌관이 문을 벌컥 열었다. 에리히는 눈살을 찌푸리고 그를 쳐다보았다.

"무슨 일인가?"

"폭동입니다!"

"폭동?"

에리히는 깜짝 놀라 되물었다.

콰아앙……!

그 순간, 다시 폭음이 들렸다. 동시에 에리히가 발밑까지 흔들렸다.

추문

 디트마어 람스베르크가 웨슬리 경의 방문을 받은 것은 그 사건이 있기 이틀 전의 일이다. 웨슬리 경은 사우스랜드 곡물상의 상단주로서, 남부 아렌에서 클레어와 더불어 가장 먼저 철로의 중요성을 깨달은 사람이었으며, 가장 빠르게 상공업에 적응한 사람이기도 했다.

 표면상으로는 그랬다. 디트마어는 이미 클레어로부터 사우스랜드 곡물상의 실질적인 주인이 황후라는 사실을 들어서 알고 있었다.

 적당히 인사를 나누고 나자 웨슬리 경은 사뭇 진지한 얼굴로 말했다.

 "아마 람스베르크 의원님께서는 저를 오해하고 계실 거라고 생각합니다."

 "오해가 개입할 만한 일이 무엇이 있는지 모르겠군요. 웨슬리 가문은 비록 작위는 없지만 사우스랜드 일대에서 존경받는 가문이고, 경영하고 계시는 상단도 아주 훌륭하게 운영 중이신 것으로 압니다."

웨슬리 경이 이를 드러내며 웃었다.

"전 제 상단이 가진 영향력을 과소평가하지 않습니다. 하지만 가문이나 저 자신이 유명해질 만한 사람이 아니라는 것도 알고 있지요. 여자의 몸으로 가문을 이끌며 혁신적인 성공을 거둔 델포드 남작님과 달리, 그저 대량의 곡물을 싼값에 유통하고 있을 뿐이니까요."

"사우스랜드 평야는 제국의 빵 바구니라고 해도 과언이 아닌 곳입니다. 거기에서 가장 대량의 밀을 취급하고 있는데, 단지 '싼값에 유통하고 있을 뿐이다'라고 말씀하시는 것은 지나친 겸양입니다."

"의원님이 정 그렇게 말씀하신다면, 그 모든 일을 제가 단독으로 해낸 것이 아니라는 것을 직접 제 입으로 말씀드려야겠군요."

"무슨 말씀을 하고자 하시는지 여전히 모르겠습니다."

디트마어는 잠시 그를 바라보았다. 그는 정치인이었으나 교묘한 언사를 장기로 하는 사람은 아니었다. 이런 사람은 울리히가 상대하는 쪽이 나았으리라고 그는 생각했다. 울리히도 기꺼이 떠맡았으리라. 하지만 지금은 응대할 사람이 자신밖에 없었다.

웨슬리 경이 품에서 금으로 만들어진 담뱃갑을 꺼냈다. 디트마어는 대신 그에게 시가 상자를 내밀었다. 그 자신은 담배를 피우지 않았으나, 남이 자신의 앞에서 출처 불명의 연기를 피우는 것을 경계했기 때문이다.

"아, 감사합니다. 이것 참, 처음에는 연잎 궐련을 안 피우려다 보니 시작한 건데, 요즘에는 심각한 이야기를 하려고 하면 이게 꼭 있어야 하더라고요."

"아닙니다. 그런 사람이 많이 있지요."

디트마어는 시가를 손수 자르고 불을 붙여 웨슬리 경에게 건넸다. 웨슬리 경은 그것을 받았으나 한 모금도 빨지 않고 입을 나불거렸다.

"아무튼, 저는 대체로 남의 일을 맡아 하는 상인입니다만, 그러다 보니 제 그릇의 한계도 잘 알고 있지요."

"그렇습니까?"

"물론 제 한 해 수입은 놀랄 만큼 많습니다. 사우스랜드 곡물상의 자산도 아마 의원님이 생각하시는 것 이상일 겁니다. 그럼에도 불구하고 웨슬리 가문이 수도에 번듯한 저택을 세운 다음 장학 재단을 만들지도, 딸들을 훌륭한 신사에게 시집보내지도 않은 것은 다 이유가 있었습니다."

웨슬리 경이 시가를 쥔 손을 흔들며 말했다.

"저는 아주 보수적인 안전주의자란 뜻입니다. 젊었을 때는 웅대한 꿈을 가졌던 때도 있지만, 나이 들수록 남의 눈에 띄는 게 썩 좋은 일만은 아니라는 사실을 알게 되었거든요. 땅과 곡물을 다루다 보면 어쩔 수 없이 그렇게 되나 봅니다."

"그래서요?"

"화물의 안전을 위해서는 하중을 분산하는 게 중요하지요. 저는 사우스랜드의 교량을 보수하거나 새로 세우는 데 돈을 보태곤 하는데, 좀 흉물처럼 보이더라도 꼭 기둥을 촘촘하게 세우라고 말하곤 합니다. 비용을 아끼느라 몇 개 빼먹었다가 다리가 무너지기라도 하면 되레 손해가 막심하니까요."

그 뒤로 웨슬리 경은 사우스랜드의 도로 이야기를 십여 분간 계속했다. 얼핏 들으면 도로 보수에 예산을 더 투입해 달라는 청탁처럼 보일 정도였다. 마침내 그가 떠났을 때, 비서가 어리둥절해하면서 물어봤을 정도였다.

"사우스랜드의 지난 3년간 도로 보수 예산에 대해 알아볼까요?"

"아니."

디트마어는 웨슬리 경이 거의 입에 대지도 않은 시가를 껐다. 그리고 웨슬리 경이 테이블에 내려놓고 가 버린 담뱃갑을 집어 들었다.

사무실 구석에 그림자처럼 서 있던 경호팀장 셰퍼가 다가와 그것을 디트마어의 손에서 받아 들고, 장갑을 낀 손으로 대신 열었다. 안에는 담배 두 개비와 말린 양귀비꽃 한 송이가 들어 있었다. 담뱃갑은 순금이었다.

"아."

비서가 비로소 알아챈 듯한 목소리를 냈다. 이것은 뇌물이다.

디트마어는 그것보다 좀 더 깊은 것까지 이해하고 있었다.

웨슬리 경은 만약의 경우를 대비해서 이쪽에도 다리를 걸쳐 두고 싶은 모양이었다. 요컨대, '하중을 분산하기 위해서' 말이다. 말린 양귀비꽃은 그것에 관한 정보가 있다는 의미로 남겨 두고 갔으리라.

'공작 부인에게 이 이야기를 전달해야겠지.'

웨슬리 경이 클라우제너에 직접 닿는 연줄이 하나도 없으리라는 생각은 들지 않았다. 자신에게 온 이유가 있을 것이다.

하지만 애당초 사우스랜드 곡물상의 정보는 그녀가 준 것이다. 그러니 웨슬리 경의 정보도 전달하는 게 옳다.

'당분간은 만남은 곤란하다고 했으니, 셰퍼 경을 통해 편지를 전달하면 되겠지.'

그렇게 결정하고, 디트마어는 담뱃갑을 서랍에 넣고 잠갔다.

"오늘은 이만 끝내지요. 수고했습니다."

"예. 내일 뵙겠습니다, 의원님."

마지막까지 남아 있던 비서 두 명과 인사를 나누고 그는 먼저 사무실을 나섰다. 셰퍼와 다른 경호원, 셋이 그를 따라붙었다. 디트마어는 사실 그런 것에 익숙한 사람이었으므로 크게 개의치 않았다.

"디트마어 람스베르크 경?"

길가에 서 있던 여자 하나가 불러 세울 때까지 말이다. 디트마어는 걸음을 멈추었다.

이미 해가 졌기에 희미한 가로등 불빛에 의지해서는 상대가 누구인지 알아보기 힘들었다. 여자는 어둠 속에 녹아드는 어두운 색 드레스를 입고, 턱까지 내려오는 검은 베일로 한 바퀴 빙 두른 모자를 쓰고 있었다. 얼핏 보아도 귀족 여성이거나, 적어도 부유한 가문 사람처럼 보였다.

"저를 부르셨습니까?"

"제가, 제가, 꼭 알려 드려야 할 일이 있는데."

"우선 부인이 누구인지 알려 주실 수 있겠습니까?"

"저는…… 앨리스 웨슬리예요."

겁을 먹고 속삭이는 듯한 목소리로는 마지막 단어밖에 알아들을 수 없었다. 하지만 그것으로 충분했다. 디트마어는 낮은 목소리로 확인했다.

"웨슬리 부인?"

"네."

"제게 알려 주실 일이, 오늘 남편분이 저를 방문한 것과 관련 있는 문제입니까?"

웨슬리 부인이 고개를 끄덕거렸다.

"남편은, 함정을 파려는 거예요."

평소라면 좀 더 조심했을 것이다.

그러나 디트마어는 오늘 이미 웨슬리 경의 갑작스러운 방문에 의구심을 느낀 다음이었다.

게다가 귀족으로서 받은 교육은 아직 그의 몸에 남아 있었다. 혼자 있는 숙녀는 보호해야 할 존재이지, 의심하거나 두려워할 대상이 아니다. 오히려 자신 쪽이 두려움의 대상이 되지 않도록 주의해야 마땅했다.

그가 한 걸음 다가서자 여자가 겁을 먹고 움찔 뒤로 물러섰다. 그는 그것이 경호원들 때문이라는 것을 깨달았다.

"뒤로 물러나 주십시오, 셰퍼 경."

"안 됩니다."

"셰퍼 경."

디트마어는 그녀를 돌아보고 짤막한 한숨을 내쉬었다.

"그러면 셰퍼 경만. 숙녀분이 겁을 먹고 있으니까요."

셰퍼는 그 말에 납득한 것 같았다. 그녀는 그 자리에 선 채, 다른 경호원 두 명이 물러섰다.

디트마어는 두 손을 한 번 들어 여자를 진정시키려는 듯한 제스처를 취하고, 천천히 그녀에게 한 걸음 다가섰다.

"괜찮습니까, 웨슬리 부인? 혹 다른 숙녀분의 도움이 필요하다면……."

"아니요. 아뇨, 저는 괜찮아요."

여자가 망설이며 한 걸음 더 물러나, 두 사람의 몸이 가로등의 불빛이 닿는 범위로 들어섰다. 디트마어는 문득, 베일 아래로 길게 흘러내린 머리칼이 적갈색이라는 것을 깨달았다. 눈에 익은 색이었다.

불길한 예감이 닥쳐왔다. 그는 주목받는 사람이다. 굳이 그를 적대하는 사람이 아니라도, 정보를 얻으려는 자가 붙인 주시자가 몇이나 있을 터이다.

비록 해는 졌지만 아직 거리를 오가는 사람들이 있는 시간이었다. 인근에 있는 식당이나 사무실에서 집으로 돌아가는 사람도 있었으며, 흘끔거리는 사람도 있었다.

그렇다고 함부로 상대를 의심할 수도 없었다. 적갈색 머리는 희귀한 것이 아니다.

그의 예감은 웨슬리 부인의 머리칼만이 아니라 키와 실루엣까지 모든 것을 종합적으로 판단한 결과였으나, 본디 여자의 옷차림에 무지한 탓에, 그녀가 정체를 숨긴 것처럼 보이지만 사실 몇 가지 특징만 일부러 드러냈다는 것까지는 깨닫지 못했다.

그래서 그는 염려하며 말했다.

"웨슬리 부인, 이쪽으로 오시지요. 자리를 피하는 쪽이 낫겠습니다."

"죄송합니다."

그녀가 울먹거렸다.

"죄송합니다. 저로서도 어쩔 수가 없어요."

"웨슬리 경 때문입니까?"

그가 되물은 찰나였다. 웨슬리 부인이 갑자기 다가오더니 두 손을 들어 올려 그의 뺨에 대려 했다. 놀란 디트마어가 물러서기 전에 매운 냄새가 확 코 속으로 빨려 들어왔다.

"헉."

다음 순간 의식이 흔들렸다. 눈앞이 흐려지고 어지럼증이 몰려왔다. 디트마어가 비틀거리자 여자가 품으로 들어오며 그를 부축했다. 그리고 작게 울음소리 같은 것을 내면서 말했다.

"죄송해요."

'괜찮으세요?'가 아니었다. 자신이 무슨 일을 한 것인지 정확히 알고 있는 게 분명했다.

이 여자는 웨슬리 부인이 아니다.

그러나 디트마어에게는 그런저런 생각을 할 여유가 없었다. 몸에 대한 통제력을 상실하면서 손발에서 기력이 빠져나갔다. 마비약의 일종인 듯했다.

그는 셰퍼 경에게 도움을 청하기 위해 손을 뻗었으나 그 결과를 보지 못했다. 몸의 움직임보다 의식이 먼저 사라졌다.

율리아는 레나테와 함께, 거기에서 한 골목 떨어진 낡은 대여 마차 안에 앉아 디트마어가 쓰러지는 모습을 지켜보고 있었다. 레나테가 말했다.

"너무 거칠지 않니? 이렇게 억지스럽게 스캔들을 만들어 봐야 믿는 사람이 별로 없을 텐데."

"이보다 나은 방법이 있다면 알려 주세요."

율리아는 미소와 우아한 예법 속에 본심을 숨기는 것도 잊고 대꾸했다. 레나테가 짐짓 놀라는 척하며 되물었다.

"왜 화를 내고 그래? 난 그냥 걱정해 주고 있는 거야. 람스베르크 경을 확보한 건 좋지만, 결국 네 계획은 공작 부인을 사로잡아야 끝나는 거잖아?"

"레나테 님, 도와주지 않으실 거면 이만 가 주세요. 지금부터 예민한 상황이라서요."

"그래. 성공하길 바라. 네가 실패하면 그다음은 내 차례인데, 나는 스테판이 공작 부인을 유혹해 낼 수 있을 거라고 생각하지 않거든.”

레나테가 새침하게 말하고 마차에서 내렸다. 고작 그 한마디에 원한을 품고 속을 긁으러 여기까지 온 모양이다. 율리아는 이를 바득바득 갈았다.

하지만 레나테의 말이 옳다. 목격자를 만들고 기사를 뿌린다고 해도 클레어 델포드에게 결정타가 될 가능성은 적다. 그녀를 먼저 사로잡은 다음 디트마어를 끌어내는 편이 훨씬 나았을 것이다.

하지만 실행 단계에 들어가자 율리아의 계획은 전혀 의미가 없었다. 막시밀리안의 가드는 그녀가 감히 뚫고 들어갈 수준이 아니었으며, 클레어 자신도 스스로의 처지를 정확하게 이해하고 있는 것처럼 보였다. 오해를 사거나 위험할 수도 있는 일은 결코 하지 않았다는 말이다.

결국 그녀를 끌어내려면 지금으로서는 디트마어를 확보하는 수밖에 없었다. 아이도 곁에 없고, 일가친척도 모두 수도에 없다. 달리 인질이 될 만한 자가 없다는 뜻이다.

‘이건 밧줄 다리야.’

그녀는 속으로 생각했다. 이쪽에서 몇 번 흔들어 본다고 해서 건너는 동안 안전하다는 보장이 없다. 저쪽에서 밧줄이 썩어 있을지, 누가 칼을 들고 기다릴지, 어떻게 확신하겠는가.

하지만 선택의 여지가 별로 없었다. 황후에게 호언장담을 했으며, 중요한 인물을 지원받았다. 시도조차 하지 않고 실패할 수는 없다. 무엇이든 한 가지라도 실적을 거둬야만 한다.

'적어도 람스베르크는 확실하게 제거할 수 있어.'

하지만 단순히 암살로 이 일을 마무리할 수 있을까? 불륜 의혹을 확실하게 만들지 못하면, 공작의 분노를 율리아 자신이 책임져야 할 것이다.

곧 마차 문이 열렸다. 셰퍼가 혼절한 디트마어를 마차 안으로 밀어 넣었다. 앨리스 웨슬리라고 주장했던 여자는 이제 아예 어깨까지 떨며 울고 있었다.

"듣기 싫어."

"유, 율리아, 그치만……."

울 거면 내리라고 말하고 싶었지만, 그럴 수는 없었다.

"도대체 어떻게 할 거야? 진짜로 죽일 생각이니?"

"알면서 협조했잖아."

"이 일은 성공하기 어려워, 율리아 양. 람스베르크 경이 행방불명되면 막시밀리안 경은 나부터 찾겠지. 아니면, 나까지 죽여서 입을 막으면 되나?"

그 말에 율리아는 그녀를 노려보았다. 셰퍼가 냉랭한 목소리로 말을 이었다.

"클라우제너 호위팀에서 지금의 입지를 다질 때까지 15년도 넘는 세월이 걸렸는데, 고작해야 이런 일로 그걸 팽개치다니."

"황후 폐하께서 내 지시를 따르라고 명하셨을 텐데요. 지금 셰퍼 양이 내게 화가 난 것은, 영원히 없을 줄 알았던 명령이 있었기 때문 아닌가요?"

"……."

셰퍼가 입을 다물었다. 그녀가 작위 없는 여자의 몸이면서도 경이라는 경칭을 듣게 되기까지 기울인 노력을 생각하면, 율리아가 셰퍼 양이라고 부른 것은 그녀를 깔아뭉개기 위한 것 그 이상도, 이하도 아니었다.

하지만 그녀의 말이 옳다. 셰퍼는 황후의 명을 받아 클라우제너에 들어갔으니, 거기서 얻은 경칭 따위는 아무런 의미도 없었다. 영원히 없을 줄 알았던 명령이 있었다는 것도 맞다. 아니, 정확히는 영원히 없길 바랐다는 것이 옳을 것이다.

율리아가 마부석으로 통하는 창문을 두드려 마차를 출발시켰다.

새벽에 클레어는 잠들지 못하고 침대 밖에 있었다. 어쩐지 속이 느글거리고 컨디션이 안 좋아서 잠들지 못하고 있었다. 배 속도 울렁거리는 것 같아 화장실에 들락거리면서, 그녀는 전날 먹은 걸 돌이켜 보았다. 딱히 기름진 것을 먹은 것은 아니었는데, 요 며칠 계속 그랬다.

'아, 밥 먹고 싶다.'

김치라든가. 나물도. 쌈장도. 마늘을 듬뿍 올려서.

이른 새벽에 쌈밥이 맹렬하게 먹고 싶었다. 강된장에 호박잎. 아니면 우렁이. 찌개나 탕도 좋다. 술도 안 마셨는데 해장이 필요했다.

그간은 이렇지 않았는데 말이다. 적당히 소뼈로 국물 낸 맑은 수프와 요리사를 닦달해 만드는 어중간한 쌀 요리로는 이제 만족할 수 없었다. 역시 위장 연령이 20대 후반에 도달했기 때문일지도 모른다.

가스레인지로도 솥 밥을 해내지 못했는데, 결국 화덕으로 시도해야만 하는 날이 온 것인가. 일이 바쁘고 생각할 것도 많지만 오늘은 그러지 말아야겠다. 아침에 일어나면 주방으로 가 봐야지.

요리를 좀 배워 뒀으면 좋았겠다는 생각과 어차피 화덕으로는 못 했을 거라는 생각을 동시에 하면서 그녀가 물만 들이켜고 있을 때였다.

쾅쾅!

다급히 문 두드리는 소리가 났다. 하녀장과 요안나가 같이 뛰어들어 왔다.

"아! 안 주무시고 계셨군요!"

"무슨 일 있어?"

"윙스 신보의 편집장이 오늘 아침 조간 호외로 찍고 있는 기사를 가지고 왔어요."

요안나가 그렇게 말하면서 아직 잉크가 묻어나는 인쇄물 한 조각을 내밀었다.

"디트마어 경과 내가 마주 끌어안은 채 마차를 타고 호텔로 사라져?"

클레어는 하도 어이가 없어 헛웃음을 머금었다. 어느 정도 예상은 했으나 직접 보자 추잡함이 상상을 뛰어넘는 내용이었다.

"여기서 빡친 공작님이 총을 들고 나타나 불륜한 아내와 그 상대를 쏘아 죽였다는 것까지 나오면 아주 시나리오 완성이네."

사진이 없으니 증거를 댈 수도 없지만, 요구할 수도 없다. 될 대로 되라고 막 던지는 기사였다.

"목격자가 있다고 합니다."

"뭐, 어차피 목격자는 만들면 그만이라고 생각했겠지. 기사는 막아야겠어."

다급한 요안나의 말에 클레어는 대수롭지 않게 대꾸했다. 어차피 헛소문으로 생각하는 사람이 더 많을 테지만, 너무 퍼져서 좋을 것도 없다.

이 계획을 세운 것이 누구인지는 몰라도, 하나만 알고 둘은 모른다.

그녀가 타블로이드지만 사고 끝이었을 리가 없지 않은가. 애당초 사들인 가장 중요한 목적 중 하나가 기자들의 정보를 남들보다 빨리 파악하는 데 있었다.

설마 이런 기사를 황후가 쥐고 있는 정론지에서 낼 작정은 아닐 테고 말이다.

"네. 인쇄소에서 전부 회수하겠습니다."

"누가 기사 썼는지 확인해 줘. 그리고 디트마어 경에게 심부름꾼을 보냈으면 좋겠는데. 괜한 일에 동요하지 말고 할 일 하시라고."

그리고 그 심부름꾼이 미처 떠나기도 전에 피에 젖은 디트마어의 호위 하나가, 정문 앞까지 대여 마차를 타고 와 굴러떨어졌다.

의무실에서 피를 닦아 낸 호위의 얼굴을 직접 보고, 클레어는 한숨을 쉬며 의사에게 물었다.

"상태가 어떤가요?"

"보이는 것만큼 큰 부상은 아닙니다. 이마가 찢어지는 바람에 이렇게 된 것이고, 옷에 묻은 피 일부는 본인 것이 아닐 수도 있습니다."

"의식이 없는데요."

"약을 마셨을 가능성이 큽니다."

의사는 그렇게 말하면서 마취제도 준비하지 않고 바늘에 실을 꿰었다. 클레어는 소독을 꼭 해야 한다고 신신당부하고 밖으로 나왔다. 작년에 에리히가 쓰러졌을 때는 죽은 하녀를 보고 충격으로 가슴이 내려앉았는데, 그사이에 이런 일에 익숙해졌는지 생각보다 담담하게 받아들일 수 있었다.

"클레어 님."

막시밀리안이 염려스럽게 그녀를 바라보았다. 클레어는 눈을 감고 손을 내저었다.

이런 세상이다. 알고 있으니까 5년 전 그날 두려워하며 달아났던 것이고, 위빙 상단을 만들었던 것이다.

'이제는, 내가 익숙해진다는 게 무섭기도 하고.'

클레어는 아랫입술을 깨물었다. 폭력에 익숙해져서는 안 된다고 생각하면서도, 손쉬운 수단에 대해서 전보다 쉽게 떠올리게 된다. 이제 방법을 몰라서가 아니라, 편리하고 부도덕한 수단을 택하지 않기 위해 자신을 다스려야 할 필요가 있었다.

거실로 돌아온 클레어는 긴 한숨을 내쉬었다.

"마님, 핀 바우어가 왔습니다."

핀은 긴급한 일이 있을 때 언제든 연락하라며 디트마어에게 붙여 주었던 심부름꾼이다. 클레어는 일부러 그의 이름과 얼굴을 기억해 두었고, 곧바로 불러 만났다.

"마님, 새벽인데 죄송합니다."

"괜찮아요. 람스베르크 의원님이 새벽에 사람을 보내실 정도의 일이라면 중요한 문제일 테니까."

추문 기사나 피투성이 호위의 일은 일부러 말하지 않고 클레어는 태연한 얼굴로 말했다.

핀이 품에서 얼룩진 봉투 하나를 꺼내 받들어 올렸다. 요안나가 대신 봉투를 뜯어 내용물을 클레어에게 건넸다. 틀림없는 디트마어의 필적이었다.

앞뒤의 짤막한 인사를 자르면 다음과 같은 이야기가 남았다.

『웨슬리 경의 방문을 받았습니다. 아주 은밀한 방문은 아니었지만, 마부 한 사람만 데리고 단출하게, 갑자기 찾아온 것을 보면, 공개적으로 할 수 없는 이야기를 하고 싶었던 것 같습니다. 양쪽에 발을 걸쳐 두고 싶은 것 같습니다만, 그가 진짜 사우스랜드 곡물상의 주인이 아니라 단순 경영차라면 마음대로 할 수 없을 테지요. 지분 관계에 대해 확인해 보고 싶습니다.

웨슬리 경이 양귀비꽃이 들어 있는 금 담뱃갑을 두고 갔으니, 제가.』

편지는 일단 거기에서 끊겨 있었다. 그리고 그 밑에 다급하게 갈겨쓴 글씨로 적혀 있었다.

『웨슬리 부인 위험. 숙녀의 명예가 걸린 일이라 부인의 도움이 필요합니다. 꼭 직접 와 주셔야 합니다.』

손바닥에 놓고 쓰기라도 한 듯 필적을 구별하기 어려운 글씨였다.

"흠."

클레어는 편지를 접으며 핀에게 물었다.

"디트마어 경이 지금 이걸 맡겼나요?"

"셰퍼 경이 가져왔습니다. 무슨 급한 일이라도 있는 것 같더군요."

"아아, 그래요? 달리 또 구두로 전할 내용은 없나요?"

"셰퍼 경이 주소를 하나 알려 주었습니다."

그가 따로 접은 쪽지 하나를 요안나에게 건넸다. 클레어는 그에게 더 묻지 않고, 고맙다고 인사한 뒤 돌려보냈다. 핀은 어차피 전령 역할이다.

그녀는 막시밀리안에게 말했다.

"아무래도 셰퍼 경이 배신자인 것 같군요."

아무것도 모르는 상태였다면 당황할 만한 편지였다. 사우스랜드 곡물상, 양귀비꽃, 웨슬리 경의 이름이 나온 상태에서 숙녀의 명예가 걸려 있다며 도움을 요청했다.

디트마어는 진중한 사람이다. 그러니 예전 같으면 얼마나 다급한 일인가 싶어, 단출한 호위만 거느리고 달려갔을지도 모른다. 오페라 극장에서 납치당해 보기 전에는 지금보다 경계심이 얕았고, 자신의 위치도 잘 알지 못했다.

하지만 이제는 다르다. 클레어는 자신을 죽이고 싶어 하는 사람이 적지 않다는 것을 알고 있다. 꼭 황후만이 아니라도, 그녀가 아편과 노예계를 수면 위로 끌어올린 바람에 손해를 본 자가 많았다.

게다가 이미 손에 쥔 정보가 너무 많다.

'내가 디트마어 경과 같이 마차를 탔다는 기사를 어디에 써먹으려나 했는데, 오늘 밤에 바로 행방불명시켜 버리면 말이 되긴 하지.'

공작 부인이 어디 갔느냐고 찾을 때, 다른 남자와 같이 마차에 타는 걸 봤다는 목격자가 나오면 다른 방식으로 생각하기 쉽지 않을 것이다.

요안나가 중얼거렸다.

"피투성이로 돌아온 사람이 있는데, 그동안 셰퍼 경은 거짓 편지를 전달한 것이군요."

"제 불찰입니다."

막시밀리안이 무릎을 꿇었다. 클레어가 당황해서 그를 일으키려고 자신도 일어섰다.

"막시밀리안 경의 불찰이라뇨. 배신은 배신자가 잘못한 거예요. 셰퍼 경의 경력은 무척 훌륭했잖아요. 에리히가 1차로

308

고르고 내가 최종적으로 선발했는데요."

"서류만으로는 알 수 없는 부분이 있으니 신중하게 택했어야 했습니다."

"한정된 풀 안에서 사람을 뽑아 올리는 게 쉬운 일은 아니죠."

클레어가 말했다.

"나 때문에 보안부의 일이 엄청나게 늘어났잖아요. 계속 새 사람 뽑고, 전 같으면 훨씬 중요도가 낮은 일을 할 사람을 발탁해서 위로 끌어올리고."

셰퍼도 마찬가지였다. 그녀는 사실 본성이나 직계의 호위를 맡을 입장은 아니었다. 보안부의 기준으로는 그랬다. 능력이 모자라거나 신분 때문이 아니라, 중요한 일을 맡으려면 가족과 집안이 모두 클라우제너와 충분히 얽혀 있어야 하기 때문이다.

하지만 호위 역을 맡을 수 있는 여자의 숫자는 많지 않았다. 에리히는 클레어의 호위와 비서를 구성할 때 가능한 한 여자로 뽑고 싶어 했고, 셰퍼는 그 점에서 다소 이득을 본 셈이다.

그리고 이번에 그가 만들었던 목록에서 클레어가 사람을 발탁하여 디트마어에게 보냈으므로, 결국 최종 책임자는 클레어 자신인 셈이다.

"제가 셰퍼를 잘못 봤습니다."

막시밀리안이 무거운 목소리로 말했다. 클레어는 그를 끌어당겨 소파에 앉혔다. 그리고 어깨를 가볍게 토닥였다.

"15년이나 아무 낌새도 들키지 않고 성실하게 일했던 사람이에요. 게다가 이번에 새로 검증을 했었고요."

"예."

"그런데도 들키지 않았던 건 막시밀리안 경이 실책을 저지르거나 잘못 판단한 게 아니에요. 모든 일에 완벽할 순 없어요. 게다가 저쪽도 바보가 아니니까요."

클레어는 그렇게 말하면서 막시밀리안의 시선을 똑바로 붙잡았다. 그가 몇 번 눈을 깜박거리고는, 클레어의 뜻을 이해한 듯이 천천히 한 차례 고개를 끄덕였다.

그리고 숨을 한번 깊게 들이마시고 고개를 숙였다.

"죄송합니다."

"사과하지 말라니까."

"클레어 님이 용서하시든 아니든, 제 잘못은 맞습니다."

막시밀리안이 말했다. 하지만 이제 용서를 비는 것보다 급한 일이 있다는 것을 깨달은 듯했다.

"디트마어 경이 위험한 상황에 처한 것은 확실한 것 같은데, 어떻게 하시겠습니까? 제가 다녀올까요?"

"내 생각에, 이 주소에 디트마어 경은 없을 거예요."

클레어가 쪽지를 검지와 중지로 흔들며 말했다.

"보나 마나 습격하기 좋은 외진 장소겠죠. 내가 설마 혼자 나갈 거라고는 생각하지 않을 테니까요. 그러니 막시밀리안 경이 사람을 거느리고 가면 그대로 숨어 버릴 거예요."

"그러면 제가 가겠습니다. 아직 새벽이니까요. 베일을 쓰면 얼굴까지는 구별되지 않을 거예요."

"널 미끼로 쓸 수는 없지."

"제 생각에는 클레어 님의 마차만으로도 충분할 것 같습니다만, 여자가 필요하다면 보안요원 중에도 실력 있는 자가 있습니다."

"아뇨. 황궁으로 갈 거예요."

클레어가 선언했다. 두 사람 다 눈을 휘둥그렇게 뜨고 그녀를 바라보았다.

"15년 전에 클라우제너 안에 간자를 숨겼다가 이번에 사용했어요. 그런 사람이 황후 말고 또 있으리라고는 생각하기 어렵잖아요?"

15년이나 동료와 신뢰를 쌓으며 일해 온 사람을 갑작스럽게 포섭할 수 있었으리라는 생각은 들지 않는다. 대우도 좋은 편이고, 게다가 셰퍼의 가족은 아직도 클라우제너 영지에서 살고 있다. 그것을 감안해 보면, 아마 오래전, 아무런 직책도 없었던 무렵부터 포섭하여 미리 숨겼다는 쪽이 말이 된다.

그 말에 막시밀리안이 고개를 끄덕였다.

"적어도 5년은 넘은 일일 겁니다."

"그렇게 오랫동안 클라우제너를 견제하면서 간자를 심을 만한 사람이 몇이나 있겠어요? 적어도 지금 내가 미워 죽을 것 같은 로멜 우월주의자나, 노예계 때문에 재판정에 서게 된 사업가는 아니겠지요."

실행한 사람이 누구든 간에 황후의 뜻을 그대로 받들었으리라는 생각은 들지 않는다. 계획 자체가 실패하기 너무 쉬운, 머릿속으로만 만들어 낸 것처럼 느껴진다.

"어찌 됐든, 이야기할 사람은 황후예요. 디트마어 경의 생살 여탈권은 그녀가 쥐고 있을 테니."

클레어가 말했다.

"황궁으로 가겠어요. 노이만 의장을 불러 주세요."

해도 뜨기 전의 호출에 노이만 의장은 깜짝 놀랐지만, 두말 않고 마차에 올랐다. 그가 도착하는 사이에 황궁을 방문할 수 있을 만큼 차림새를 갖춘 클레어가 공작저의 로비까지 나와 기다리고 있었다.

"이렇게 이른 시간에 죄송합니다."

"아닙니다. 부인께서 별것 아닌 일로 이런 새벽에 동행을 요청하실 분이 아닌 줄 잘 알고 있으니까요. 그렇지만 무슨 일인지는 궁금합니다."

"디트마어 경이 행방불명되었어요."

편지에 자세한 내용을 쓰지 않았기에 노이만 의장은 깜짝 놀랐다. 그에게 굳이 숨길 필요 없었으므로 클레어는 마차에 오르자마자 간략하게 사정을 설명했다.

"저 혼자 가면, 사적인 문제처럼 보일까 봐 염려가 되더군요. 물론, 저는 황후가 디트마어 경과 저의 추문을 만드는 일에는 큰 관심이 없을 거라고 생각해요. 하지만 하원 의원의 납치가 사적인 문제여서는 절대로 안 되죠."

"당연합니다. 제가 클라우제너와 가까운 사이여서가 아니라, 설령 황후 폐하의 복심이라고 하더라도 하원 의원이라면 모두 동의할 겁니다."

그는 클레어보다 더 분개하며 말했다. 하원 의원의 신변은 증거가 확실한 반역죄가 아니라면, 설령 황제라 하더라도 함부로 할 수 없다. 연설회와 지지자 모임도 마찬가지다.

그것은 하원을 구성하는 기반이고, 하원 의원의 가장 큰 권력이었다. 그리고 의원이 되고서도 그 사실을 모르는 자는 아무도 없었다. 실제로 의회 내에서 파벌이 갈리고, 후원 세력과 귀족 가문의 영향을 받으며 드러나지 않는 권력 다툼을 하고 있어도, 그들은 무엇이 그들을 특별하게 만드는지 잘 알고 있었다.

의원들은 그들의 안정과 권력을 잡을 수 있는 가장 중요한 수단이 침해당하는 것을 절대 원하지 않았다. 황후 또한 그 부분에 대해서만큼은 지금까지 신중하게 처리해 왔다. 노이만 의장은 심각한 얼굴로 말했다.

"두 시간만 주신다면, 긴급회의를 열도록 하지요."

"지금은 안 돼요. 만일에 그랬다가, 디트마어 경에게 무슨 일이라도 생기면 어떡하나요?"

사람이 죽는 것도 문제였으나, 그 과정과 결과도 문제였다. 만일에 그가 참혹한 끝을 보이게 된다면, 의회는 분노할 수도 있으나, 어쩌면 공포에 사로잡힐 수도 있었다.

"황후가 아무 준비도 없이 이런 일을 시작했을 거라고는 생각하지 않아요."

몇 년 동안 유지되어 온 균형을 황후 스스로 깨뜨리는 순간이다. 그녀가 무슨 패를 더 숨기고 있는지 클레어는 알지 못했다. 노이만 의장이 무겁게 말했다.

"적어도 황후 폐하께서 더 이상 의회를 존중하지 않을 작정이신 건 확실한 것 같군요."

"언제나 확실한 건, 자기 손에 쥐어져 있는 힘밖에 없긴 하죠."

클레어는 그렇게 말했다.

마차가 황궁으로 들어섰다. 이른 새벽에 입궁이라니 비상식적이었으나, 클라우제너 공작 부인과 하원 의장이 함께 방문했는데 거절할 수는 없었다.

새벽부터 청소를 하고 있던 고용인들이 허둥지둥 움직였다. 하지만 황궁은 아예 잠들어 있지 않았기에, 특별히 어지러워지지도 않았다.

응접실에 가장 먼저 나온 것은 아우구스타였다. 장식 없는 편안한 옷이었지만, 외출도 가능한 데이 드레스에 머리칼 한 올 흐트러짐 없이 정돈된 상태였다.

클레어는 아무 일 없이 티타임에 초대받아 온 사람 같은 얼굴로 그녀에게 인사를 건넸다.

"오랜만입니다, 레이디 아우구스타. 주무시지 못하고 계셨던 것 같은데."

"나이 들면 잠이 얕은 법이니 괘념치 마십시오."

"이전에 제대로 저녁 초대를 해야지 하고 계획 중이었는데,

314

갑자기 귀경해 버리셔서 무척 아쉬웠답니다."

"신혼부부가 함께 있는 것을 방해하는 것은 역시 안 될 일이라고 새삼 깨달음을 얻었으니까요. 하지만 이렇게 혼자 돌아오실 줄 알았다면, 그때라도 두 분과 함께 식사할 것을 그랬지 뭡니까?"

"그러게요."

별거 중이 아니었으므로 클레어는 아무렇지도 않게 웃어 보였다. 아우구스타는 노이만 의장과도 인사를 나눈 후에 부드러운 어조로 말했다.

"두 분이 이렇게 이런 시각에 방문하신 것은 분명히 그만큼 중한 용건이 있으시기 때문이겠지만, 유감스럽게도 알현은 어렵겠습니다. 황후 폐하께서는 아직 침수 중이십니다."

"그러시군요. 레이디 아우구스타께서 이렇게 잠들지 못하고 계시는 것을 보니 황후 폐하께서도 고심 중이실 거라고 생각했는데, 그게 아니었다니 어쩔 수가 없군요."

"클라우제너 공작 부인."

아우구스타는 긴장한 목소리로 그녀를 불렀다.

생각지도 못한 문제가 생겨, 황후는 지금 클레어를 만날 수 없었다. 그녀는 율리아와 별개로 사람을 보내 두었으나, 아직 일이 처리되었다는 연락이 오지 않았다. 그러니 시간을 끌어야 했다. 한두 시간만 기다리게 해도 충분하다.

하지만 클레어는 웃는 낯으로 말했다.

"제가 잘못 생각했군요. 황후 폐하께서 이런 일에 관여하실 권한은 없으셨는데."

"공작 부인."

"어리석은 생각으로 새벽 일찍 레이디 아우구스타의 잠을 깨웠네요. 황후 폐하를 저 때문에 깨우실 필요는 없어요."

클레어가 노이만 의장을 바라보고 말했다.

"본궁으로 가지요, 의장님. 생각해 보니, 지상에서 가장 거룩하신 프리드리히 대제께서 황금 두루마리에 남기신 유훈에 따라, 제국민의 뜻을 대변하는 의회를 수호하는 것은 황제 폐하이시니, 역시 이 일은 제국 그 자체이신 황제 폐하께 고하는 것이 옳겠어요."

이 말에 노이만 의장이 당황했다. 황제가 이런 시간에 알현을 받아들일 리 없었다. 하지만 클레어는 태연하게 말했다.

"처음으로 조카며느리가 알현하여 인사를 드리고 싶다는데, 거절하지는 않으실 거예요."

클라우제너 공작 부인의 신분이라면 능히 본궁의 문을 열수 있다.

차라리 황제가 자리에 있다면 황명을 빙자하여 알현을 거절할 수 있겠으나, 지금은 그렇지 않았다. 그녀가 문을 열라고 강요하면 시종들은 끝까지 거부하지 못한다.

그리고 황제가 부재중이라는 것을 알고 내각의 수장인 노이만 의장이 권한을 대행하겠다고 나오면, 진짜로 모든 계획이 어그러지고 만다. 순간적으로 어떻게 해야 할지 판단하지 못하고 아우구스타는 망설였다.

클레어가 그녀에게 작별 인사를 했을 때, 응접실의 안쪽 문이 열렸다. 지친 얼굴의 황후였다.

그때 율리아는 불안감을 누르려고 애쓰며 안전 가옥에 있었다. 편지를 전달하러 간 셰퍼는 돌아오지 않았고, 클라우제너 저택을 살피라고 보낸 자에게서도 소식이 없었다.

'과연 공작 부인이 직접 움직일까?'

율리아는 온갖 생각을 거듭했으나, 결국 그 생각은 모두 그 한 가지로 귀결되었다.

어차피 황후 앞에서 말을 꺼냈을 때부터 지금까지, 그녀가 돌이킬 수 있는 방법은 없었다. 어떻게든 나은 상황을 만들어야겠다는 생각은 있었지만, 이제는 마음이 어지러워 머릿속이 꽉 막힌 듯이 같은 문장만 마음속에서 반복되었다.

'시시해. 시시해.'

그건 그녀가 평생 해 온 생각이었다.

"율리아."

앨리스 웨슬리, 아니 엠마가 울먹거리며 그녀를 불렀다. 그녀는 율리아의 소꿉친구였다. 오로지 키와 몸매가 클레어와 닮았다는 이유로 선택되었다.

"조용히 좀 해."

율리아의 부모는 범용한 사람이었다. 상재도 없고, 책략가도 아니고, 정치나 학문에 관심이 있는 것도 아니었다. 영지민 상대로나 사교계에서 위세를 부리고 싶어 하긴 했지만, 그렇다고 해서 야망이 넘치는 것도 아니었다.

가진 땅에서 거두는 소출과 에른스트에서 떨어지는 작은 이득으로 그럭저럭 부유하게 살다가, 똑같이 범용한 아들에게 그 땅을 물려주고, 언젠가는 자연의 이치처럼 사그라질 것이다.

에른스트의 끈을 쥐고서도 이것밖에 하지 못하느냐 싶었다.

황후는 그녀의 동경의 대상이었다. 똑같이 시시한 가족을 두었으나 황후는 거기에서 만족하지 않았다. 황후의 손끝이 움직일 때마다 세상이 베틀이 된 것 같았고, 율리아는 언젠가 자신이 그 베틀에 앉을 수 있을 줄 알았다.

하지만 지금 율리아는 그 베틀 대신 모든 것이 답답하고 시시하던 때를 반복해서 생각했다.

똑똑.

그때 노크 소리가 들렸다. 엠마가 황급히 달려가 문을 열었다. 율리아가 기다리던 소식이 왔다고 생각한 것이다. 하지만 문밖에 선 것은 빙그레 미소를 짓고 있는 은발의 청년이었다.

엠마는 그가 누구인지 몰랐으므로 움찔하여 물러섰다. 율리아가 깜짝 놀라 그 자리에 무릎을 꿇었다.

"리누스 전하!"

"황자 전하?"

엠마가 경악하며 물러섰다가 얼른 무릎을 꿇었다. 리누스는 자신을 따라온 호위들에게 그 자리에 서 있도록 명령하고, 방

안으로 들어와 문을 닫았다.

"율리아."

"네."

율리아는 떨리는 목소리로 대답했다.

이걸 황후가 지원해 준 일로 볼 수 있는가? 그럴 수 없었다.

황후는 리누스 황자를 굳이 자기가 하는 일에 관여시키지 않았다. 겉으로는 아직 배워야 할 일이 많다는 핑계를 댔지만, 실제로는 황자가 비협조적이기 때문이라는 것을 율리아는 알고 있었다.

하지만, 그럼에도 불구하고 리누스 황자는 황후궁에서 가장 중요한 존재였다. 그가 있다는 것만으로도 힘을 실어 준다는 의미일 수도 있었다.

리누스는 거침없이 상석으로 가서 털썩 앉았다. 그리고 다리를 꼬며 말했다.

"뭔가 오해를 하고 있는 것 같은데, 어머니가 보내신 건 아냐."

"예?"

"넌 어머니를 그래도 몇 년 모신 걸로 알고 있는데, 열다섯 살 때 떠나서 이제 돌아온 나보다 어머니를 잘 모르는 것 같군."

리누스가 피식 웃었다. 율리아는 당황스러운 기분으로 그를 쳐다보았다.

"하원 의원에게 손대는 일이야. 일단 손대고 나면, 이제 이익을 나눠 주는 방식으로는 하원을 지배할 수 없어."

"……."

"그러니까 람스 뭐인가 하는 그놈에게 손을 댔다면, 최대한 참혹하게 죽여서 공포를 심어 줘야지. 지금까지의 방식을 모조리 뒤집는 일인데, 그걸 어머니가 너한테 맡길 리가 있겠냐?"

율리아는 아랫입술을 깨물었다. 그녀는 치맛자락을 움켜쥔 자신의 손이 가늘게 떨리고 있는 것을 깨달았다. 자신은 희생양으로 선택된 것이다. 그리고 자신도 그 사실을 무의식적으로 알고 있었던 것 같다.

다스리는 방식을 바꾼다. 그것을 확신하고 나자 꽉 막혀 있던 율리아의 사고가 한꺼번에 뻗어 나갔다.

그녀가 추문을 만들겠다고 말한 것은 어디까지나 이 모든 사건이 물밑에 있어야 된다는 것을 전제로 한 일이다.

클라우제너 공작 부인과 디트마어 람스베르크를 조용히 제거함과 동시에 도덕성을 떨어뜨려 사람들이 그들에게 실망하게 만들고, 그들의 뜻에서도 등 돌리게 하고자 하는 일이었으니까.

하지만 황후가 이제 물밑에서 권력을 휘두르는 대신 직접적인 방법을 취하기로 마음먹었다면, 그런 식으로 사람들의 눈치를 살필 필요가 없다.

리누스가 이 사실을 어찌 알았는가 싶었다. 시선을 들자, 그는 무표정한 얼굴로 그녀를 바라보고 있었다.

"황자 전하께서는 왜 이런 곳까지 오셨습니까?"

약한 희망을 가지고 묻는 율리아의 질문에 리누스가 입가를 비틀었다.

"짜증 나서."

"예?"

"구구절절 이런 이야기를 한 것도 짜증 나서야. 끔찍한 기분이 되라고."

상상도 하지 못한 말에 율리아가 멈칫했다.

"네가 감히 클레어를 건드리려고 해? 그것도 이렇게 추잡한 방식으로?"

그게 대체 무슨 소린가. 율리아는 생각했으나, 질문할 기회는 없었다. 그 전에 리누스의 손이 먼저 움직였다.

그의 주머니에서 권총이 나왔다. 엠마가 겁에 질린 소리를 내며 헐떡거렸다. 율리아는 뒷걸음질 쳤다. 그녀의 얼굴에 총구의 그림자가 드리워졌다.

"이렇게 비합리적인 일을, 황후 폐하께서 허락하셨을 리가."

탕.

율리아는 그대로 바닥에 쓰러졌다.

"유, 율리아! 아, 아악!"

엠마가 비명을 지르며 돌아서서, 달아나려고 문고리를 미친 듯이 당겼다. 하지만 밖에서 잠근 듯 문은 미동도 하지 않았다.

탕.

두 번째 총성이 울렸다.

리누스는 쓰러진 여자들을 내려다보았다. 아무렇지도 않았다. 사람을 죽이면 절망감이나 비탄이 들 줄 알았는데.

어차피 세상에서 쓰레기를 둘 치운 것뿐이다. 몇 명 더 죽여도 될 것 같았다.

이 여자도 어머니의 동조자일 뿐이다.

그러고 보니 5년 전에는 몇 살이었을까 하는 생각이 들었다. 5년 전에도 시녀였다면, 좀 더 고통스럽게 죽였어야 했는데.

리누스는 좀 더 신중해져야겠다고 생각하면서 방문을 열었다. 근위대원들이 굳은 얼굴로 서 있었다.

"의원은?"

"옆방에서 찾았습니다. 약으로 재워져 있었습니다."

"노이만 의장의 집으로 보내."

추문이 준비되어 있다면, 클라우제너 공작저로 보내는 것은 현명한 선택이 아닐 것이다. 그렇다고 디트마어의 자택으로 보내는 것은 생색이 나지 않는다.

"나머지 쓰레기는 전부 알아서 치워."

리누스는 그렇게 명령하고, 한결 가벼워진 기분으로 황궁으로 돌아갔다.

황제처럼 은둔하는 사람은 아니었으나, 황후도 황후궁 밖으로 자주 나오는 사람은 아니었다. 결혼식에도 참석하지 않았고, 따로 만난 적도 없으니, 이것이 클레어와 황후의 첫 대면이었다.

생각보다 자그마한 체구를 지닌 중년 부인이었다. 머리칼이 반백에 가까운 탓에 제 연령보다 나이 들어 보였다.

클레어는 기묘한 감상을 느끼며 황후를 바라보았다. 그녀는 키가 큰 편이었기에, 이렇게 마주하자 내려다보는 느낌이 확연했다. 아마 황후는 모든 사람을 올려다보는 것에 익숙할 터였다.

클레어는 몸을 구부려 그녀에게 예법대로 절을 올렸다.

"인사가 늦었습니다, 황후 폐하. 제가 클레어 델포드 클라우제너입니다."

황후가 무덤덤한 얼굴로 그녀를 바라보았다. 잠들어 있었던 것 같지는 않으나, 얼굴에서 피로의 흔적을 전부 숨기지 못한 모습이었다.

"만나서 반갑군, 클레어. 그렇게 불러도 되겠지? 내가 에리히의 외숙모이니."

"아니요. 절 델포드 남작이나 클라우제너 공작 부인이라고 불러 주세요. 남편의 친인척과는 거리감 있게 예의를 지키는 편이 좋다고 생각하거든요."

클레어가 말했다. 그 말에 황후가 약간 어이없다는 듯한 얼굴로 웃음을 머금었다.

"남작이 똑 부러지는 성격이라는 말은 들었지만, 정말이었군. 그리하지. 만나서 반갑네, 델포드 남작."

황후가 손을 내밀었다.

이것은 자신이 아우구스타에게 했던 일에 대한 보복일까, 하고 클레어는 잠시 생각해 보았다. 그러나 내민 손을 무시할

수 없었을뿐더러 딱히 굴욕감도 느끼지 않았기 때문에, 그녀는
한쪽 무릎을 구부리고 그 손등에 키스했다.

황후가 이번에는 노이만 의장에게 손등을 내밀었다. 노이만
의장도 예법대로 한쪽 무릎을 꿇고 황후의 손등에 키스했다.

여상한 목소리로 자리에 앉으라고 권한 다음 황후가 물었다.

"그런데 의외로군, 노이만 경. 물론 경이 클라우제너의 은혜
를 잊을 수 없는 입장이긴 하지만, 이 새벽에 공작 부인과 함께
찾아오다니? 이제 하원에서는 은퇴하기로 한 건가?"

마치 아무것도 모른다는 듯한 얼굴이었다. 노이만 의장은
단도직입적으로 물었다.

"람스베르크 의원을 보호하고 계십니까?"

"그걸 왜 내게 묻는가?"

황후가 태연하게 물었다. 노이만 의장의 안색이 변했다.

"람스베르크 의원이 오늘밤 행방불명되었습니다. 부상당한
호위가 혼자 돌아왔습니다."

"이것 참, 공작 부인이 호위를 보내 준 것으로 아는데, 실력
이 별로 없는 자들이었던 모양이군."

황후가 실망스럽다는 듯이 말했다. 클레어는 쓴웃음을 머금
었다. 하긴, 증거도 없는데 황후가 안색 하나 관리하지 못하겠
는가. 15년이나 숨긴 간자를 썼을 때는 그만한 준비가 있었으
리라.

"이 일은 하원 의원이 위협당한 심각한 문제입니다, 황후 폐
하. 하원은 절대로 이 일을 좌시하지 않을 겁니다."

노이만 의장은 굳이 외교적 수사를 동원하지 않았다. 그럴 만한 여유가 없었다. 대화를 나누는 사이에 돌이킬 수 없는 일이 생길지도 몰랐다.

황후가 무섭도록 무표정한 얼굴을 했다. 표정을 숨긴다고 해도, 또 무조건 무표정이 능사는 아니다. 황후답지 않았다.

클레어가 입을 열었다.

"그렇군요. 황후 폐하께서 모르신다면, 클라우제너가 찾아보도록 하겠습니다. 이 일은 하원 의원이 위협당한 것일 뿐만 아니라 클라우제너의 식솔이 다친 일이기도 하니까요. 어쩌면 죽었을지도 모르고요."

"그게 좋겠군."

"연꽃 이궁과 랑 거리에 있는 레만 백작가의 부동산부터 찾아볼 작정이랍니다."

아우구스타의 안색이 살짝 흐려졌다. 클레어가 황후에게 고개를 살짝 숙였다.

"실은 그 허락을 받으러 찾아뵈었어요. 전 하원에서 물론 제게 이 수색에 대해서 만장일치로 면책 특권을 발급해 줄 거라고 생각하지만, 그래도 황후 폐하의 별장이니 먼저 허락을 받는 게 옳다고 생각해서요."

말씨는 평화로웠으나 협박이었다. 아우구스타의 마음이 의혹으로 물들었다. 황후가 오래전부터 클라우제너에 사람을 심었던 것처럼, 클라우제너에서도 그러지 않았으리라는 법이 없다.

연꽃 이궁의 존재 자체는 알아내기 쉬웠을 테지만, 랑 거리까지 알고 있다고? 아직 그쪽으로 본부를 이동한 것은 연잎 궐련 사업에 관련된 자들 중에서도 핵심적인 인물밖에 몰랐다.

랑 거리를 알고 있다는 건, 다른 안전 가옥의 위치도 대부분 알고 있을 가능성이 있다는 뜻이었다. 사실 이번에 클레어가 의회에 제출한 에른스트의 노예계 목록은 확실히 내부자가 아니면 알 수 없는 정보를 포함하고 있었다.

"이상한 협박이로군, 남작. 빈집을 조사하는 것은 그럴 수 있는 일이나, 굳이 내 별장부터 뒤지겠다는 말을 하러 오다니."

"협박이라뇨. 예의를 지키고자 하는 것뿐이에요. 그리고 황후 폐하의 별장만이 아니라 꽤 많은 그럴 듯한 장소 목록을 갖고 있어요. 모두 찾아볼 작정입니다. 물론 경찰과 내각에도 협조를 요청할 겁니다."

안 그래도 로멜의 사업장에서 벌어지고 있는 파업은 일촉즉발의 상황이다. 그 안전 가옥에서 뭐라도 나오면 순식간에 시위로 번질 것이다.

"……."

황후가 붉은색 눈동자를 가늘게 뜨고 클레어를 바라보았다.

"남작은 참 이해할 수 없는 사람이군."

"황후 폐하께서 아침까지 저와 대화하고 싶으신 거라면, 5분만 자리를 비우겠습니다. 비서가 따라와 있으니 황후 폐하께서 허락하셨다고 전달만 하면 되거든요."

"……나도 람스베르크 의원을 찾아보라고 하지. 걱정할 필요 없네."

황후가 피로 짙은 얼굴로 손을 저었다. 하지만 아무도 움직이지 않았다.

시간을 더 끌 작정인가 싶어 클레어가 일어서려 했을 때, 바깥에서 잠시 소란이 들리더니 비서가 다급히 들어와 무릎을 꿇고 쪽지를 건넸다. 클레어는 황후에게 양해를 구하고 쪽지를 폈다.

『4시 45분, 근위대원이 혼절중인 디트마어 람스베르크 의원을 노이만 저택에 이송했습니다.』

그녀는 놀라서 황후를 바라보았다. 황후가 숨기지도 않고 한숨을 내쉬었다. 시간으로 보나 태도로 보나 황후가 한 일은 아닌 것 같았다.

클레어는 노이만 의장에게 쪽지를 건네주고, 작은 소리로 먼저 돌아가라고 말했다. 노이만 의장이 황급히 고개를 끄덕이고 먼저 일어섰다. 디트마어의 상태를 확인하고, 경우에 따라 의회를 소집해야 했다.

그녀는 그 자리에 남았다. 황후는 차를 홀짝거리고 있었다. 피로가 광대까지 내려온 것 같은 얼굴이었고, 이제 클레어가 거기에 있든 없든 관심 없는 듯 차의 향에만 집중하고 있었다.

리누스는 아마 인정하지 않을 테지만, 내면에 침잠해 있는 모습은 확실히 닮았다.

"한 가지만 여쭤봐도 될까요?"

클레어는 충동적으로 물었다. 황후의 시선이 슬쩍 그녀 쪽으로 올라왔다.

"왜 황후가 되기로 결정하셨나요? 그러지 않았어도, 하실 수 있는 일이 아주 많았을 텐데요."

황후는 모자란 것이 없는 사람이었다. 한 일이 옳든 그르든, 그녀가 많은 사람을 다스리고, 조직하고, 운영할 능력이 있다는 것은 분명했다. 아마 사람의 마음을 사로잡을 힘도, 정치력도 넘치게 갖고 있으리라.

할 수 있는 일이 많았다. 확실히 여자에게 제약이 많은 세상이었으나, 한창 사회가 급변하고 있는 중이기도 했다. 이런 시기에는 전에는 상상할 수도 없는 종류의 성공이 생기는 법이다.

농노의 자식이 변호사가 되고, 귀족의 딸이 가수가 되었다. 지주가 몰락의 길에 접어들고, 마차꾼이 큰 우편 업체의 사장이 되며, 금광을 발견한 탐광꾼이 떵떵거리는 거부로서 신사 클럽의 문을 두드린다.

공정하다고 할 수는 없겠지만, 기회는 많은 세상이었다. 더구나 그녀는 에른스트 공녀였다. 신분이 성별의 제약을 어느 정도 상쇄해 주었을 것이고, 실패에 대한 안전망도 되었을 것이다. 더러운 일에 이렇게까지 손 담글 필요는 없었다.

황후가 찻잔을 내려놓고 말했다.

"반대로 묻고 싶군. 왜 안 되지?"

"네?"

"눈앞에서 벌어지고 있는 일의 진정한 의미도 모르고, 그렇다고 선조로부터 받은 명예라는 걸 지키기 위해 애쓰는 것도 아니고."

그녀의 입가에 희미한 조소가 걸렸다.

"신념이 있어서 그것을 따르는 것도 아니고, 자부심은 있는데 그에 걸맞은 품격은 없으며, 자리에 맞는 능력이 있는 것도 아닌데, 그저 운 좋게 장남으로 태어났다는 이유밖에 없는 멍청이들을 왜 내가 올려다봐야 하는가?"

황후가 물었다. 클레어는 황당하여 잠시 말을 잃었다. 심지어 그녀는 황후의 말에 전적으로 동의할 수 있었다. 그 말을 한 것이 황후가 아니라면 말이다.

"로멜 우월주의를 퍼뜨린 분의 말씀이라고는 믿을 수가 없군요. 그거야말로 개개인의 능력과 상관없이 핏줄이 품성과 능력을 결정한다고 주장하는 것과 다를 바 없는데."

"그들이 듣고 싶어 하는 이야기를 해 준 것이지. 일종의 신분 상승을 시켜 준 셈이야."

황후가 대수롭지 않다는 듯이 대답했다.

"하지만 그것 또한 어리석음의 증거 아닌가. 제대로 된 눈을 갖고 있다면, 직접 보고 자신의 머리로 판단해야지. 생각한 대로 왜곡해서 보는 게 아니라."

"……."

"강한 것이 약한 것을 잡아먹는 것이 자연의 이치가 아닌가. 능력 있는 자가 위에 서는 것이 당연하고, 어리석은 자는 현명한 자의 말을 따르는 게 옳아."

"요컨대, 황후 폐하께서는 능력 있고 현명하시니, 황후 폐하 한 분만 위에 설 수 있다면 방법 따위는 무엇을 써도 상관없다는 말씀이시군요."

클레어는 헛웃음을 머금었다.

"제가 보기엔, 차라리 제 어리석은 사촌인 찰스가 훨씬 현명해 보이는데요. 걔는 자기 그릇이 작다는 것 정도는 알고 있거든요."

"그렇게 생각하나?"

황후가 눈을 가늘게 뜨고 물었다. 클레어는 딱히 위선적으로 웃지도, 그렇다고 화를 내지도 않은 채 덤덤하게 말했다.

"아편을 물려서 일을 시키는 건 그다지 현명한 일이라고 할 수 없죠. 진한 차에 설탕과 얼음을 타서 배급하는 게 당장의 능률도 높을 거예요."

"……."

"그 사실을 알면서도 저항 세력이 생기는 것을 막기 위해 하신 일이라면, 그거야말로 어리석은 선택이 아니겠어요? 어른은 쇠약해지다가 죽어 가고, 건강하게 자라나는 어린아이는 줄어들고, 일꾼의 질은 낮아지고 생산성은 떨어지겠죠. 장기적인 이익은 생각하지 않고 지금 당장 빨아먹을 생각만 하는 건 장사꾼으로서도 하급이에요."

"어떻게 모든 일을 금전적 이득이나 효율로만 따질 수 있겠나. 통치는 그런 일이 아니네."

"방금 어리석은 자와 능력 없는 자는 노예로 사는 게 효율적이라는 의미로 말씀하시지 않았나요? 제가 이해력이 달려서 잘못 알아들었을까요?"

황후가 잠시 침묵했다가 타이르듯이 말했다.

"남작의 노여운 심정은 이해하네. 내가 먼저 시작한 일이고, 하물며 아이까지 걸려 있으니 용납하기 쉽지 않겠지. 기꺼이 사과하겠네. 나는 이 이상 남작을 건드릴 생각이 없어. 그것만은 믿어 줬으면 좋겠군."

"글쎄요, 당장 오늘 밤만 해도 저와 람스베르크 의원을 엮어서 추문을 만들려고 하지 않으셨던가요?"

"그것도 아랫사람을 단속하지 못한 내 탓이로군. 미안하네. 시녀가 어리석은 계획을 세운 거야. 어차피 타블로이드지는 모두 남작이 잡고 있는데, 그런 일이 가능할 거라고 생각하지도 않았네."

황후가 난처한 얼굴이 되었다.

"남작은 이득과 비용을 계산할 줄 알지 않나. 남부 아렌을 기꺼이 내주겠네. 우리가 손을 잡으면, 나머지는 전부 쓸어 단두대 밑에 버려도 될 거야."

"사양하겠습니다. 저는 이기는 쪽에만 칩을 걸거든요."

그 말에 황후의 눈동자가 핏빛으로 번들거렸다. 노한 모양이었다.

클레어는 피식 웃었다. 십수 년간 세상 전부를 자의식에 봉사시켜 온 나르시시스트가 무려 사과와 양보의 말을 입에 담았는데 거절했으니, 화를 내는 것도 당연했다.

"황후 폐하께서는 지금 막후의 권력자로서 본인이 가장 강하고 현명한 존재로서 다른 사람을 다 잡아먹을 수 있다고 생각하시는 것 같지만, 제가 생각하기에 승자는, 저도 황후 폐하도 아니라 람스베르크 의원이 될 겁니다. 역사는 그의 이름을 기록하겠죠."

"그게 진심인가?"

황후가 어이없어하는 얼굴로 되물었다.

"내가 남작을 너무 고평가했군. 그렇게 생각하고 의원을 살리자고 이렇게 찾아와 자기 패를 까다니."

"아뇨. 사실 람스베르크 의원이 아니라도 왔을 거예요."

죽어 마땅한 놈을 그렇다고 말할 수는 있지만, 이 사람은 살릴 가치가 있고 저 사람은 그렇지 않다고 자신이 결정할 수는 없었으니까.

클레어는 자리에서 일어섰다.

"피곤하신데, 너무 오래 시간을 빼앗았습니다. 더 하실 말씀이 없다면, 이만 물러가겠습니다."

황후가 차가운 눈으로 그녀를 바라보았다.

"아 참, 그리고 강한 것이 약한 것을 잡아먹는 건 자연의 이치가 아니랍니다. 인간 세상이 야만적일 때 하는 말이지. 선량한 코끼리가 토끼를 잡아먹진 않겠죠."

그녀는 무릎을 구부려 인사하고 밖으로 나왔다. 황후는 그녀를 노려보고 있었다.

응접실 밖으로 나오자 막시밀리안이 조심스럽게 말했다.

"괜찮으시겠습니까?"

"괜찮아요. 본인의 말마따나 세상이 약육강식이라 해도, 우리가 잡아먹힐 만큼 약한 것도 아니잖아요."

클레어는 가볍게 말했다.

비열한 수단을 쓸 줄 몰라서 안 쓰는 게 아니다. 클레어는 지금 당장이라도 에른스트를 말려 죽일 방법을 떠올릴 수 있었다.

'똑같은 수준이 될 순 없지.'

그러지 않는 것은, 말려 죽인다는 것은 밑에서부터 죽이는 일이기 때문이다.

그렇게 해서 황후의 자리를 클라우제너가 갈아 치우는 게 무슨 의미가 있겠는가. 그게 개인적인 승리나 복수가 될 수 있을지는 모르지만, 인간의 도리가 아닌 짓을 막으려는 수단으로, 그 도리에서 어긋나는 짓을 하면 안 된다.

폭동, 혹은 음모

황후궁 정문 앞에 낯익은 얼굴이 있었다. 리누스였다.

클레어는 조금 놀랐다. 돌아왔으니 황후궁에 있는 게 이상할 것은 없지만 말이다. 리누스가 가볍게 그녀에게 손을 흔들어 보이며 웃음을 머금었다.

"오랜만이야, 클레어. 클라우제너의 문장이 박힌 마차가 앞에 있기에 혹시나 했는데, 진짜였군."

"그러게, 오랜만이네."

클레어는 미소를 지어 보였다. 신혼여행 중에는 귀찮다고 생각했지만, 떠나보내고 나니 또 그렇게 생각했던 게 미안해서 조금 마음에 걸렸다. 솔직히 황후를 직접 만나고 나니 불쌍한 마음이 더 들기도 했다.

"이 새벽에 어딜 다녀오는 길이니?"

"음."

리누스가 잠깐 망설였다. 그러더니, 그 말에는 대답하지 않고 빙긋 웃었다.

"바래다줄게."

"뭐? 지금?"

"어딜 다녀온 건지, 여기서 하기에는 적절하지 않은 이야기도 있고."

리누스가 먼저 걸음을 옮겨 마차 문을 열었다. 클레어는 희한하다고 생각했다.

'얘 사람 싫어하지 않았나? 왜 이렇게 친절해?'

그러나 굳이 거절할 것도 없는 일이었기 때문에 마차에 올랐다. 오랜만이니까 잠시 대화하는 것도 나쁘지 않다. 사실 그녀도 할 이야기가 있었다.

리누스가 그녀의 건너편에 올라앉자 막시밀리안이 마차 문을 닫았다.

"갑자기 떠나서 좀 걱정했었어. 별일 없었지?"

"없다고 하기엔, 요즘 수도 상황이 너무 처참하지 않나? 오늘 밤 일도 그렇고."

클레어는 고개를 갸웃했다. 리누스가 뭘 알고 있는 것처럼 들렸기 때문이다.

"왜?"

"아니. 새벽인데 네가 날 보고도 놀라지 않았구나, 하는 걸 지금 깨달았어."

"무슨 일이 있었는지는 들었어."

리누스가 미소를 지었다. 전에 보지 못한 태도라 클레어는 이번에도 조금 놀랐다. 갑자기 어른이 된 것 같기도 하고, 예민했던 기질이 좀 진정된 것처럼 보이기도 했다.

다행이라고 해야 할지, 아니면 수도에서의 생활에 가면을 써야 하기에 그러는 건지 클레어로서는 알 수 없었다. 후자라고 생각하면 짠한 마음이 들었다.

"그 일 때문에 나갔다 오는 길이기도 했고. 편지를 써야 하나, 방문 신청을 해야 하나 고민 중이었는데, 마침 잘되었지."

"네가?"

클레어는 의심스럽게 물었다. 역시 리누스가 뭘 잘못 알고 있는 게 아닐까 싶었다. 리누스가 황자라고는 해도, 애 이래서 나중에 어쩌려고 그러나 싶을 만큼 정치와는 거리가 멀었다. 황후는 어차피 아들 손에 실권을 맡길 마음이 없겠지만 말이다.

수도로 돌아온 지 얼마 되지도 않았을뿐더러, 이 시국에 그동안 이름을 들은 적도 없었다. 그래서 황후 손에 붙들려 공부라도 하고 있으려니 했다. 하지만 리누스는 약간 안절부절못하는 얼굴로 말했다.

"별건 아니고."

"무슨 이야기를 하려고 그리 뜸을 들여?"

"후원하는 하원 의원이 납치됐다며. 내가 돌려보냈어."

"아."

클레어는 눈을 깜박거렸다. 진짜로 예상도 못 한 일이었기 때문에, 무슨 소리인지 이해하는 데 시간이 걸렸다. 리누스가 살짝 찡그린 얼굴로 되물었다.

"안 믿겨?"

"아니야. 안 믿는 거 아니고, 좀 의외라서."

안 그래도 삐뚤어진 구석이 있는 어린애 마음을 상하게 할까 염려하며 클레어는 얼른 대답했다. 아우구스타와 황후의 태도가 이상했던 것을 이제야 좀 이해할 수 있겠다. 시간을 끌려던 이유도. 이 일이 어떻게 처리되었을지를 먼저 확인했어야할 테니까.

'공자도 자식새끼는 어떻게 못 했다더니.'

아마 응접실로 왔을 때 황후는 더 이상 어쩔 수 없다는 것을 알고 포기할 작정을 했을 것이다.

클레어는 자신의 패를 헛되이 까서 아깝다고 생각하지는 않았다. 제일 중요한 것은 디트마어의 목숨이다. 최선의 결과가 있으니 되었다.

연꽃 이궁과 레만 백작가의 명의로 된 안가를 강제로 열었다면, 사태는 황후와 클라우제너 사이의 권력 다툼으로 변질되었을 것이다. 그녀는 진심으로 그것을 원하지 않았다. 하지만 블러핑이 통하지 않았다면, 혹은 아우구스타가 시간을 끄는 사이에 일이 돌이킬 수 없는 지경에 이르렀다면, 어떻게 되었을지 모른다.

"고마워."

"……."

리누스가 잠시 조용해졌다가, 애써 입을 떼듯이 말했다.

"네가 걱정하는 사람이잖아."

그 말에 클레어는 미소를 지었다.

"착하네."

"……."

리누스가 다시 조용해졌다. 환심을 사려고 한 일이긴 했다. 율리아가 하는 짓이 짜증 났던 것도 사실이고. 하지만 그 말에 가슴속이 마구 흐트러졌다. 리누스는 자기가 웃고 있다는 것을 깨닫지 못했다.

"고마우면 보답해 줘."

"보답? 머리라도 쓰다듬어 줄까?"

리누스는 어이없다는 듯이 그녀를 쳐다보았다.

"내가 다섯 살인 줄 아나."

"비슷하지 않나? 어른은 다섯 살짜리한테 질투 안 해."

"……내가 언제."

"아니었니?"

클레어는 옅은 웃음을 머금고 되물었다. 리누스가 '하' 하고 헛웃음을 쳤다. 에리히가 그러면 혈압이 치솟거나 상대의 혈압을 치솟게 했다는 사실에 즐거운데, 리누스가 그러는 건 그냥 좀 웃겼다.

"보답으로 뭘 원하는데?"

"아침."

"아침?"

"언제든 같이 먹어 준다며."

리누스가 토라진 듯한 태도로 대꾸했다.

"그랬지. 아마 간단한 것밖에 없을 텐데 괜찮아? 요즘에 나 혼자밖에 없어서."

클레어는 시계를 확인하고 물었다. 어느덧 6시가 넘어 있었다. 평소 아침 식사 시간보다 좀 이르지만, 주방이 일을 시작했을 무렵이다.

"언제부터 나한테 메뉴를 물어봤다고."

"뭘 줘도 안 먹는다고 하는 건 네 쪽이잖아. 요새는 제대로 밥 먹고 있어?"

"별로."

"그런 것처럼 보인다. 살이 하나도 안 붙었네."

클레어는 뭐가 있을지 생각해 보았다. 그런데 생각나는 거라곤 역시 전생에 먹었던 것밖에 없었다.

속은 더부룩한데, 일찍 일어나서 움직인 탓인지 배는 고프고, 당이 떨어졌는지 머리도 좀 어지러웠다. 흔히 아침으로 나오는 감자 수프와 베이컨, 버터 바른 토스트 같은 걸 생각하자 속이 뒤집어졌다.

"욱."

"클레어? 몸이 안 좋아?"

구역질을 하자 리누스가 깜짝 놀라 몸을 일으키려 했다. 클레어는 괜찮다고 손을 내젓고, 말했다.

"체를 했나 봐. 공복에 차를 마시기도 했고."

"식사는 제때 챙겨야 한다고 잔소리는 혼자 다 하더니."

"긴급 사태였으니까 어쩔 수 없지."

클레어는 약간 웃으며 말했다.

'뭐, 죽 같은 걸 좀 먹었으면 좋겠는데.'

바로 할 수 있는 게 뭐가 있는지 모르겠다. 닭죽 정도라면 가능할까?

곧 마차가 저택에 도착했다. 집사가 문을 열었다가 깜짝 놀라 물러섰다. 막시밀리안이 먼저 내리고, 그다음 리누스가 내려서 직접 클레어에게 손을 내밀었다.

클레어는 그 손을 잡고 내렸다. 요안나가 황급히 다가와 리누스에게 인사를 올린 후 클레어에게 말했다.

"드릴 말씀이 있습니다, 클레어 님."

"노이만 의장님 댁에서 온 소식이라면 들었어. 덕분에 일찍 돌아온 거야."

"그러셨군요."

"디트마어 경의 상태는 어때? 전해 들었어?"

"약으로 재워져 있는 듯, 지금은 아무리 흔들어도 깨지 않는다고 합니다. 호흡도 느리고 서맥도 있다는데, 그렇지만 당장 위험한 건 아닌 것 같아요."

요안나가 작은 소리로 소곤거렸다.

"아아, 그 약……."

클레어는 염려스럽게 중얼거렸다. 에리히가 마셨던 것과 동일한 것은 아닐 수도 있겠지만, 후유증이 걱정되었다.

'중독성은 없어야 할 텐데.'

요안나가 작은 소리로 말했다.

"노이만 저택에 전령과 호위를 두 사람씩 보내 두었어요. 경시청에서도 저택을 보호할 사람을 붙여 주기로 했고요. 그리고 행방불명인 호위는 아직 찾는 중이에요."

"잘했어. 고마워."

"그런데, 리누스 황자 전하께서는 어쩐 일로……."

"이따 자세히 이야기할게. 아침밥을 달라고 해서."

클레어는 흘끗 시선을 들었다. 틀림없이 부루퉁한 얼굴을 하고 있으리라 생각했던 리누스가 예상외로 점잖게 기다리고 있었다.

"응접실에서 좀 기다려 줄래? 나는 옷도 좀 갈아입고 해야겠어."

"얼마든지."

리누스가 대답했다. 역시 낯설었다. 어려서나 봤던 사촌 동생이 질풍노도의 시기를 지나서 갑자기 남자 행세를 하려 드는 것을 보는 기분이었다.

클레어는 집사에게 황자가 아침 식탁에 앉을 것이며, 뭐 좀 부드러운 게 먹고 싶다는 요청 사항을 전했다.

그때였다. 로비의 문이 쾅 소리를 낼 정도로 거칠게 열렸다. 말이 울부짖는 소리가 들렸다. 클레어는 깜짝 놀라 그쪽을 돌아보았다. 흙투성이가 된 전령이 로비로 달려들어 왔다.

호위들이 그가 클레어에게 달려들지 못하도록 일단 막았다. 전령이 거의 몸을 던지다시피 하고 소리쳤다.

"긴급한 일입니다!"

"진정하세요. 무슨 일인데…….."

"알트마이어에서 폭동이 발생했습니다. 대량의 폭약을 이용한 테러가 있었습니다."

거기까지 말해 놓고 전령이 헐떡거렸다. 숨이 가빠서가 아니라 충격적인 소식 때문에 말이 제대로 나오지 않았던 것이다.

"호텔이 반파되었고, 공작 각하와 도련님께서 행방불명 상태라는 전신이…….."

클레어는 거기까지밖에 듣지 못했다. 눈앞이 빙 돌았다.

쿵!

실이 끊어진 인형처럼 클레어가 그 자리에 쓰러졌다. 요안나가 기겁하여 달려들며 소리를 질렀다.

"의사를 불러요! 의사! 세상에, 클레어 님, 정신 차리세요…….!"

막시밀리안이 황급히 그녀를 안아 들어 침실 쪽으로 옮겼다. 요안나와 집사, 고용인들이 그 뒤를 정신없이 따라갔다.

클레어를 침대에 내려놓은 막시밀리안이 경악했다. 엉덩이 쪽을 받쳐 안았던 손에 피가 묻어 있었다.

리누스는 클레어를 따라가려 했으나, 침실까지 들어가지 못하고 중간에 막혔다. 집사가 고개를 숙여 사죄했다.

"황공합니다, 황자 전하. 귀부인의 내실이니 부디 이만 물러나 주십시오."

리누스는 그런 예법이나 예의를 아주 싫어하는 사람이었으나, 쓰러진 여자의 방에 밀고 들어갈 수는 없었다. 어쩔 수 없이 그는 밖으로 나와 황궁으로 돌아갔다.

공식적인 소식은 닿지 않았는지, 나갈 때와 마찬가지로 황후궁의 불은 대부분 꺼져 있었다. 주방이나 고용인들이 일하기 위해 필요한 구역만 환했다. 들어가면서 그는 마중 나온 시종에게 물었다.

"어머니는?"

"쉬고 계십니다."

"그럴 리가 있겠냐. 솔직히 말해."

리누스가 신경질적으로 말하자 시종이 난처한 듯 고개를 숙였다.

"달리아 룸에 계십니다. 휴식을 취하고 계시니 아무도 들이지 말라고 말씀하셨습니다."

달리아 룸이라는 단어를 들었을 때부터 리누스는 이미 그쪽으로 향하고 있었다. 시종이 그를 종종걸음으로 뒤따르며 말했다.

"리누스 전하, 황후 폐하께서 사람을 들이지 말라고……."

"여기서 자고 있는 것도 아닐 텐데."

달리아 꽃이 새겨진 회의실 문 앞에 호위가 넷이나 서 있었다. 리누스는 차갑게 말했다.

"비켜."

"황공합니다, 전하."

"비켜!"

리누스는 다시 말하고 호위를 밀쳐 냈다. 호위들은 애써 문 앞을 몸으로 틀어막았으나, 황자를 강압적으로 밀어내지 못하고 결국 길을 열어 주었다. 황후궁에는 그를 해칠 수 있는 사람이 없다. 어릴 때도 그걸 알았어야 했다.

그는 문을 쾅 소리가 나도록 걷어차 열었다. 테이블에 둘러앉아 있던 사람들이 고개를 돌렸다. 황후가 그를 보자마자 피곤한 얼굴을 했다.

"어머니."

"들어오지 말라는 말을 들었을 텐데."

"엘리엇을 죽였습니까?"

단도직입적인 말에 다른 사람들이 모두 조심스럽게 고개를 숙이거나 시선을 돌렸다. 황후의 얼굴에 더 짙은 피로가 묻어났다.

"네가 상관할 일이 아니다. 물러가라."

"제가 왜 상관할 일이 아닙니까? 저와 약속하신 게 있을 텐데요."

"내가 이미 너에게 한 가지 양보하지 않았느냐?"

"그게 어머니가 양보한 일입니까? 제가 어머니 계획을 어그러뜨린 거겠죠."

그 말에 황후의 안색이 살짝 일그러졌다. 리누스는 모친을 전혀 두려워하지 않고 그 시선을 맞받았다.

"그래. 너 때문에 내 우수한 시녀를 하나 잃었고, 슈폰하임

자작가와의 사이도 곤란해졌다. 그것으로 내 인내심은 이미 다 소모했으니, 이제 그만 네 방으로 돌아가."

"별 말도 안 되는 소리를 하시는군요. 슈폰하임 자작가 따위 는 버림 패로 써도 아깝지 않으니까 그 시녀가 멍청한 계획을 세웠을 때도 받아들이셨을 텐데."

"리누스, 네 역할을 다할 게 아니라면, 어린애처럼 떼쓰지 말고 얌전히 네 방으로 돌아가거라."

"엘리엇을 제게 주시기로 약속하셨습니다."

"그 애는 죽지 않았다."

"그 말을 제가 어떻게 믿습니까?"

"천지 분간도 못 하는 못난 놈! 내가 기어이 널 끌어내게 해 야 할까?!"

인내심이 끊어진 황후가 마침내 언성을 높였다. 시종과 호 위들이 우르르 달려와 리누스를 둘러싼 뒤 몸으로 밀어내었다. 감히 그 몸에 직접 손댈 수 없었기 때문이다.

"네가 날 못 믿듯이 나도 널 그렇게 신뢰하지 않는다. 그 이 상은 할 말 없어. 할 일이 없으면 나가서 네가 저지른 일이나 처리하도록 해."

황후가 차갑게 말했다. 리누스는 자신이 물러날 수밖에 없 다는 것을 깨닫고, 성을 내며 획 돌아서서 밖으로 나갔다.

황후는 눈가를 한 번 쓸었다. 그리고 미지근한 차에 설탕을 들이붓고는 티스푼으로 신경질적으로 휘저었다. 제 자식이 저 토록 형편없다는 사실을 인정하기 힘들었다. 대체 누굴 닮은 건가. 부모도, 형제도 모두 유약했으나 리누스처럼 예민한 기질은 아니었다.

그렇다는 건 결국 자신이 20년 전에 선택을 잘못했다는 뜻이다.

'충동 따위에 휩쓸리는 게 아니었는데.'

당도를 높인 차를 전부 훌쩍 마신 뒤에야 황후가 낮은 소리로 말했다.

"결국 해결된 일은 아무것도 없군."

송구한 듯 아우구스타가 고개를 숙였다.

알트마이어 저택은 불탔으나 백작 일가는 무사히 피신했고, 아렌 공왕은 외출 중이었다. 황제의 사망은 확인하지 못했다. 그렇다고 추정되는 시신은 있었으나 화재 때문에 확신할 수 없었다.

"한 번에 확실하게 처리해야 한다고 분명히 말했는데."

황후가 탄식하듯 말했다. 책임을 맡은 하츠펠트 후작가의 요나스 경이 고개를 숙였다.

"죄송합니다."

"결국 호텔 화재도, 알트마이어 저택의 화재도 경이 지시한 것은 아니라는 뜻이군."

"폭약을 사용했으니 있을 수 없는 일은 아닙니다만⋯⋯."

"호텔 쪽은?"

황후는 물었다. 에리히가 적인 것이 확실해진 이상, 이번에 완전히 제거해 버릴 작정이었다.

하지만 에리히는 호텔을 통째로 전세 내고 직원들을 모조리 쉬게 한 후 클라우제너의 고용인만으로 채웠다. 건물 자체를 봉쇄한 셈이라 밖에서 뚫고 들어갈 방법이 없었다.

가능했다면 그녀는 독살이나 조용한 암살 쪽을 선택했을 것이다. 아이 때문에도 그랬다. 꼭 리누스 때문만이 아니라도, 아이를 사로잡아 두면 여러 가지로 쓸모가 많을 것이었다.

하지만 입구를 무너뜨리기 전에는 호텔 안으로 아예 진입할 수조차 없었다. 그래서 1층에 폭약을 실은 수레 여러 대를 갖다 박고 폭도를 진입시키겠다는 요나스의 제안을 허가했다. 위에는 공사장에서 사용하는 폭약을 깔았으나, 밑에는 군에서 사용하는 폭탄도 포함되어 있었다.

그러나 화재는 호텔 상층부에서 시작되었다.

"건물 전체가 흔들린 데다가 혼란이 있었을 테니, 촛불이나 성냥불로 인해 화재가 발생했을 가능성이 큽니다."

요나스의 말은 충분히 납득할 만했다. 그래도 뭔가 찜찜한 기분이 들어서 황후는 눈살을 찌푸렸다.

"결국 공작도, 아이도 찾지 못했다는 거군."

"매몰되어 있을 걸로 생각됩니다. 외부에 있던 가신들이 달려들었지만, 제대로 구조 작업이 시작되려면 클라우제너에까지 연락이 닿아야 할 테니까요."

황후는 마음을 가라앉혔다. 알트마이어 영지의 행정관은 그녀의 사람이었다. 이미 뜻을 전해 두었으니, 적당히 손을 허술하게 한 채 시간을 끌 것이다.

하지만 확실하게 마음에 차는 일이 하나도 없었다. 계속해서 쫓기고 있다. 시간을 충분히 들여서 다듬을 틈 없이 다음 수를 두어야 하고, 그럴 때마다 허점이 생겼다.

'내가 실수하고 있는 거지.'

황후는 그렇게 생각했다. 클레어에게 지고 있는 것이라고는 생각하지 않는다.

'어찌 보면 남작의 말이 맞기도 하고.'

단기간이라고 생각하고 권도로 시작했던 일을 20여 년간 끌었다. 임기응변이 쌓이니 균열이 생기지 않을 수가 없었다.

아니다. 승자는 자신이다. 벌레 같은 자들을 모아 목소리를 높이게 한다고 해서 무엇을 해낼 수 있단 말인가?

클레어가 지금 선량하고 자비로운 뜻으로 탁상공론을 늘어놓을 수 있는 것은 아직 젊고 운이 좋기 때문이다.

'내가 막후 권력자에 불과하다고?'

지난 20년 동안 나라를 다스린 것이 누구인가. 자신이었다.

그럼에도 불구하고 그녀는 아직도 황제의 관을 제 머리 위에 올리지 못했다. 고작해야 그 혈통을 가진 장남 따위가 뭐라고. 그렇기에 역사에 이름을 남기는 것이 그녀가 아니리라는 클레어의 말이 뼛속에 박혔지만, 황후는 이를 갈듯 그것을 부정했다.

자신은 그들을 올려다보고 공적을 대신 바치기 위해 태어난 것이 아니다. 통치는 진정으로 능력 있고 냉철한 사람이 해야 한다.

귀족이랍시고 모인 상원에서 하는 일이라고는, 시가에 불을 붙여 놓고 잡담이나 하다가 제게 손해 되는 일에 거부권을 행사하는 게 전부다. 하원에는 하나씩 보면 제법 그럴듯한 자를 모아 놓았으나, 날이면 날마다 저희들끼리 싸우느라 해야 할 일조차 제대로 하지 못한다.

그것을 이끌어야 할 황제는 평범한 귀족 가문의 가주조차도 되지 못할 종류의 인간이었다.

그녀가 아니었다면 아무것도 시행되지 않았을 것이다. 클레어는 자신을 하급 장사꾼이라고 폄훼했지만, 그녀가 이룩한 부역시 결국 자신이 깐 철로에서 비롯된 것이 아닌가.

철로와 전신을 깔고, 도로를 정비하고, 우편 사업을 활성화시켰다. 산업은 저절로 발전한 게 아니다.

배우지도 못했고 배우려 하지도 않는 멍청한 것들이 대체 무엇을 할 수 있단 말인가? 아편? 노예계? 자신이 하지 않았어도 누군가가 했을 것이다. 그녀는 그것을 통제하며 나라를 위해 이용한 것이다.

'약육강식이 자연의 이치가 아니라 해도, 인간의 이치라는 것만은 확실한 사실이지.'

황후는 싸늘하게 명령했다.

"황제 폐하의 시신을 정중히 모시도록. 클라우제너 공작은 반드시 찾아내. 없으면 만들어서라도."

그 말뜻을 알아들은 가신들이 고개를 숙였다.

"그리고 계엄령을 선포하겠다. 폭동이 일어나고, 황제 폐하마저 그에 휘말려 돌아가셨다니 이보다 더 시급한 사안은 없지."

"예."

대답한 가신 하나가 뛰어나갔다.

클레어가 눈을 뜬 것은 한밤중이었다. 널찍한 침실에는 촛불 몇 개만 밝혀져 있었고, 창문은 살짝 열려 있었다. 그녀는 눈을 반개하고 몇 번 깜박거리다가, 마침내 정신을 차렸다.

"클레어 님!"

요안나와 막시밀리안이 동시에 달려들었다. 클레어는 멍한 채 혼잣말처럼 중얼거렸다.

"내가 잠을 많이 잤나 봐."

"사흘간 쓰러져 계셨습니다."

막시밀리안이 갈라진 목소리로 말했다. 클레어는 목이 마르다는 것을 깨달았다. 눈치 빠른 하녀장이 물을 가지고 달려왔다. 그녀는 그것을 받아 마시려고 몸을 일으켰다가, 침실 안에 두 사람만 있는 것이 아님을 깨달았다.

"무슨 일…… 있었어?"

"기억 안 나세요?"

요안나가 염려스럽게 물었다. 클레어는 잠시 멍하게 눈을 깜빡거리다가 도로 감아 버렸다. 차라리 기억이 안 났으면 좋을 거 같은데, 멀쩡하게 기억이 났다.

"소식은……?"

대답이 어디에서도 돌아오지 않았다.

"사흘, 지났다며……. 소식은?"

"죄송합니다."

막시밀리안이 침중하게 말했다.

"전령을 보냈지만, 아직 저쪽에 도착했을 시간은 아닙니다. 구조 작업이 진행 중이라는 소식은 도착했습니다만……."

클레어는 그 말을 거의 듣고 있지 않았다. 아니, 사실 듣지 않아도 이미 알고 있었다. 가장 빠른 전신으로 오갈 수 있는 문장은 겨우 몇 줄뿐이다.

그녀는 허우적거리며 몸을 일으키려 했다.

"가야겠어. 내가 가야."

가는 데만 며칠 걸릴 거라거나, 저쪽에서 소식이 오는 데 걸리는 시간을 고려하면 이미 골든 타임을 넘겼을 거라거나, 그런 생각은 하지도 않았다.

아이와 남편이 잔해에 묻혀 있다. 어쩌면 다친 채로, 아마도 빛 하나 물 한 모금 없는 곳에서.

하지만 사흘이나 혼절해 있던 몸은 제대로 말을 들어주지 않았다. 요안나가 그녀를 끌어안듯이 붙들었다.

"안 돼요, 클레어 님!"

"가야 해. 내가 가는 게 제일 빨라."

"움직이시면 안 돼요! 하혈량이 엄청나셨다고요!"

"다른 사람은 못 믿어! 내가 가야 한다고!"

그녀는 정신 나간 사람처럼 소리 지르며 발버둥 쳤다.

발광하는 그녀를 요안나의 힘만으로는 막을 수가 없었다. 침대 밖으로 기어 나오려는 그녀를 막시밀리안이 달려들어 어깨를 안아 눌렀다. 의사가 소리쳤다.

"절대 안정하지 않으시면 아기님이 위험합니다!"

그 말에 클레어의 몸이 얼어붙은 듯이 뚝 멈췄다. 잠시 동안 침묵이 감돌았다. 막시밀리안은 팔 안에서 굳어 있던 클레어의 몸에 마치 이해가 도는 것처럼 차근차근 떨림이 퍼지는 것을 느꼈다.

그녀가 한참이나 시간이 걸려서야 겨우 되물었다.

"아기?"

"그렇대요, 클레어 님. 5주에서 6주 사이래요."

"그럴 리가……. 나, 생리했는데?"

"그때도 하혈이었거나, 착상혈을 착각하셨을 겁니다. 초기에는 그렇게 드물지 않은 일입니다."

클레어는 눈을 크게 뜬 채 그 말을 들었다.

주기가 딱 한 달만 어긋나고, 제날짜로 돌아왔다. 끝나자마자 일주일 만에 또 시작했다고 짜증 냈는데, 양이 퍽 적었던 건 기억하고 있었다. 간격이 짧아서 그렇다고 생각했다.

그녀가 그 의미를 받아들인 것을 깨달은 의사가 동아줄을 잡은 사람처럼 다급히 말했다.

"아직은 괜찮습니다. 하지만 유산기가 있으십니다. 가능하면 움직이지 마시고, 마음을, 편히……."

차마 끝까지 잇지 못하고 의사가 말꼬리를 흐렸다. 클레어의 몸에서 힘이 빠져 축 늘어졌다.

"임신이라니……."

"클레어 님……."

"기다릴 때는 안 오더니, 제 아빠랑 자리를 바꾼 것처럼 왔네……."

막시밀리안은 그제야 조심스럽게 그녀를 도로 침대에 눕혔다. 클레어의 뺨이 젖어 있었다. 눈을 동그랗게 뜬 채, 눈물이 소리 없이 눈꼬리를 타고 흘러내렸다. 자기가 우는 건지도 모르는 듯한 얼굴이었다.

작은 흐느낌 소리가 난 것은 그다음의 일이다. 막시밀리안은 그녀에게 자극이 되지 않도록 조심스럽게 물러났다. 그리고 시트를 머리끝까지 끌어 올려 덮어 주었다. 귀족은 기쁨에 경박해져서는 안 되는 것과 마찬가지로 비탄도 남에게 보이지 말아야 하는 법이다.

시트가 들썩이며 흔들렸다. 울음소리가 커져 이내 꺽꺽거리고 고통에 찬 통곡이 되었다. 하지만 눈물을 닦고 어깨를 안아 주어야 할 사람은 여기 없으며, 아마도 다시는 돌아오지 못할 터였다.

클라우제너의 후계자(2)

요안나만 남기고 막시밀리안이 침실 밖으로 나오자, 거실에서 빌헬름과 파벨을 비롯하여 핵심 가신들이 초조하게 기다리고 있었다.

"공작 부인께서는?"

"일단 진정하셨습니다. 울고 계시긴 합니다만……. 회임 중이신 건 모르셨던 것 같습니다."

"그렇군요."

괴르델러 백작이 긴 한숨을 내쉬었다.

"의사는 괜찮다고 합니까?"

"절대 안정을 취하셔야 한다고요. 괜찮으실 겁니다. 회임 중이시라는 말을 듣고 이성이 돌아오신 것 같았습니다."

"하아……."

"일단 자리를 옮기시지요. 부인의 주위를 소란하게 해서는 안 됩니다."

막시밀리안의 말에 좌중이 모두 일어서서 소리 없이 밖으로 나갔다. 대회의실로 향하면서 막시밀리안이 물었다.

"바깥 상황은 어떻습니까? 노이만 의장님이 의회를 소집하신다고 들었는데."

"근위대가 강제 해산시켰습니다. 계엄령이 선포되었으니까요."

클레어에게는 전해진 소식이 별로 없다고 말했지만, 사실은 그렇지 않았다.

알트마이어에서 일어난 폭동은 아렌의 이름을 구호로 내세우고 있었다. 수십 수레의 폭약을 이용해 알트마이어 저택의 담장을 부수고 동관을 습격하여, 근위대원들이 무수히 사상했다. 동시에 클라우제너 공작 부자가 머무르고 있던 호텔에도 테러가 저질러졌다.

황실은 이를 반역으로 규정짓고, 계엄령을 선포했다. 그다음 반역자를 색출한다며 군대를 풀었다. 이에 하원이 반발했다. 황실에는 황태자가 없으므로, 이 시점에서 황권을 대리할 수 있는 사람은 없다는 것이었다.

"아마 귀족원도 소집 불가일 겁니다. 반역이니까요."

"쯧!"

누군가가 혀를 찼다.

황제가 시해되었다는 말이 있으나 아직 불분명했다. 시신을 발견했다는데, 워낙 오랫동안 얼굴을 비치지 않았던 터라 알트마이어에서 확인할 수 있는 사람이 없었다. 시신이 수도로 운구되어야 비로소 확인할 수 있을 것이다.

수도에 전운이 감돌았다. 디트마어는 잘 움직여지지 않는 한쪽 다리를 끌고 거리로 나섰고, 이제 그를 따르는 무리는 연설회의 청중이 아니라 시위대였다.

그로부터 사람들은 한동안 말이 없었다.

클라우제너는 이 모든 일의 중심에 있으면서, 거기에서 비켜나 있기도 했다.

가주인 공작과 어린 아들이 행방불명되었다. 호위와 수행원 중 죽고 다친 자의 수가 무시할 수 없을 정도로 많았으니, 누가 봐도 피해자였다. 계엄군도 시위대도, 공작저를 둘러싸는 일은 없었다.

"그나마, 공작 부인께서 무사하시니 얼마나 다행입니까? 아기님께서도."

비통한 분위기를 뚫고 괴르델러 백작이 말했다.

클레어는 그냥 안주인이 아니었다. 그녀는 아직도 에리히의 인장 반지를 갖고 있었으며, 완전한 권한을 행사할 수 있는 대리인이다. 파벨이 눈물을 머금은 채 벌컥 화를 냈다.

"지금 그런 이야기를 할 때입니까?"

"중요한 문제입니다. 이제 배 속의 아기님이 클라우제너의 유일무이한 직계이십니다. 공작 각하께서 결혼 후에 유언장을 고치시기는 했지만, 가문에 귀속된 것은 결국 혈통을 따라 상속되게 되어 있습니다."

"아직 돌아가셨다고 확정된 것도 아닌데!"

"아니, 파벨 경. 이건 생각해 볼 만한 문제입니다."

빌헬름이 파벨을 진정시키려 애쓰며 말하고는 괴르델러 백
작을 바라보았다.

"도련님을 제외하면, 지금까지 상속권자는 확실히 그리프
백작이었지요?"

"맞습니다. 선선선대 공작님의 남동생이 처가 쪽 작위를 상
속받아 그리프 백작이 되었고, 그쪽의 직계입니다. 뢰제너 후작
가의 영식도 상속권을 주장할 겁니다. 이쪽은 공작 각하의 고종
사촌이니, 혈통은 훨씬 가깝습니다. 모계 쪽이긴 합니다만."

그리고 양쪽 모두 클라우제너보다는 에른스트 공작가와 훨
씬 가까운 친척이었다. 그리프 백작가는 에른스트와 영지가 붙
어 있고, 뢰제너 후작은 아예 에른스트의 방계였기 때문이다.

"양쪽 모두 위험합니다."

괴르델러 백작이 말했을 때, 집사가 당황스러운 얼굴로 황
급히 대회의실로 들어왔다.

"손님이 찾아오셨습니다."

"거절하지요. 지금 손님을 맞이할 때가 아닌 줄 뻔한데."

"그리프 백작님입니다. 공작 각하께서 행방불명되셨으니,
가문을 단속하러 오셨다고……."

좌중이 서로의 얼굴을 쳐다보았다.

그리프 백작은 클라우제너 공작저의 정문 앞에서 감개 깊은

얼굴을 했다.

그는 클라우제너 공작가의 얼마 안 되는 친척 중의 하나였고, 이 저택에도 여러 가지 이유로 방문하곤 했다. 하지만 손님으로 올 때와 오늘은 완전히 기분이 달랐다.

그는 자신이 클라우제너의 상속자라는 사실을 항상 의식하고 있었다. 물론 건강하고 결격 사항이 없는 완벽한 클라우제너 공작이 있는 이상 그 상속권이 유의미할 거라는 기대는 하지 않았다. 에리히에게 무언가 잘못된 일이 생기기를 바란 것도 아니다.

하지만 자손이 적은 가문이니 혹시 또 모를 일 아닌가. 자신의 손자나 혹은 증손자 대에 이르러 좋은 일이 있을지도. 이렇게 자신이 직접 주인으로서 입성하게 될 줄은 몰랐다.

클라우제너에서 떨어져 나와 한번 하강했던 자신의 핏줄이 다시 지배 가문으로 되돌아가는 것이다.

조카뻘밖에 안 되는 공작이 젊은 나이에 비명에 갔으리라는 것을 생각하면 마음은 비애에 가득 찼으나, 그런 만큼 자신이 혼란에 빠졌을 클라우제너를 잘 다독여 다스려야겠다고 마음먹고 있었다.

"죄송합니다, 그리프 백작님. 공작 부인께서는 지금 몸이 편치 않으신지라 손님을 맞이하지 않으십니다."

"이해하네. 공작 부인의 참담한 심경을 왜 모르겠는가? 손님으로 온 것은 아니고, 가문에 남자 손이 필요할 것 같아 온 것이지."

"그리프 백작님."

"공작 부인께서도 가신들보다는 친척이 낫다는 것을 알고 계실걸세. 나중을 생각해도 그렇고."

그리프 백작이 말하는 '나중'의 의미를 알아들은 집사가 살짝 미간에 주름을 만들었으나, 그 이상의 불쾌감을 표하지는 않았다.

"응접실로 모시겠습니다."

그건 손님으로 받아들이겠다는 뜻이다. 그것을 알기 때문에 그리프 백작은 로비에 놓인 장식용 벤치에 걸터앉았다.

"여기서 기다리지."

손님 대접을 받을 생각은 없었다. 서재를 당장 차지할 수 있을 거라고 생각하지는 않지만 자신이 누구인지 가신들도, 고용인들도 알아야 할 필요가 있다.

물론 쉬울 거라고는 생각하지 않았다.

'신중하게 행동하십시오. 공작 부인은 보통 사람이 아닙니다.'

그가 이리 오기 전에 에른스트 소공작이 경계의 말을 전했다.

'클라우제너 공작이 부인에게 인장 반지로 청혼한 게 그냥 퍼포먼스가 아닙니다. 지금 실제로도 공작 부인은 거의 전권을 쥐고 있습니다. 막시밀리안 자작이 단순히 공작 부인의 호위로 붙

어 있는 것이 아니라 명령까지 듣고 있다고 합니다. 재정 관리
인도 그렇고요.'

그 정도면, 공작 자신이 부재하더라도 완벽하게 같은 권한
을 행사할 수 있도록 준비해 둔 셈이다.
'확실히 평범한 경우는 아니지.'
그리프 백작은 속으로 생각했다. 그러나 어쩌겠는가? 어떤
가문이든 상속은 핏줄을 따라가는 법이다. 그리고 공작 부인
에게는 아직 자식이 생기기 전이다. 아무리 여장부라 할지언정
상속권 자체가 없는데 어찌할 것인가.
설령 에리히가 혼전에 얻었다는 그 아들이 있다고 하더라도
상속을 다퉈 볼 만했다.

'그 아들은 공작 부인 소생이 아닙니다. 에리히의 자식이 아
니라는 것은 증명하기가 불가능하지만, 공작 부인이 낳은 아이
가 아니라는 건 확실히 증명이 가능하지요. 그렇다면, 단순한
양자입니다.'

지금은 그 아이도 없지만 말이다. 아마도 그가 싸워야 할 상
대는 뢰제너 후작 영식일 것이다.

'확실하게 하십시오, 그리프 백작님. 공작 부인이 비탄 때문
에 모든 일에서 손을 뗀다면 가장 좋겠지만, 그렇지 않다면 가

문의 힘을 휘두르지 못하게 막아야 합니다. 이건 황후 폐하의 뜻이기도 합니다.'

'염려 마십시오.'

그리프 백작은 그렇게 대답하고 나왔다. 사실 공작 부인이 남편과 자식까지 잃고 나서도 계속 황후와 대립하리라고 생각하지 않았다. 자신이 보살피고자 했던 아렌의 천한 것들에게 뒤통수를 맞은 상황이 아닌가.

그런 생각을 하고 있는데, 가신들이 로비로 나왔다.

파벨이 적대적인 태도로 그를 노려보았다. 그리프 백작은 관대한 마음으로 그를 용서했다. 그가 얼마나 에리히에게 마음으로부터 충심을 다했는지는 잘 알고 있었다.

연장자인 보울러 백작이 정중하게 인사했다.

"어서 오십시오, 그리프 백작님. 먼저 연락을 주셨더라면, 손님을 받고 있지 않다는 말씀을 전해 드렸을 텐데요."

"손님으로 온 게 아니오."

그리프 백작이 부드럽게 말했다.

"클라우제너가 큰일에 휩싸였는데 친척으로서 당연히 여러 일을 도와야 할 거라고 생각해서 방문했소. 공작 부인께서도 어떠신지 궁금하고."

공작 부인 얘기가 나오자마자 가신들의 태도가 적대적으로 돌변했다. 그리프 백작은 속으로 놀랐다.

그는 가신들이 혼란에 빠져 있을 거라고 생각했다. 에리히가 부인에게 전권을 주었다지만, 결혼한 지 몇 달 되지도 않았는데 이렇게까지 가신들이 적극적으로 신분도 낮은 공작 부인 편에 뭉쳐 있으리라고는 생각지 못했다. 막시밀리안이 말했다.

"부인께서는 사건 소식을 듣고 쓰러지셔서 안정 중이십니다. 위로의 말씀은 제가 대신 전달하겠습니다."

"일은 어떻게 하고 있는가? 가문의 일이 적지 않을 텐데."

"백작님께서 마음 쓰실 일은 없습니다."

"왜 내가 마음 쓸 일이 없다는 건가? 합당한 상속권자로서, 가문의 상황을 정확히 파악해야겠네."

그리프 백작은 기분이 상하여 그렇게 말하면서 안쪽으로 발을 들였다. 평소 점잖고 수동적인 편인 괴르델러 백작이 손을 뻗어 그의 앞길을 막았다. 그리고 의례적인 미소를 띤 채 말했다.

"유언장이 개봉되기 전까지 클라우제너의 가주 대행은 공작 부인이십니다."

"그걸 몰라서 하는 말이 아니지 않소, 괴르델러 백작. 미리 준비를 해 두자는 것이지."

"그럴 일은 없습니다."

"내 그대들의 마음을 이해하오. 에리히 님이 건강하게 돌아오실 수도 있겠지. 하지만 그 전에 누군가는 가문을 통솔해야 하지 않겠소?"

상속권자인 자신이 아니면 누가 하겠는가. 그 말을 하려는데, 로비의 계단에서 목소리가 들려왔다. 요안나였다.

"실례하겠습니다, 그리프 백작님. 공작 부인의 시녀로 있는 요안나 블룸이라고 합니다."

"만나서 반갑습니다, 레이디 블룸."

"공작 부인께서 백작님을 만나 보겠다고 하십니다."

그 말에 괴르델러 백작을 포함하여 모든 가신들이 물러섰다. 막시밀리안만이 염려스러운 얼굴을 했지만, 클레어가 만나겠다고 했다면 자신들이 말을 얹을 부분은 없었다.

그리프 백작은 그것에도 조금 놀라며 요안나에게 물었다.

"편찮으시다고 들었습니다만."

"잠시 대화를 나눌 정도의 기력은 있다고 하십니다."

요안나가 애매하게 말했다. 그녀가 생각하기에 클레어는 지금 시간이 필요했다. 하지만 그러지 말라고 할 수는 없었다. 이미 이야기가 귀에 들어갔다. 클레어는 책임감이 강한 사람이다. 클라우제너를 자신의 의무로 받아들였으니, 그 일에서 돌아서서 눈감고 있지 못할 것이다.

요안나가 앞장서서 그리프 백작을 안내했다. 그 뒤를 가신들이 모두 함께 따랐다. 안주인의 침실 문 앞에서 요안나가 잠깐 걸음을 멈추었다.

"괴르델러 백작님과 막시밀리안 경만 같이 들어가시죠."

요한나의 말에 다른 사람들이 걸음을 멈추었다. 그리프 백작은 몸가짐을 다듬었다.

에른스트의 뜻이 어떻든, 공작 부인과 직접 싸우고 싶지는 않았다. 자신이 원하는 것은 클라우제너를 온전히 상속하는 것뿐이니 말이다.

'상당한 미인이기도 하고.'

그는 속으로 생각했다. 그 에리히의 여자다. 당연히 보통 여자가 아닐 터이다. 성격도, 능력도, 그리고 여자로서도.

특별히 음흉한 마음을 가진 것은 아니지만, 슬퍼서 울고 있다면 위로해 주는 것도 좋으리라. 여러 의미에서 말이다.

요안나가 문을 열었다. 클레어는 침대에 푹신한 쿠션을 가득 놓아 등을 받치고 앉아 있었다.

핏기 없는 얼굴에 눈과 코에만 붉은 기가 돌았다. 그러나 그 얼굴에서 절망이나 슬픔은 찾아볼 수 없었다. 얼음처럼 정제된 표정은 누구든지 아주 로멜 귀족답다고 말할 만한, 그런 모습이었다.

그리프 백작은 잠깐 당황했다. 그가 생각한 그 어떤 상황에도 이런 태도의 공작 부인은 없었다. 슬픔에 몸부림치고 있거나, 분노에 사로잡혀 있을 줄 알았다. 혹은 가문 단속을 위해 아예 권력자답게 행동하거나.

클레어가 입을 열었다. 목이 쉬어 있었다.

"제가 임신 중이라 제대로 맞이하지 못하고 이렇게 침실까지 오시게 했습니다. 실례했습니다, 그리프 백작님."

"예?"

생각지도 못한 말에 그리프 백작은 눈만 끔벅거렸다.

"임신, 중이라고 하셨습니까?"

"네, 6주가 조금 못 되었다고 해요."

클레어가 말했다. 그리프 백작은 당황하여 주위를 둘러보았으나 의사가 고개를 끄덕거리는 것밖에 보지 못했다. 그리프 백작이 무심코 목소리를 높였다.

"이, 이렇게 갑자기……!"

"백작님이 남편의 가까운 친척이시니, 이 기쁜 소식을 여러 사람에게 전해 주셨으면 합니다. 저는 의사에게서 절대 안정을 권유받은 터라, 지금은 움직이기 어렵네요."

클레어는 그가 무어라고 하든 상관하지 않고 무감정한 목소리로 말했다.

그리프 백작은 부들부들 떨었다. 그게 사실이긴 하느냐는 말이 목구멍까지 치솟았다. 그러나 감히 입을 열 수 없었다. 조금 전까지는 자신감으로 어깨에 힘이 들어가 깨닫지 못했으나, 이제 막시밀리안과 침실을 지키는 이들의 기백이 무서웠다.

"이제 그만 물러가세요."

공작 부인이 억양 없는 목소리로 명령했다. 그리프 백작은 어금니를 악물었으나, 괴르델러 백작이 문을 열고, 막시밀리안이 에스코트라도 하는 사람처럼 그의 팔꿈치를 잡고 손짓했다.

어쩔 수 없이 그리프 백작은 침실 밖으로 나갔다. 뒤에서 막시밀리안이 문을 닫았다. 거실에서 대기하고 있던 가신들이 하나같이 얼음으로 된 창날처럼 싸늘한 태도로 기다리고 있었다.

괴르델러 백작이 차분한 목소리로 말했다.

"혹, 각하께서 불의의 사고를 당하신 게 확실하다 하더라도, 유언장은 아기님이 탄생하신 후에 개봉될 겁니다."

그리프 백작은 길게 신음하고, 괴르델러 백작과 가신들을 한 차례 노려보고는 성큼성큼 그 자리를 떠났다.

그 뒤로 거실에는 잠시 침묵이 돌았다. 괴르델러 백작이 먼저 자리에서 일어섰다.

"부인께서 회임 사실을 숨기지 않기로 하신 것 같으니, 저는 그에 맞는 조치를 취해 두겠습니다. 뢰제너 후작 영식까지 와서 난장을 피우는 꼴을 두고 볼 수는 없으니까요."

"맞는 말씀입니다."

"빅토리아 대공 전하와 맨프레드 대공 전하께서는 무어라 전한 말씀 없으십니까?"

"빅토리아 대공 전하께서는 멀리 계시고, 맨프레드 대공 전하께서는⋯⋯."

보울러 백작이 고개를 저었다. 계엄령 때문에 맨프레드 대공저는 봉쇄 상태였다. 당연한 일이다. 황위 계승권을 주장할 수 있는 사람을 자유롭게 놓아둘 리가 없었다.

"이 기회에 모두 반역죄로 몰아 제거할 작정일지도 모릅니다."

그때 다시 문이 열리고 하녀가 고개를 내밀었다. 가신들은 당황했다.

"아, 여기서 이야기할 게 아니었군. 자리를 비키겠네."

"아니요. 마님께서 잠시 들어오라고 하십니다."

"뭐? 우리 모두?"

"네."

가신들은 당황하고 놀랐다. 이 이상 공작 부인에게 힘든 일을 더 얹어서는 안 된다는 생각이 모두에게 공통적으로 있었기 때문이다.

그러나 명령은 절대적이었다. 그들은 클레어가 에리히와 동격이라는 사실을 이미 이해하고 있었으며, 에리히에게 그러했던 것과 마찬가지로 명령을 거부할 생각은 추호도 없었다.

그들은 조금이라도 공작 부인의 피로를 가중시키지 않도록 발소리를 죽여 가며 조심스럽게 침실로 들어갔다. 클레어는 천장을 바라보고 누워 있었다. 허공을 향한 눈은 보이지 않는 무언가를 노려보고 있는 것 같았다.

"지금까지 내 방침에 납득하지 못한 사람이 많을 것으로 알아요."

"뜻하시는 바가 있어서 결정하신 일이라는 걸 모두가 알고 있습니다."

"딱히 충성심을 확인하려고 하는 말이 아니니까 굳이 그럴 필요 없어요."

클레어가 말하고, 잠시 입을 다물었다. 정돈되지 않은 감정이 솟구친 탓이다.

알트마이어에서 일어난 폭동이 진짜 폭동이었을 리가 없다. 알트마이어는 로멜에서도 비교적 발전이 더디고 안정된 지역이었다. 아렌인의 유입도 적을 테고, 조직화된 길드가 있을 확률도 낮았다. 폭발적인 저항이 거기에서 시작될 리가 없다.

무엇보다도 호텔을 무너뜨릴 정도의 폭약은 쉽게 구할 수 있는 게 아니다. 광공업이 발달한 지역이 아니고, 대형 토목 공사가 벌어지고 있지도 않다. 외부에서 반입했다는 뜻이다.

게다가 황후의 이 민첩한 대응을 보라. 그쪽에서 준비해서 일으킨 게 틀림없었다.

후회가 신물처럼 목 안쪽에서 스며 나왔다.

'쓸데없는 짓을 하는 게 아니었는데.'

올바른 방법 따위는 생각하지 말 걸 그랬다. 귀족이면 귀족답게, 권력을 이용하는 게 옳았다.

에리히의 말이 옳다. 전부 탁상공론이었다. 가족조차 지키지 못하면서. 아이를 지키겠다고 만든 힘이었으면서 정작 아이는 손 닿지도 않는 곳에 보내 놓고 남의 일이나 챙기고 있었다.

자신이 뭐라고 인간의 도리가 어쩌고 하면서 선지자인 체했단 말인가. 다른 세상에서 살아 봤다는 게 무슨 의미가 있다고. 자신이 그 세상을 만든 것도 아니고, 그저 거기서 살았을 뿐인 소시민 주제에.

그냥 세상에 적응하여, 자연스러운 이치대로 사는 게 옳았다. 황후 말이 옳다. 약육강식의 야만적인 세상이다.

아마 에리히에게 맡겨 놓는 게 좋았으리라. 그가 그의 방식대로 황후와 협상하여 엘리엇의 안전을 보장받고, 클라우제너와 델포드를 지켜 주었을 것이다.

그러면 이 아기를 낳고, 에리히가 아기 손에 머리를 쥐어뜯기는 것을 보고, 엘리엇이 형 노릇을 한다고 으쓱대는 것에 웃으면서, 여름에는 바다에서 놀고 겨울에는 온천에서 뒹굴면서,

넉넉하고 부유하게 그냥 살 수 있었으리라.

하지만 그런 후회는 전부 늦어 버린 일이다.

클레어는 복수가 자신의 몫이라고 생각했던 것을 기억해 냈다. 이 세상에 어울리는 방식대로 살아 주는 게 옳았다.

그녀는 공허한 눈을 떴다. 가신들은 도열한 채 그녀의 명령을 기다리고 있었다.

"석탄 공급을 중지하세요."

"예?"

빌헬름이 당황하여 되물었다.

"기존 계약은 모두 파기해요. 위약금은 얼마를 물어도 상관없어요."

"석탄값이 폭등할 겁니다."

빌헬름의 목소리가 굳어졌다. 클레어는 차갑게 대답했다.

"그러라고 하는 거예요. 공장이 전부 멈추고 철로가 쓸모없어질 때까지. 오로지 클라우제너 안에서만 쓰도록 해요."

클라우제너는 제국 제일의 석탄 산지다. 여기서 나가는 석탄이 없으면, 제국 전체의 공업을 돌릴 동력이 절반 이하로 떨어지고 만다.

"다른 곳에서 에른스트로 가는 판매로도 막으세요. 그것도 할 수 있겠죠?"

"절반 이상은 막을 수 있긴 합니다만……. 상상도 할 수 없는 피해가 생길 겁니다. 북부는 아직 춥습니다."

그렇게 말했다가 빌헬름이 고개를 저었다.

"아닙니다. 말씀하신 대로 하겠습니다. 다만, 석탄 판매를 중지하면 클라우제너 안에서도 어려움을 겪을 지역이 많습니다."

"밀과 포목을 저렴하게 풀도록 하죠. 남부 아렌에는 내 말이 통하는 지역이 많으니까. 적어도 클라우제너 안에서 밀과 포목을 쓰는 데는 어려운 일 없을 거예요."

"공작 부인……."

그녀는 남방 아렌 귀족이었고, 위빙 상단을 통해 수많은 농장주와 관계를 맺고 있다. 그녀와 클라우제너의 결합은 식량과 연료, 원자재의 결합이었다.

황후는 절대로 이 치킨 게임에서 이길 수 없다. 반드시 대가를 치르게 해 주겠다.

지시를 받은 빌헬름이 물러갔다. 요안나가 그녀의 손을 꼭 잡았다.

"클레어 님, 서둘러 생각하지 마시고……."

"난 후회 안 해."

요안나가 무슨 말을 하려는지 먼저 알아들은 듯 클레어는 그렇게 대답하고 도로 눈을 감았다. 물먹은 솜처럼 몸이 무거웠다.

'이제 열심히 일할 필요는 없겠어.'

셋을 낳아 공평하게 물려주려면 열심히 일해야 한다는 농담으로 에리히와 한참 실랑이했는데, 진짜 헛소리가 되었다.

또다시 아이와 단둘이 남았다.

이미 한 번 겪은 상황 아닌가. 그러니 잘 버텨 낼 수 있을 것이다.

＊

클라우제너의 상속권과 조금이라도 연관된 혈족, 그와 관계된 자들의 머릿속은 바빴다.

에리히는 그 정통성이 비할 바 없이 완벽했다. 5대 동안 실패 없이 이어진 적장자 계승, 친모는 황녀이고 조모를 비롯하여 그 윗대의 모계 중에도 신분에 결함이 있는 사람은 전혀 없다.

날 때부터 후계자였고, 권위는 온전했다. 젊은 나이에 가문을 상속받고 작위를 계승하게 되었을 때도 저항하는 자는 조금도 없었다. 심지어 아렌의 여남작에게 결혼하여 인장 반지를 건네고, 모친이 불분명한 혼외자를 가계도에 입적한다고 할 때조차도 불만을 입에 담는 자가 없었다.

만일에 온전한 아들이 탄생하고 나서 죽었다면 이런 문제는 생기지 않았으리라. 하지만 지금은 달랐다.

"그리프 백작이 상속받게 된다면 뢰제너 후작 영식이 소송을 걸 거라는 이야기가 있습니다. 그리프 백작 쪽에 소문도 있었으니까요."

"소문, 이라니요?"

"애당초 사위에게 작위를 계승시킨 것 자체가 딸의 혼전 임

372

신을 덮어 주는 대가였다는 소문이 있었다더군요. 그렇다면, 그 자손인 지금의 그리프 백작은 클라우제너 공작가와는 혈연이라고 할 수 없지요."

삼대 전의 일이다. 증명할 방법은 없다.

하지만 그게 무슨 상관이겠는가? 클라우제너를 차지할 가능성이 생기는데.

또 다른 종류의 생각을 하는 자들도 있었다.

"아드님이 태어난다면, 더 따질 게 없겠으나, 따님이 태어난다면."

"따님을 방계 혈족과 결혼시켜 사위에게 상속할 가능성은 없나? 부인의 입장에서는 그게 제일 유리한데."

"재산은 또 어떤가. 이제 클라우제너의 재산은 작위에 귀속된 것보다 그렇지 않은 쪽이 훨씬 많아. 그리고 아무래도 따님의 몫이 가장 클 수밖에 없겠지."

이제 상속 재산 중에 작위와 그에 귀속되는 토지만이 유의미한 세상이 아니었던 것이다.

뢰제너 후작가는 그리프 백작보다 훨씬 더 많은 준비를 하고 있었다. 뢰제너는 에른스트의 방계로서 지배 가문과 통혼할 수 있는 혈통이었으니, 비록 클라우제너의 피가 모계로 이어졌다 할지라도 싸워 볼 만한 가치가 있었다.

"기다려. 아직 가주의 시신조차 나오지 않았는데, 섣부른 짓을 했다가는 반감을 살 뿐이니."

에리히의 고종사촌인 헬무트 뢰제너는 법무팀을 준비시키면서도 겉으로는 일절 드러내지 않았다.

클라우제너 같은 거대한 가문을 제대로 소화하기 위해서는 가신의 지지가 절대적이다. 특히, 지금 공작가의 모든 권한을 쥐고 있는 공작 부인의 협조가 필요하다. 그것을 위해서라면 헬무트는 이미 에리히가 클레어에게 준 다이아몬드 광산만이 아니라 그 이상의, 핵심적인 사업을 나눌 작정도 있었다.

"황후 폐하께서 공작 부인을 몹시 미워하십니다. 노하실지도 모릅니다."

"황후 폐하를 위해서 상속권을 주장하려는 것이 아니야. 게다가 지금까지는 공작 부인이 마음에 들어서 그냥 두셨다던가? 클라우제너를 건드리지 못했을 뿐이지."

그러니 황후로부터 안전을 꾀하기 위해서라도, 상속자와 공작 부인은 긴밀한 관계를 유지해야 할 필요가 있다.

하지만 그의 법무팀이 움직일 기회는 없었다. 그리프 백작이 다녀간 날, 괴르델러 백작은 곧바로 공작 부인의 배 속에 있는 후계자와 유언장 개봉일에 관한 내용을 편지로 적어 방계 혈족들에게 보냈던 것이다. 뢰제너 후작은 편지를 읽고 얼굴을 구겼다.

"임신이라고? 이게 사실인가?"

"결혼한 지 몇 달 되었으니 이상할 건 없다고 봅니다. 임신 초기에 친족에게까지 굳이 알릴 필요는 없으니까요."

"하지만 이 시점에서! 게다가 이 말에 따르면, 둘이 별거하기 직전에 임신했다는 게 되지 않느냐?"

"진위를 증명하라고 할 수는 없습니다. 클라우제너 공작 각하의 주치의인 브란트가 확인했다고 하니까요."

법률 고문이 냉정하게 말했다. 헬무트가 한숨을 내쉬었다. 진짜이든 아니든, 지금으로서는 건드릴 수 없었다.

"기다려 보죠. 지금 당장을 넘기기 위해서 위장을 한 거라면, 유산 핑계를 대든 어쩌든 결국 상속까지 이어 가지는 못할 겁니다."

"확인은 해야 해. 시간을 벌어 놓고 공작 부인이 가문의 알맹이를 전부 빼돌릴지도 모르지 않느냐."

"제가 한번 만나 보겠습니다. 어느 쪽이든 대화할 여지가 있겠지요."

헬무트의 말에 뢰제너 후작이 탄식했다.

"네 어머니가 살아 있었다면 좋았을 텐데."

"그랬다면, 아마 에리히가 유언으로 미리 견제를 해 놨을 겁니다. 제가 알아서 하겠습니다."

헬무트는 그런 대화를 한 다음 날, 바로 클라우제너 공작저를 방문했다. 그러나 그는 공작저의 대문조차 통과하지 못했다.

공작저를 빙 둘러 거의 1미터 간격으로 경비원이 서 있었다. 보울러 백작이 아예 대문 앞에 천막을 쳐 놓고, 거기에 책상과 의자를 가져다 놓고 업무를 보면서 손님을 맞이하고 있었다.

"죄송합니다만, 헬무트 님, 상황이 상황인지라 아무도 저택

안에 들이지 않고 있습니다."

"그게 공작 부인의 뜻인가?"

"예. 절대 안정이라는 의사 지시가 있었습니다. 부인께서도 충격을 많이 받으셨고요. 중요한 일이 있으시면, 괴르델러 백작과 빌헬름 경이 맡아 처리하고 있으니 그쪽으로 말씀 전해 드리겠습니다."

보울러 백작은 정중한 태도를 잃지 않았으나, 끝에 이 한마디를 덧붙이고 말았다.

"상속에 관한 이야기는, 적어도 각하의 생사가 확실해진 후에나 이야기하는 게 옳다고 봅니다."

"당연하지. 이해하네."

헬무트는 그렇게만 말하고 물러났다.

아렌 귀족의 다수가 자칫하면 반역죄에 엮일 수 있는 상황임에도 계엄령은 뒷전으로 밀렸다. 이것은 황후를 지지하는 귀족과 그렇지 않은 귀족이나 마찬가지였다.

제국에서 가장 거대하고 부유한 가문의 상속 다툼이 벌어지게 생겼다. 수많은 귀족들이 끄트머리나마 클라우제너와 혈연이 통하거나, 혹은 통해 있는 가문과 인연이 있었다.

작위는 혈연을 따라가는 것이라고 해도 가문에 귀속되지 않는 막대한 재산 일부가 제게 떨어지지 않을까 하는 기대 심리가 팽배했다.

수도에 있는 클라우제너의 사업장이 모두 휴업했다. 끌어올 수 있는 자금과 경호팀 전부가 공작저에 집중되었다.

클라우제너는 새끼를 품은 짐승처럼 웅크렸다.

＊

빌헬름이 황후에게 불려 간 것은 클레어가 석탄 공급을 줄이겠다는 결정을 내리고 열흘 후의 일이었다. 괴르델러 백작이 동행했다.

이미 수도에 있는 상단에는 공급 계약을 파기하겠다는 내용이 전해졌고, 철도회사에도 단계적 공급 축소가 통보된 시점이다. 황후가 차가운 눈으로 빌헬름과 괴르델러 백작의 앞에 철도회사와 각 상단의 청원 서류를 내던졌다.

"이게 무슨 사정인지 알고 싶군."

"황공합니다, 황후 폐하. 이게 황실에 설명이 필요한 일이라고 생각하지 않았습니다만."

"빌헬름 경, 지금 나를 능멸하려는가?"

황후가 싸늘하게 말했다.

"황제 폐하께서 시해되시고, 반역자를 찾고 있는 지금, 아직 철없는 황자를 대신하여 내가 임시로 정무를 보는 것이 그토록 불만인가?"

"황공합니다. 의회 일을 말씀드리는 게 아닙니다."

빌헬름은 고개를 숙였다.

"가주께서 행방을 알 수 없는 상황이시고, 전권을 맡고 계신 부인도 회임으로 인해 도저히 가내의 업무를 맡아 보실 수 없는 상황이라, 모든 사업을 축소하거나 정지하기로 결정했을 따름입니다. 나랏일에 관계되리라고는 미처 생각지 못했습니다."

그렇게 말하면서도, 그는 석탄 공급을 재개하겠다는 말은 하지 않았다. 괴르델러 백작이 침착한 목소리로 첨언했다.

"상속 문제에 잡음이 날 수 있기 때문에, 유언장을 개봉할 때까지는 사업을 중지하는 게 좋겠다고 법률 고문으로 권했습니다. 가산이 줄어도, 늘어도 곤란하기 때문입니다."

"폭도의 손에 폭약이 넘어가기라도 하면 위험하기 때문에, 폭약 생산도 중지하고, 광산에서 기존에 사용하던 폭약도 모두 봉인해서 보관만 해 둘 작정입니다."

황후는 노한 눈으로 둘을 쳐다보았으나, 이보다 완벽한 핑계는 없었다.

유언장과 상속 문제는 귀족 가문에게 무엇보다 중요한 것이고, 가주가 사망한 후 유언장이 개봉되어 상속분이 확정될 때까지 모든 사업을 중지하는 것도 흔한 일이다.

다만, 아무리 길어도 통상적으로 열흘에서 보름이면 끝났다. 장례식을 치르고 나면 유언장을 개봉하기 때문이다.

하지만 지금은 유복자가 있다. 아기가 태어나려면 8개월 이상 기다려야 한다. 사업이 8개월간 중지된다는 의미다.

이것도 보통의 귀족 가문이라면 문제가 되지 않았을 일이다. 8개월 사이에 상속분이 대규모로 변할 가능성이 있을 정도로 팽창 중인 사업을 갖고 있는 가문도 거의 없지만, 일을 중단한다고 해도 결국 제 가문과 관련 업종에서 일하는 자들이 영향 받는 게 전부이기 때문이다. 그 사업이 산업 기반을 떠받치고 있는 경우는 지금으로서는 오로지 클라우제너뿐이었다.

황후는 침착성을 되찾기 위해 잠시 주먹을 쥐었다 폈다.

'이런 식으로 반격한단 말이지?'

물렁하고 어리석게 굴기에 이런 짓은 하지 못할 줄 알았는데.

'결국 옳은 말을 해도, 그도 똑같은 인간인 거지.'

황후는 입가를 비틀었다. 하지만 만족감과 별개로 이 결과를 예측할 수 있었다. 아직은 괜찮지만, 이대로 내년 겨울이 오면 폭동이 전국으로 퍼질 것이다. 지금처럼 아렌 일부 지역에 번져서 반역죄를 씌워 처리하는 것조차 불가능해지리라.

"알았다. 물러가라."

빌헬름과 괴르델러 백작은 두려워하지도 않고 공손한 자세로 물러났다. 혼자 남자 황후는 집무실을 몇 바퀴 뱅글뱅글 돌았다.

결국 클라우제너를 깨뜨려야 한다. 하지만 어떻게 해야 할지 바로 떠올릴 수 없었다.

'에리히만 제거하면 될 줄 알았는데.'

임신이라니. 대단한 순발력이다. 임신한 것이 진짜이든 아니든, 남편과 자식이 죽었다는 소식이 들려온 지 사흘 만에 그걸 공개하기로 결정했다는 사실이 말이다.

'군으로? 아니면, 식량? 아니야. 남작이라면 이미 그것도 고려했겠지. 그녀는 남부 아렌 출신이니.'

철도를 끊을 수는 없다. 역시 답은 군이다. 문제는 로멜에

주둔하고 있는 군대가 그녀의 뜻대로 움직이느냐 하는 것이다. 그러지 않을 가능성이 컸다.

아렌으로 내려가 폭도를 진압하라는 명은 듣겠으나, 클라우제너를 장악하라는 명령은 듣지 않을 것이다. 지휘관의 대다수는 귀족 가문 출신이다.

'즉위식을 서둘러야겠어.'

시원하게 성공하는 일이 한 가지도 없다.

본래대로라면 디트마어를 잔인하게 살해하여 하원 의원들에게 공포감을 심은 다음, 자신의 입맛에 맞는 자들로 재소집할 작정이었다.

그러나 자신의 지지자였던 로멜 시민 다수가 계엄령에 반발하여 거리로 뛰쳐나왔다. 시위대는 시체를 실어 나르면서도 매일 그 숫자를 부풀리고 있다. 디트마어 람스베르크의 이름을 부르짖는 시민들이 늘어나자, 눈치를 보던 의원들 중에 저쪽에 붙는 자가 하나둘 생겼다.

'어리석은 작자들. 자유 같은 소리에 눈이 멀어 이익을 포기하다니.'

지금도 의사당 앞에서는 소란이 벌어지고 있을 것이다. 고요한 황궁 안에서는 그 소리가 들리지 않았다. 황후는 혐오감을 느끼며 아랫입술을 물었다.

《내 아이가 분명해》 5권에서 계속